Dienstmädchen im Himmel

Band Eins der Man-Maid-Reihe

AURORA ALBA

Ausgabe in Deutscher Übersetzung

Dienstmädchen im Himmel

Band Eins der Man-Maid-Reihe

Mehr von Aurora Alba

Dienstmädchen im Himmel

Dienstmädchen im Amerika

Ruf der Wyl

Die Ugly Sweater Party

Demnächst verfügbar: Dienstmädchen für Dich

Inhaltswarnung:

Dieser Roman enthält Kraftausdrücke, Diskussionen über Drogenmissbrauch & sexuell explizite Beschreibungen.

I

„Nein, nein, nein!“, schrie Ava.

„Oh, doch, doch, doch!“, drang die Stimme aus Avas Handy.

„*Bitte* sag mir, dass das ein Witz ist!“, fuhr Ava sie an.

Ihre Freundin lachte hysterisch am anderen Ende. „Kein Witz. Er kommt vorbei.“

„Oh, um Himmels willen... Madison! Warum hast du das getan? Das ist echt der denkbar schlechteste Zeitpunkt. Ich habe heute Morgen eine Videokonferenz mit einem Vorstandsvorsitzenden aus London.“

„Dann soll er halt im Badezimmer anfangen oder so.“

„Du hast einen Fremden bezahlt, damit er in *mein* Haus kommt und putzt? Ohne meine Erlaubnis? Das ist so... unverschämt.“

„Er ist kein Fremder. Ich kenne ihn seit der Schule! Er ist ein guter Kerl und eine verdammt gute Putzhilfe.“

„Übrigens... eine Putzhilfe? In Jackson Hole?" Avas Lippen rasten, während sie ihren Protest hysterisch herausschleuderte. „Das ist verdammt noch mal Wyoming. Ich meine, ich wusste, dass die Milliardäre die Millionäre'rausdrängen, aber ist das überhaupt noch ein *Job*? *Putzhilfe*? Ist das überhaupt noch der politisch korrekte Begriff?"

'durch. Hol erstmal Luft. Er nenntsich selbst *Putzhilfe, also* 'würde ich sagen, da bist du auf der sicheren Seite."

Kraftlos sank Ava in ihren La-Z-Boy-Sessel, den ihr Ex-Mann zurückgelassen hatte, als er vor Monaten ausgezogen war. „Madison, ich schicke ihn wieder nach Hause."

„Nein, wirst du nicht! Du'wirst ihn dein Schweinestall-Haus aufräumen lassen. Ich hab's satt, jedes Mal die Wäsche vom Sofa zu räumen, nur um überhaupt einen verdammten Platz zum Sitzen zu finden. Du hast dich völlig gehen lassen. Das erste Mal zahle ich. Es ist mein *Geschenk* an dich."

„Daniel war der Ordnungsfanatiker", knurrte Ava. Sein Name ließ ihr Herz vor Trauer stolpern und sie vor Verlegenheit zusammensacken. „Er ist weg. Welchen Sinn hat es, ein makelloses Zuhause zu halten?"

„Es wird Zeit, dass du dein Haus... und deine *Leitungen*... mal wieder durchgespült bekommst"," scherzte Madison.

„Ach, halt die Fresse. So redet doch keiner mehr. Da merkt man dein Alter." Ava verzog das Gesicht bei der Erkenntnis, dass es kein Entrinnen gab. *„Na gut,* aber er bleibt angezogen. *Ich will nicht, dass diese*Britendenken, ich sei'ne Art Domina oder so was." Ava schüttelte schweigend den Kopf. „Ich muss los. Wir sprechen uns später."

„Ich warte gespannt. Kein Detail auslassen. Was er *anhatte...* wie er *geputzt hat...* ob du *ihn flachgelegt hast",* neckte Madison.

„Ich leg jetzt auf."

„Warte!"

„Was?", schnauzte Ava und brannte darauf, das Gespräch mit Madison zu beenden, die klang wie eine Hyäne mit ihrem andauerndenGekicher.

„Hast du Kondome? Du weißt schon... für alle Fälle?"

Ava drücktedenAuflege-*Knopf ihres Handys.*

Sie *hatte* keine Kondome. Sie hatte sie weggeworfen, als sie erfuhr, dass sie keine Kinder bekommen konnte.

Die Scheidung folgte kurz darauf.

Geblieben waren ihr das Haus und Kuda, ihr Staffordshire Pitbull-Terrier. Seine kurze Schnauze und sein wackeliger Körper spendeten ihr Trost in diesen trüben, einsamen Monaten.

Durch seine Hundeklappe stolzierend, tappste Kuda durchs Esszimmer ins Wohn-zimmer. Er nahm Anlauf und sprang aufs Sofa, wo er sich auf einen Stapel sauberer Wäsche zusammenrollte, die gefaltet, aber noch nicht weggeräumt war.

Die Türklingelerschallte.

Avas Herz rutschte in die Kehle. Mit mulmigem Gefühl betrachtete sie die Türkamera-Benachrichtigung auf ihrem Handy. Als sie die Meldung antippte, sah sie ihn…

Einen Gott unter sterblichen Männern.

Fast platzten ihr die Augen aus den Höhlen bei dem Anblick des atemberaubenden Mannes auf ihrer Veranda, dessen muskulöser Körper sich unter einem Halloween-tauglichenPolizisten-kostüm abzeichnete. Sein Gesicht wirkte, als wäre es aus Stein gemeißelt – kantig und markant. Seine blauen Augen blickten in die Linse. Muskulöse Oberarme quollen unter den kurzen Ärmeln derunechten Uniform hervor.

Avawarf einen Blick nach unten auf die Wölbung in seiner Hose. *Der Typ neigt nach links,* dachte sie, bevor sie sich für das anzügliche Starren schalt.

Unbewusst drehte sie eine Strähne ihrer schulter-langen kastanienbraunen Haares um ihren Finger, bevor sie den Sprechknopf drückte. „Hallo?"

„Guten Tag, Frau Quinn–“

Sie tippte auf das Mikrofonsymbol auf ihrem Bildschirm und sagte: „Es heißt *Frau* Quinn.“

„Das tut mir wirklich leid.“ Seine Worte klangen aufrichtig. Er fuhr sich mit der Hand durch sein sandblondes Haar. „Die meisten meiner Kundinnen sind verheiratet. Ich bin einfach davon ausgegangen. Verzeihung, gnädige Frau.“

„Sie wissen, was man über Annahmen sagt, oder?“

„Ja, ‚Annahme‘ macht aus ‚dir‘ und ‚mir‘ ein ‚Arschloch‘“, *zitierte er den flapsigen Spruch aus dem Gedächtnis. Er richtete seine strahlenden Augen wieder auf die Kamera. Seine maskuline* Stimme floss wie Honig von seinen Lippen. „Madison Miller hat mich für eine Komplettreinigung gebucht. Ich bin Ihr Man-Maid, Will Jessup.“

Ava drückte erneut den Sprechknopf. „Darf ich fragen, warum Sie aussehen wie eine *aussortierte Statistenrolle aus Reno 911* um halb neun Uhr morgens? Es ist eiskalt draußen.“

Er lachte nur.

Sein Lachen ließ sie in den Knien weich werden.

„Ich bin hier in der Gegend aufgewachsen. Ich‘m die Kälte gewöhnt,“ fügte er hinzu mit einem Million-Dollar-Lächeln und Zähnen so weiß wie der Schnee hinter ihm. „Ich bin mir ziemlich sicher, dass Ihre Nachbarn gerade eine Gratisvorstellung bekommen. Vielleicht lassen Sie mich reinkommen, damit sie weniger zu tratschen haben?"

Verdammt. Er hatterecht!

Ava stapfte zur Tür und riss sie auf. Sie knurrte leise. *„Na gut. Komm rein."*

„Gern geschehen," flüsterte Will, als er über die Schwelle trat.

Als die Tür geschlossen war, begann Kuda eine Symphonie wütenden Bellens, doch sein Zorn wurde durch sein wackelndes Hinterteil und sein niedliches Pitbull-Grinsen verraten. Will beugte sich vor, um ihn zu begrüßen. Der stämmige Hund stürmte auf den Fremden zu, sprang auf die Hinterbeine und attackierte den Mann mit begeisterten Küsschen.

„Der beschissenste Wachhund aller Zeiten." Ava rollte mit den Augen.

„Hunde können Charaktere besser beurteilen als wir. Er weiß, dass ich nur hier bin, um zu helfen, nicht wahr, Kumpel?" Will griff nach dem Anhänger am Halsband des zappelnden Welpen, las ihn und kicherte. *„Barry Kuda?* Clever."

„Ich nenne ihn einfach Kuda." Ava brachte ein Lächeln zustande.

Nachdem der Hund genug Ohrenkraulen bekommen hatte, blickte Will sich um. Ava folgte seinem Blick, beschämt von dem, was er sah. Neben densauberen Klamotten, die sich auf dem Sofa ausgebreitet hatten, lagenEssensboxen aufdem Couchtisch verstreut, Pizzakartons, Stapel ungelesener Post, Geschirr, Unterlagen, wahllose Haufen von DVDs und Stapel Taschenbücher, die zurück ins Regal gehörten. Eine dicke Staubschicht hatte sich auf Bilderrahmen breitgemacht, ebenso wie auf dem riesigen Flachbild-Fernseher, der an der Wand gegenüber dem Sofa hing.

„Wow, hattest du 'ne Party oder so'?"

„*Oder so*'," murmelte sie, wich dem Thema aus. „Schau, Sie müssen hier nicht putzen. Ichsage Madison, Sie hätten's getan, und Sie können gehen und behalten, was sie Ihnen bezahlt hat. Es ist nett von ihr, dass sie das macht, aber..." Wortlos deutete sie auf sein Kostüm, „das hier brauche ich heute nicht."

„*Frau* Quinn", betonte er ihren offiziellen Titel, „hören Sie, nichts für ungut, aber ich muss jemanden im *Gefahrenschutz*-anzug schicken, wenn Sie mich nicht reinlassen, denn dieser Ort – kein Vorwurf – grenzt an ein Gesundheitsrisiko." Will fuhrmit einem Finger über den verstaubten Bilderrahmen neben der Haustür. Darin steckte ein zerrissenes Foto, auf dem nur Ava zu sehen war, wie sie in einem fließenden weißen Kleid mit Schleier breit lächelte. Er betrachtete seine Fingerkuppen und wischte sie dann an der engen schwarzen Hose seines Kostüms ab.

Ava runzelte die Stirn und verschränkte enttäuscht die Arme vor ihrer üppigen Brust.

„Außerdem", grinste er, „wenn Sie Ihren Freundinnen sagen, ich hätte aufgeräumt, und es sieht hier *so* aus, wenn sie vorbeikommen, könnte ich viel Kundschaft verlieren. Mein Ruf steht auf dem Spiel, Frau Quinn. Ich bediene normalerweise wohlhabende, einsame Frauen, und, *meine Güte*, wie die *quatschen*."

„Ich versichere Ihnen, ich bin einfach nur unordentlich in letzter Zeit", log sie.

„Verstanden."

„Na gut", stöhnte sie und rollte mit den Augen.

„Fantastisch." Er grinste. „Also, dieses Kostüm gehört zu meinem Service. Ich warne alle Kundinnen vorab, dass hier dieselben Regeln wie im Stripclub gelten: *gucken, aber nicht anfassen.*"

Ava spürte einen Hitzeanflug bei dem Gedanken, wie dieser Adonis vor ihr sich in ihrem Zuhause ausziehen würde. Verlegen wandte sie den Blick ab.

Er lächelte, als wäre ihre Reaktion auf ihn so erwartbar wie der Sonnenaufgang am Morgen.

Ava richtete sich auf. „Also... Madison sagte, sie war mit dir auf der Highschool?"

„Ja. Stimmt."

Eine peinliche Stille breitete sich zwischen ihnen aus. Schließlich sprach Ava.

„Okay. Also, ich habe gleich eine Videokonferenz. Ich möchte wirklich, dass Sie nicht ins Bild kommen. Also fangen Sie mit dem Bad an oder so. Und bitte, behalten Sie Ihre Kleidung *an*."

„Klar. Noch etwas, das ich heute erledigen soll? Denn das hier", er deutete aufs Haus, „wird mehr als einen Besuch brauchen."

„Rechnen Sie nicht damit. Wie gesagt, ich schätze Maddys Geste, aber erwarten Sie keinen Rückruf. Ich bin nicht auf der Suche nach einem Putzdienst."

Will verzog die Lippen, legte die Hände auf seinen taktischen Gürtel mit Plastikwaffen und flauschigen Handschellen und sah sich um. „Verstanden. Kuda und ich kümmern uns darum. Nicht wahr, Kuda?"

Der Pitbull starrte ihn an und keuchte.

„Frau Quinn, wir bringen alles auf Vordermann und bleiben aus Ihrem Weg. Ich werde mucksmäuschenstill sein." Er grüßte sie und verschwand Richtung Küche und Bad, um die Wohnung in Augenschein zu nehmen. Kuda trottete fröhlich hinter ihm her und folgte seinem neugefundenen Begleiter in die Küche. Will pfiff sarkastisch durch die Zähne. „Mein Gott, was ist hier passiert? Bewegt sich dieser Topf? Ist das eine *Ratte*?"

Ava presste die Lippen zusammen und kneifte die Augen zu. „Was war noch gleich mit *mucksmäuschenstill?*"

„*Ach*, es ist nur ein Stahlwollschwamm." Er seufzte erleichtert. „Alles in Ordnung. Vergessen Sie's."

Ava schüttelte den Kopf und schnaubte, während sie versuchte, nicht über den gutaussehenden Fremden zu lächeln, der ihr Zuhause durchwühlte. Sie ging in ihr Büro, wirbelte ihr Haar hastig hoch, griff sich einen Bleistift vom Schreibtisch und steckte ihn durch den notdürftigen Dutt, um ihn zu fixieren. Sie setzte sich an ihren modernen Glastisch und sank in ihren bequemen schwarzen Lederschreibtischstuhl.

Sie weckte den Computer und tippte das Passwort ein: ihr alter Hochzeitstag.

Das müsste sie irgendwann ändern...

Sie richtete die Kamera auf sich und bemerkte, dass der Haufen zerrissener Fotos und das zusammengeknüllte Brautkleid dahinter im Bild zu sehen sein würden. Ihre

Freundinnen hatten sich reihum darin gezeigt, mit schwarzem Schleier auf ihrer Scheidungsparty – natürlich Maddys Idee.

Madison hatte recht damit gehabt. Einen Betrüger loszuwerden *war* ein Grund zum Feiern.

Ava griff nach dem schweren Seidenkleid und warf es aus dem Blickfeld. Die Fotos landeten in einem Metallmülleimer, dann kehrte sie zu ihrem Stuhl zurück. Sie rief den Meeting-Link auf und doppelklickte. Die Videochat-Software öffnete sich. Zuerst erschien ihr Miniaturbild im virtuellen Konferenzraum. Ihre blasse Haut wirkte gespenstisch in der gnadenlosen Linse, und ihre Sommersprossen traten auf der Kamera deutlicher hervor. Sie verfluchte sich, nicht mehr Make-up aufgetragen zu haben. Stattdessenzwang sie sich zu einem möglichst freundlichen Lächeln.

Donald Breckin, ein glatzköpfiger Mann Mitte fünfzig, erschien auf dem größeren Bildschirm. Unweigerlich musste sie an Ben Franklins ikonisches Porträt denken. Die Ähnlichkeit war verblüffend.

„Guten Morgen, Ava! Danke für das Gespräch.“

„Natürlich, Mr. Breckin. Entschuldigen Sie bitte, dass ich Ihnen nicht mehr Zeit einräumen kann, aber wie Sie wissen, stecken wir mitten in dieser Fusion, und da gibt es so etwas wie Freizeit nicht.“

Donald Breckin kicherte und wischte etwas von seiner Tastatur. „Kein Problem, meine Liebe. Kommen wir gleich zur Sache.“

„Gut. Mr. Breckin, ich möchte Ihnen versichern, dass ich als Ihre Verbindungsperson für Sie da bin, und ich verstehe, dass Sie einige Fragen an mich haben.“

„Ja. Ein paar, wenn das in Ordnung ist.“

„Absolut. Schießen Sie los.“ Sie faltete die Hände vor ihrem Gesicht und beugte sich konzentriert vor, um seinen Anliegen zuzuhören.

„Ich höre Gerüchte, dass Ihre Leute behaupten, meine Löhne seien zu hoch und viele Ausgaben müssten gekürzt werden? Die Geschäftsseite meines Labors operiert *gut* innerhalb normaler Grenzen. Wir werfen hier nicht leichtfertig Geld zum Fenster hinaus. Ich versichere Ihnen, jede Ausgabe ist notwendig. Dieses Labor muss die *Preise* erhöhen. Nicht *senken*.“

„Verstehe“, sagte sie ruhig. „Ich verstehe , was Sie meinen. Wir kennen nicht jedes Detail der internen Abläufe Ihres Unternehmens, aber, Mr. Breckin, wir haben im letzten Jahrzehnt mehrere Betriebe wie Ihren übernommen und ein Netzwerk von Laboren aufgebaut, umindividuellere

12

Anforderungen zu erfüllen. Wir halten die Kosten niedrig, indem wir Massenproben von den einzelnen Zentrenbearbeiten. Wir übernehmen Ihr Labor, um auch es zu einem hochspezialisierten und effizienten Standort zu machen. Uns geht es um hoheDurchlaufzahlenmit geringen Fehlerquoten und schnelleren Bearbeitungszeiten. Wir sind überzeugt, dass Ihr Unternehmen eine Bereicherung sein wird. Dennoch müssen wir uns an die übergeordnete Finanzstrategie halten, Kosten wo möglich zu reduzieren, um die Ausgaben im gesamten Labornetzwerk insgesamt niedrig zu halten. „Verstehst du?"

„Klar, aber wie wirkt sich das auf meinen Anteil in den vertraglich festgelegten Jahren aus? Hätten wir damit mehr Profit machen können, wenn—"

Don verstummte plötzlich und kniff die Augen zusammen, während er auf seinen Bildschirm starrte.

„—Ist das... etwa ein *Polizist*? Ist alles in Ordnung? Stecken Sie in Schwierigkeiten?"

„Wie bitte?" fuhr Ava herum und wirbelte auf ihrem Stuhl herum.

Will Jessup stand in der Tür und winkte entschuldigend in seiner Polizeiuniform, seine Bizepse wölbten sich unter dem engen Stoff. „Tut mir leid. Kann ich dich kurz mal?"

Ava unterdrückte einen inneren Schrei und wandte sich wieder der Kamera zu. „Don, das ist mein... *Cousin*. Er bildet sich ein, Polizist zu sein. Er ist *nicht ganz bei Trost*. Würden Sie mich bitte kurz entschuldigen?"

„Natürlich", sagte Donald mit erstarrtemund verwirrtem Gesichtsausdruck.

Ava packte Will am Arm und zog ihn zurück ins Wohnzimmer.

„Aua!" zischte Will. „Sie haben einen Griff wie ein *Gorilla*."

„Ich sagte keine Störungen! Was zum *Teufel*?"

„Ich brauche Putzmittel für die Küche."

„Was?! Was für ein Putzmann hat keine eigenenReinigungsutensilien?"

„Hast du mich mit irgendwas reinkommen sehen?" fragte er sarkastisch. „Reiche Frauen bezahlen mich dafür, dass ich ihr Zuhause putze. Sie stellen die Reinigungsmittel. Steht auf meiner Website und im Vertrag."

„Ich habe deine Website nicht gesehen!" Ava schnaubte. Sie sah sich nervös um und rieb sich die Stirn. „Alles, was du brauchst, ist im Schrank unten am Kühlschrank. Und jetzt, wenn du nichts dagegen hast, muss ich einen Mann davon überzeugen, nicht aus einem Millionen-Deal auszusteigen.

Ich muss michkonzentrieren. *W*enn ich diesen Kunden verliere–"

„Jawohl, Madame!"

Seine Antwort brachte die bereits gestresste Ava nur noch mehr zur Weißglut. „Verschwinde!"

Will verschwand den Flur hinunter, die Handschellenketten klimperten gegen seinen straffen Hintern. Ava richtete sich hastig wieder her und glättete ihre rosafarbenen Schlafanzughose, um ihr Image zu retten. Mit gespielter Selbstsicherheit schritt sie zurück in ihr Büro und schloss die Tür.

Sie setzte sich mit Anmut hin. „Entschuldigen Sie bitte die Störung, Don."

„Ich heiße *Donald*", korrigierte er.

„Natürlich." Sie biss die Zähne zusammen und zwang sich erneut zum Lächeln. „Verzeihung. Nun, ich bin sicher, Sie haben weitere Fragen, und ich möchte sicherstellen, dass ich alle beantworte."

„Ich möchte über meine Anteile sprechen."

Ava hatte damit gerechnet. Unter dem Tisch ballte sie die Hand zur Faust. „Ja, Siehaben verständlicherweise Bedenken hinsichtlich der Abfindung."

„Ihrem Unternehmen geht es anscheinend nur um den Profit. Ein Betrieb wie meiner hat ein *Leben* lang gebraucht, um aufgebaut zu werden. Es ist mein *Lebenswerk*.“

„Das verstehe ich, Mr. Breckin–“

„Haben Sie Kinder, Mrs. Quinn?“

„Ich heiße *Ms. Quinn*, um genau zu sein.“ Es fiel ihr plötzlich schwer, angesichts ihres wieder angenommenen offiziellen Titels zu lächeln. „Und, nein, habe ich nicht.“

„Ich auch nicht, Ms. Quinn. Diese Firma ist alles, was ich habe. Ich übergebe Ihnen sozusagen mein Baby.“ Don lehnte sich zurück. Sein Stuhl ächzte unter seinem Gewicht.

Ava umklammerte die Armlehnen so fest, dass sie fürchtete, eine könnte abbrechen, doch ihr gezwungenes, freundliches Lächeln breitete sich über ihr Gesicht. „Nun, Sie geben es nicht *uns*. Es ist ein Kaufpreis von elf Millionen Dollar. Ihr Lebenswerk wird weiterleben, und wir werden damit neue Märkte erschließen. Wenn Sie jedoch Probleme mit Ihrer Abfindung haben, bin ich gerne bereit, dies weiter zu besprechen.“

Die Worte klangen schroffer, als sie beabsichtigt hatte. Sein vorheriger Kommentar über Kinder hatte sie aus der Bahn geworfen. Jetzt fiel es ihr schwer, wieder in die Spur zu finden.

„Es ist weniger ein *Problem*, sondern vielmehr ein großzügiges Angebotzur Unterstützung in diesen Angelegenheiten. Ich stelle mir vor, eine kleine Dame wie Sie würde wissen wollen, ob Sieeinen Fehler machen oder Chancen verpassen, mehr Geld zu verdienen. Und diese zusätzlichen Gewinne würden letztlich dem zugutekommen, was wir meine Entschädigungnennen.“

Elfeinhalb Millionen. Dubistfürs Leben versorgt, du Idiot.

Sie nickte lässig. „Lassen Sie mich das mit den Vorgesetzten besprechen und mich dann bei Ihnen melden.“

„Ja, fragen Sie die großen Hunde. Ich bin sicher, die anderen Männer werden zustimmen.“

Ava spürte, wie Wut in ihr aufstieg und wollte das Gespräch so gelassen wie möglich beenden. „Nun,Donald, wie immer schätze ich alle Ihre Vorschläge undstehe gerne für weitere Fragen zu einem späteren Zeitpunkt zur Verfügung. „

Ich schick Ihnen ein paar Ideen rüber, die ich die letzten Nächte hatte – vielleicht helfen sie Ihnen ja, mich noch gründlicher auszunehmen.“ Er lachte unecht.

„Nun, ich freue mich schon auf diese E-Mail.“

„Klingt gut, Süße.“

„Gibt es sonst noch etwas, das Sie besprechen möchten?" *Vielleicht meine gescheiterte Ehe?*

„Nein, ich denke, das war's."

„Großartig." Sie spürte, wie Erleichterung über sie hinwegschwappte. „Also dann, Mr. Breckin, passen Sie auf sich auf."

„Sie auch, Schätzchen."

Ava drückte wütend mit dem Mittelfinger auf den *Beenden*-Knopf, presste die Augen zusammen und vergrub ihr Gesicht in den Händen. Nach einem tiefen Atemzug schrie sie: „Verdammter *Arsch*! Oh mein *GOTT*. Was für ein *Idiot*! Es sind *elf Millionen. Ugh! Schwachkopf.* Das ist nicht mal *die Hälfte—*"

Ava öffnete die Augen.

Don starrte sie völlig schockiert an.

Mit ihren strapazierten Nerven musste sie den Knopf wohl nicht richtig erwischt haben. Der Anruf hatte sich offensichtlich *nicht* getrennt.

Sie schluckte schwer, ihre Stimme war kaum mehr als ein Hauch. „Scheiße."

2

Das Haus war still wie ein Friedhof. Ahnungslose Vögel zwitscherten, flüchteten vom leeren Futterhäuschen vor Avas Haus und warfen vogelartige Schatten über das trostlose Chaos, das ihr Leben jetzt war. Ein nach Süden ziehender Schwarm Schwarzkopfmeisen hinterließ eine gebogene Linie aus Vogeldreck auf der Motorhaube ihres Wagens, der seit Tagen nicht mehr aus der Einfahrt bewegt worden war.

Es gab keinen Grund. Wohin sollte sie schon gehen? Sie hatte keinen Job mehr.

Sie hatte keine *Bestimmung*.

Zuerst hatte Daniel sie verlassen. Dann hatte sie ihr Job nach fast elf Jahren ebenfalls vor die Tür gesetzt. Nachdem sie den Millionen-Deal mit Breckin Labs verloren hatte, war sie umgehend von der Gehaltsliste gestrichen und hinauskatapultiert worden in die harte Welt da draußen.

Es war fast eine Woche später, und sie hatte sich noch nicht einmal motivieren können, aus dem Bett zu steigen, außer für den obligatorischen Gang ins Badezimmer. ZerknüllteKeksteig-Verpackungen und leere Eiscreme-Becher verteilten sich über den Boden ihres unordentlichen Schlafzimmers.

Bei geschlossenen Jalousien schloss sie die Augen und hoffte, eine unsichtbare Macht möge sie aus diesem selbstverschuldeten Albtraum befreien. Vielleicht konnte sie alles wegschlafen.

„Ava?!" ertönte eine dröhnende Frauenstimme durch die Stille.

Kuda sprang neben Ava aufs Bett und stellte sich schützend über sie, wütend den Eindringling anbellend, mit gesträubtem Nackenfell.

„Ava?!"

Die Stimme kam eindeutig aus *ihrem Haus.*

„Wer ist da?", fragte sie vorsichtig und richtete sich unter den zerknitterten Bettdecken auf. Sie griff hastig nach einem Löffel vom Nachttisch und hielt ihn in die Luft, als könnte er irgendeinen Schutz bieten. „Sprich!"

„Der verdammte *Weihnachtsmann.* Wer zum Teufel soll es *denn* sonst sein?" Madison rollte mit den Augen, während ihre ganze stattliche Größe lässig durch die

20

angelehnte Tür schritt. Ihre schlanke Silhouette war im dunklen Haus kaum zu erkennen, was ihrer unangemeldeten Anwesenheit etwas Unheilvolles verlieh. Sie sah aus wie ein Todesengel, blond und schlaksig, und für einen Sekundenbruchteil hoffte Ava, sie sei gekommen, um diesem erbärmlichen Dasein ein für alle Mal ein Ende zu setzen.

Kuda beruhigte sich. In vollem Freudenmodus, tobte er bei Madisons Anblick, sprang vom Bett und rannte auf sie zu, wobei er sie fast mit seiner muskulösen Gestalt umwarf.

Plötzlich flackerten die blendenden Decken-lichter auf, LED-Lampen, auf die Daniel *bestanden* hatte. Die grellen Dinger waren eine weitere schmerzhafte Erinnerung daran, dass er immer bekam, was er wollte.

„Aah!", stöhnte Ava und schützte ihre Augen vor dem Licht. Das hellblaue ihrer Wände wirkte nun viel zu grell. „Waaaaarum das Licht?"

„Jesus, Harla, du siehst aus wie Scheiße."

„Ja, und du wie Slendermans uneheliches Liebeskind. Und... hör auf, mich Harla zu nennen. Du weißt, dass ich das hasse. Keiner versteht die Anspielung mehr." Ava vergrub ihr Gesicht mit aller Kraft im Kissen.

„Warum muss es unehelich sein? Das ist einfach unnötig verletzend", sagte Madison und kickte eine Pappschachtel, die mal Vanilleeis enthalten hatte, wie einen

Fußball gegen die Wand. Sie traf mit einem hörbaren *Klacks*, und sie schrie: „TOOOOOOOOOOOOOOOOOR!"

„Madison! Hör auf! Um Himmels willen!" Avas Stimme war vom Kissen gedämpft.

„Keine Chance", fuhr Madison unbeeindruckt von Avas Protesten fort, „jetzt, wo du deinen Mädchennamen zurück hast, geht's los wie bei Donkey Kong."

„Ich mochte ihn nicht als Kind, und jetzt mag ich ihn erst recht nicht. Wenn du mich so nennst, fühl ich mich, als stünde *Der Preis einer Braut* mit Fabios Gesicht auf meiner Stirn tätowiert."

„*Pff*, Gesichtstattoos sind so 2005." Madison durchwühlte die Make-up-Utensilien auf Avas Schminktisch, beugte sich hinunter, um den anhänglichen Hund zu streicheln, der ihr durchs Zimmer folgte, und ging zum Fenster.

„Warum bist du hier?", stöhnte Ava.

Madison riss die Vorhänge auf, wirbelte plötzlich wie ein blonder Tornado der Wut herum und funkelte AvaQuinn wütend an. „Was zum Teufel, Ava?! Du hast mir einen Riesenschreck eingejagt! Ich habe dein Handyetwa zehntausendmalangerufen. Keine SMS. Kein Rückruf. Keine E-Mail. Gar nichts!" Ihr Gesicht war vor Wut verzerrt. „Ich dachte schon, Will hätte deine Körperteile in seinem

Kofferraum! Du kannst mir das nicht antun. Ich habe mir ernsthaft Sorgen gemacht!"

Ava erkannte an Madisons zitternder Stimme, dass sie es ernst meinte. „Es tut mir leid." Sie zupfte ein trockenes Stück Marshmallow von ihrer Decke ab und versuchte sich zu erinnern, wie lange sie schon mit den Überresten ihres Rocky-Road-Eises im Bett lag. „Ich war... *beschäftigt*."

„In Selbstmitleid suhlend mit Eiscreme und einem VibratorJa, ichwette, das hat es wirklichunmöglich gemacht, *auch nur für zwei Sekunden* dein Handy zu benutzen, damit deine beste Freundin nicht totalausflippt."

„Ich hab gesagt, es tut mir leid", murmelte Ava, wissend, dass sie an Madisons Stelle genauso wütend gewesen wäre.

„Also, ich sehe, du bist tatsächlich heil und nicht in einem Brunnen in jemandes Keller, wo du die Lotion auf die Haut aufträgst, damit du nicht wieder den Schlauch bekommst. Das ist gut." Sie zog eine Mini-Schokoladen-verpackung aus Avas Haaren und reichte ihr das dünne Plastikstück, das sie zwischen zwei Fingern hielt. „Du siehst aus wie die Hölle. Du siehst auswie einer der Vogelscheiße-Haufen auf deinem Auto, ganz blass und scheußlich."

„Maddy", tadelte Ava sie in einem Ton, als spräche sie miteinem ungezogenen Grundschul-kind, „du sagst schon wieder gemeine Sachen laut. Das ist ein *innerer Gedanke.* Erinnerst du dich, wir haben darüber gesprochen?"

„Scheiß auf deine inneren Gedanken. Das bin ich. Falls du's in deinem Snickers-benebelten Dämmerzustand vergessen hast: Ich fluche. Ich laber Scheiße. Ich'bin eine verdammt gute Freundin und ein absoluter Knaller im Bett, laut der mittleren Herrentoilettenkabine bei O'Malley's. Wenn ich dir so nicht passe, dann sag mir, ich soll mich verpissen. Ansonsten beiß die Zähne zusammen. Ich *mach mir nämlich Sorgen* um meine beste Freundin, wenn sie eine verdammte Woche lang von der Bildfläche verschwindet."

„Du hast recht." Ava seufzte. „Danke, dass du nach mir schaust. Es'tut mir leid. Ich wollte mich einfach mit nichts davon auseinandersetzen. Ich brauchte etwas Zeit."

„Schön. Hast du jetzt genug Zeit gehabt? Denn ich hab was zu besprechen." Madison verschränkte die Arme vor der Brust.

Ava nickte und richtete sich gegen ihr Eichenkopfteil auf, zuckte zusammen, als die eiskalte Berührung des Holzes durch ihren dünnen, seidenen Schlafanzugdrang.

Madison tänzelte zum Bett, riss dieDecke zurück und hüpfte hinein wie ein aufgeregtes Kind. „Also, *Officer Sexy*", sie gestikulierte lebhaft, „du weißt schon, der Haushaltshelfer? Will?"

„Ja. Was ist mit ihm?" fragte Ava, die ihn seit seinem Besuch tatsächlich kein zweites Mal gedacht hatte. Sie war in den letzten Wochen zu sehr damit beschäftigt gewesen, ein *hoffnungsloser Fall* zu sein.

„Er hat nach dir gefragt, als er neulich kam, um meine Fußleisten zu putzen. Er schien sich Sorgen um dich zu machen. Sagte, er wüsste, dass du unter großem Stress stehst."

„Fußleisten putzen? Das ist ein Euphemismus, oder? Ich komm' einfach nicht mehr mit der ganzen neuen Sprache hinterher."

Madison lachte: „Nein. Kein Euphemismus. Manche Leute putzen ihre Fußleisten." Sie schaute sich um und verzog angesichts des Chaos im Zimmer das Gesicht. Schließlich blickte sie Ava wieder an. „Der Typ ist ein guter Zuhörer. Vor einer Weile hat er mir durch all den Scheiß mit Mark geholfen. Vielleicht könnte er dasselbe für dich tun. Er ist wie ein Therapeut *und* ein Haushaltshelfer in einem. Im schlimmsten Fall bringt er wenigstens ein bisschen System in all", Madison deutete auf das ganze Zimmer, „*diesem* hier."

„Ernsthaft?" Ava strich sich verlegen eine verfilzte Haarsträhne hinter das Ohr. „Das ist kein *Witz*. In den letzten Monaten habe ich meine Ehe *und* meineKarriereverloren. Wenn irgendwer ein verdammtes Recht auf einen Nervenzusammenbruch hat, dann ich.“

„Hm, komisch. Meine Einladung zur Selbstmitleidsparty scheint verloren gegangen zu sein.“ Madison schüttelte den Kopf und rutschte an den Bettrand, wobei sie mit der Hand an etwas Klebriges am Bettgestell „Iiiih.“ Ihre Augen glitten zur Bettdecke hinab, einer mit aufwändigen goldenen Satinverzierungen auf blauem Grund. „Wann hast du die das letzte Mal *gewaschen?*“

Ava deutete auf sich selbst. „Körperpflege stand in letzter Zeitnicht ganz oben auf meiner Liste.“ Sie schlüpfte tiefer unter die Decke und zog sie über den Kopf, während sie durch den dicken Stoff knurrte. „Ich liebe dich, Maddy, aber jetzt ist nicht der Moment für deine speziell Art von harter Liebe. Jetzt ist die Zeit für Cherry Garcia, tränenreiches Schluchzen, und tragische Schwarz-Weiß-Romanzen. Also, wenn du nichts dagegen hast‘,“ Ava winkte ab, als wollte sie Madison zur Tür hinausscheuchen.

Madisons Schultern sacktenzusammen. Sie hasste es, ihr Freundes Chaos zu sehen. Sie fühlte sich machtlos, nachdem sie ihre einzige Waffe verschossen hatte: raue , aber echte Liebe.

„Na gut. Wenn du dich suhlen willst, bitte." Madison stürmte aus dem Zimmer.

Ava wartete darauf, dass die Schlafzimmer-tür hinter ihr zuschlagen würde, doch das Geräusch blieb aus. Stattdessen hörte sie das leise Knacken einer geöffneten Verpackung gefolgt vom Klappern von Pappe, die auf dieArbeitsplatte knallte. Schubladen wurden geöffnet und geschlossen. Metall klirrte. Hätte Ava noch etwas Kampfgeist gehabt, wäre sie nachsehen gegangen. Doch das gierige Festhalten ihres Bettes hielt sie fest an Ort und Stelle.

Kurz darauf erschien Madison wieder, und Ava schob die Decke bis zur Nase herunter. Ihre Freundin hielt eine Packung Eiscreme mit zwei halb versenkten Löffeln.

Ohne Vorwarnung plumpste Madison ins Bett, wobei sie sich den Kopf hart am hölzernen Kopfteil stieß. Sie zischte vor Schmerz.

Ein Lachen entrang sich Ava, ihr erstes seit Tagen.

„Ja klar, amüsiere dich über meinen Schmerz." Madison verzog theatralisch das Gesicht. „Du bist *krank*."

„Alles okay? Das klang, als hätte es wehgetan."

„Hör auf. Einfach... lass es." Madison hielt Ava eine flache Hand vors Gesicht. „Also, wo ist die Fernbedienung?"

Kuda sprang aufs Bett und kroch auf sie zu, wobei er sich mit schlaffen Hinterbeinen über die Bettdecke schubberte. Seine schokoladen-braunen Augen wechselten zwischen den beiden Frauen und dem gefrorenen Becher mit cremigem Dessert hin und her.

Ava durchsuchte die Falten der Decke, schnappte sich die Fernbedienung und reichte sie Madison. Sie navigierte zu einer der Streaming-Apps auf dem Flachbildschirm.

„Wir müssen nicht reden. Aber du sollst wissen, ich'bin für dich da, und'ich *muss* wissen, dass du sicher bist. Sag mir einfach, was du gucken willst."

Stille.

„Wie wär's mit *Casablanca*?" Ava klimperte übertrieben mit den Wimpern wie ein hoffnungsvolles Kind. Kuda winselte und leckte sich erwartungsvoll die Lippen.

Madison fand sich dabei wieder, wie sie auf zwei *Paar* flehende Augen starrte und schnaubte. „Ugh, du und deine alten, staubigen Schwarz-Weiß-Filme. *Na gut.* Meinetwegen."

Ava legte ihren Kopf auf Madisons'Schulter und seufzte. „Danke."

Madison lehnte sich weg und reckte den Hals, um Ava anzusehen. „Du weißt schon, dass du nach Hotdogs und Arsch riechst, oder? Wann hast du dich das letzte Mal geduscht?"

3

Will trug eine große Schüssel randvoll mit Popcorn ins Wohnzimmer und sprach in seinem besten pseudo-britischen Akzent, *„Ere you go, yo' Majesty.“*

Starlas' meerblaue Augen leuchteten vor Aufregung und sie kicherte überschwänglich. Ihr schiefes Lächeln erwärmte sein Herz. „Danke!“

Sie schnappte sich die große Schüssel mit ihren kleinen Händen, kuschelte sich auf ihren gewohnten Platz auf dem Ledersofa und hüllte sich in eine Prinzessinnen-Decke ein.

Einige verirrte Popcornstücke fielen zu Boden und wurdenschnell von Gremlin, ihrer rundlichen Mopsdame, aufgesaugt. Ihr korpulenter Körper schien ihre erstaunliche Geschwindigkeit und Timing nie zu beeinträchtigen, besonders wenn es um heruntergefallenes Essen ging.

„Was schauen wir heute Abend, Starla?“ Will setzte sich und legte einen Arm um sie.

„Ich weiß noch nicht.“

„Such was Gutes aus“, murmelte Will und pickte ein paar buttrige Körner auf.

Während Starla durch die Auswahl scrollte,holte sie tief Luft und sah ihren Vater an. „Papa, darf ich dich was fragen?“

„Klar.Frag nur,“ sagte er und warf Popcorn in seinen lächelnden Mund.

„Was ist ein *Gigolo?*“

Als die letzte Silbe ihren jungen Mund verließ, verschluckte sich Will. „*Wie bitte?* Wo hast du denn dieses Wort aufgeschnappt?“

„Na ja“, drehtesie sichzu ihm, „Samantha hat gesagt, dass *ihre Mama gesagt hat,* dass du'n Gigolo bist.“

Will räusperte sich. „Ein Gigolo... das ist ein Wort für Erwachsene.“

„Okay, aber was ist das?“

„Es ist“, er überlegte lange und gründlich über die nächsten Worte, „ein... Mensch, der Liebe macht mit anderen... für Geld.“

„Liebe macht?“

Er wusste, dass dieses Gespräch irgendwann kommen musste. Er hatte nur gehofft, es würde *später*sein...

Zum Beispiel wenn Starla im Masterstudium wäre.

„Weißt du noch, als du mich gefragt hast, wo die Babys herkommen?“

„Ja, ichbin immer noch ein bisschen verwirrt deswegen.“ Sie nickte, wobei sichSträhnen ihrer kastanienbraunen Locken mit der Bewegung wiegten.

„Also, darüber können wir reden, wenn du etwas älter bist, okay? Das Wichtigste ist, ich'bin kein Gigolo, Schatz. Das ist nur was Samanthas'Mamasich *wünscht*, dass ich wäre.“ Will konnte praktisch die Räder im Kopf seiner Tochter'rattern sehen.

„Warum?“

„Weil niemand mit ihr Babys machen will.“

„Sie hat gesagt, deshalb ziehst du dich komisch an , wenn du manchmal Häuser putzt. Musst du ein Kostüm tragen, um Babys zu machen?“

„Nein, Liebling. Das musst du nicht.“ Er kicherte unbehaglich. „Die Leute bezahlen mich dafür, dass ich in diesen Kostümen ihre Häuser putze, weil es Spaß macht und sie denken, es ist... ähm... *unterhaltsam*. Aber da ist kein Babymachen dabei, das verspreche ich.“

„Warum würden sie dann so etwas sagen?“

„Manche Menschen sind so unglücklich, dass sie andere Leute schlecht fühlen lassen müssen. Samanthas Mama ist einfach eine Bi—“

Er hielt sich zurück.

„—eine *verbitterte* Frau. Ignorier einfach Samantha, okay? Samanthas Mama ist nur sauer, weil sie gefragt hat, ob sie", er schluckte schwer, „ähm... mit mir ein Baby versuchen darf. Aber weißt du, ich habe abgelehnt."

„Warum?"

„Weil ich schon eins habe." Er stupste sie mit dem Zeigefinger auf die Nase.

„Papa! Du hast Butter an mir!" Sie wischte sich wütend die Nase ab.

Die Sache war die, dass Samanthas Mutter, Charlotte, Wills erster Kunde war. Sie hatte durch Samantha von Starlas gesundheitlichen Problemen und häufigen Schulfehlzeiten gehört. Sie lud Will ein, ihr im Haus und Garten zu helfen, um etwas zusätzliches Geld zu verdienen

Eines Tages, als ihr Mann geschäftlich unterwegs war, bot sie Will das Dreifache an, wenn er die Arbeit als spärlich bekleideter Cowboy verrichtete – eine Fantasie, die sie gestand, seit Jahrzehnten zu hegen.

Mit einem Stapel Rechnungen vom Jackson General Hospital und den Kosten für Starlas neuen Portkatheter und Insulin war Will nicht in der Lage, das Geld abzulehnen.

Mit dem Versprechen, über die geschmacklosen Aktivitäten Stillschweigen zu bewahren und ihre Hände bei sich zu behalten, willigte er ein, Gartenarbeit und Möbelmontage in dem Ten-Gallon-Hut, der Unterhose und den arschfreien Chaps zu verrichten, die sie bereitgestellt hatte.

Während ihre mit Diamanten besetzten Hände nie die Taschen ihres Häkel-Overalls verließen, hielt Charlotte die erste Hälfte ihres Versprechens nicht. Glücklicherweise für ihn plauderte sie beim nächsten wöchentlichen Buchclubtreffen vor ihren engsten Freundinnen.

Will begann Anrufe von einer Schar geiler Hausfrauen aus der Jackson-Hole-Gegend mit ähnlichen Angeboten zu erhalten. Innerhalb eines Monats, fand er sich wieder, wie er eine Reihe prunkvoller Häuser durchlief, gekleidet in welches Kostüm auch immer dieBesitzerin verlangte.

Er ließ die Gartenarbeit schnell fallen, da sie zu wenig diskret war, und bot stattdessen verschiedene private Dienstleistungen in den Häusern an – vom Staubwischen in Kampfmontur und Erkennungsmarken über Geschirrspülen in OP-Kleidung und Stethoskop bis hin zu Möbelmontage mit Stirnband und Lederjacke (ein Favorit unter den mittelalten George-Michael-Hardcore-Fans).

Das Reinigen in Kostümen kostete extra, aber es wurde bald eine ehrliche Möglichkeit, genug Kohle zu verdienen, um die Rechnungen aus dem Inkasso zu holen. Sechs

Monate später konnte Will die Mindest-Anzahlung für das bescheidene Hausleisten, in dem er und Starla jetzt lebten.

Er erinnerte sich an den unangenehmen Vorfall mit Charlotte beim letzten Mal, als er'sie gesehen hatte. Sie'war in einem roten, durchsichtigen Nachthemd die Treppe heruntergeschwebt, während Will Schmutz aus den Fugen ihrer gefliesten Kücheninsel in einem trojanischen Soldatenkostüm entfernte. Hinter ihmschob sie eine Hand in seine eng anliegenden goldenen Shorts und bediente sich unverschämt an einer Handvoll schlaffem Schwanz.

Er riss sich angewidert los und feuerte sie auf der Stelle als Kundin.

Verschmäht und rachsüchtig, verbrachte Charlotte die folgende Woche damit, jedem in ihrem sozialen Umfeld , der zuhören wollte,zu erzählen, er hätte sich an *ihr*rangemacht.

Zum Glück ging das Gerücht nach hinten los und lockte nur noch mehr Kundschaft an.

Die Anschuldigungen ließen seine Kundenliste im Nu anwachsen.

Will hatte die neue Berufswahl schon lange vor dem Übergriff dereinsamen Mutter hinterfragt, die seine Grenzen überschritt. Dass seine Kundinnen ihnanhimmelten, war schmeichelhaft, klar, aber es fühlte sich an, als wäre es nur ein kleiner Schritt vom kostümierten Putzmann zum

Prostituierten. Es war ein Schritt, den erum keinen Preis gehen wollte.

Er wusste, eines Tages, wenn sie alt genug war, würde er seiner TochterRede und Antwort stehen müssen über all das.

Zum Glückwarheute nicht dieser Tag.

„Hier." Starla reichte ihm die Fernbedienung und seufzte, als hätte sie gerade eine Doppelschicht hinter sich. „Ich weiß nicht, was ich nehmen soll. Zu viele Möglichkeiten."

Will lachte. Für eine Sechsjährige klang Starla manchmal wie eine ausgewachsene Erwachsene. Das brachte ihn immer wieder zum Lachen.

„Ich weiß genau, was wir brauchen."

„Was?"

„Ich' zeig dir heute einen Klassiker. Es'ist ein Schwarz-Weiß-Film, aber hab Geduld. Ich glaube, er wird dir gefallen."

„Neeeeeeeein! Papa, diese Filme sind so *langweilig*!"

„Sie sind nicht langweilig, sie sind *Kunst*."

„Da wird rumgeknutscht und so." Sie stopfte sich den Mund mit Popcorn voll und sprach weiter, während sie kaute. „Das ist eklig!"

„Liebe ist nicht eklig. „Ohne Liebe wärst du nicht mal hier", fügte er hinzu und zog sie zu einer Umarmung an seine

Seite. Gremlin sprang auf die Couch neben ihnen. „Außerdem liebe ich *dich,* und *das ist* doch cool, oder? Das ist nicht eklig. Ich liebe *Gremlin* hier und—"

Bevor Will fertig war, vergrub Gremlin ihrkurzes Gesicht in der Schüssel mit Popcorn.

„Nein, nein, nein!"

Als Will sie zurückzog, sah Gremlin aus wie einüberdimensionierterHamster, mit prallen Backen, bis zum Bersten vollgestopft.

„Böse Gremlin!"

Starla lachte, als ihr Vater die gefräßige Mopsdame hochhob und wieder auf den Boden setzte. Gremlin hob ihre Vorderpfote und tätschelte sein Wadenbein, als würde sie um mehr betteln.

„Nimm deine stinkenden Pfoten von mir, du verdammter dreckiger Affe", knurrte Will verspielt. Er verzog das Gesicht angesichts der vollgesabberten Schüssel in den Händen seiner Tochter. Will nahm sie, schritt durchs Wohnzimmer, betätigte barfuß den Hebel des Mülleimers und kippte den Inhalt der Schüssel hinein. „Ist jetzt wahrscheinlich voller Gremlin-Grind."

Er begann eine neue Tüte in der Mikrowelle aufzupoppen und streckte dann den Kopf ins Wohnzimmer.

„Sobald das fertig ist, bist du bereit, demFilm eineChance zu geben?“

Starla ließ sich dramatisch gegen die Couchlehne sinken. „Worum geht's?“

Will fragte sich plötzlich, ob er ihr *Vom Winde verweht* schon zu oft gezeigt hatte. Das Kind übernahm bereits einige von Scarlett O'Haras übertriebenen Manierismen. „Es geht um einen Cafébesitzer, der entscheiden muss, ob er seiner Ex-Freundin und ihrem Mann helfen soll, vor den Nazis zu fliehen.“

„Was ist ein Nazi?“ Ihr kleines Gesicht blickte zu ihm auf.

Mist. „Ähm, Nazis sind Bösewichte aus dem Zweiten Weltkrieg. Sie haben etwa sechs Millionen jüdischeMenschen umgebracht.“

„Wow.“ Ihre Augen wurden groß. „Gibt's die noch?“

„Nein.“ Sein Kopf wackelte leicht. „Ich meine, das kommt wohl drauf an, wen man fragt, aber der Krieg ist schon lange vorbei und alles ist in Ordnung...*naja*... mehr oder weniger.“

„Oh. Okay.“ Sie schnippte ein verirrtes Popcornstück von ihrem Schoß und amüsierte sich über Gremlins eifrige Suche danach. Schließlich fand die Hündin es, verschlang das Stück, und leckte hingebungsvoll die geisterhaften Rückstände von Butter vom Boden, wo sie es gefunden hatte.

„Klingt irgendwie... langweilig."

„Ach komm schon. Gib ihm eine Chance. Er gehört zu meinen absoluten *Lieblingsfilmen*."

„Ach je... *na gut*."

Erleichtert, dass der Fragenhagel abgeebbt war, kehrte Will mit dem frischen Popcorn zurück, legte die DVD ein und machte es sich wieder gemütlich.

„Cas-a-blay-an-ka?"

„*Casablanca*." Er lächelte. „Du wirst es lieben."

***

Nach zwanzig Minutenschlief Starla bereits, an ihren Vater's warmer Brust gekuschelt. Er strich ihr durchs Haar, während sich die Handlung der Liebesgeschichte vor seinen Augen entfaltete. Es war, als sähe er sie zum ersten Mal. Der Film weckte Gefühle in ihm, die er seit gut fünf Jahren nicht mehr gespürt hatte.

Leidenschaft.

Gemeinsamkeit.

Liebe.

Im Film wirkte das alles immer so einfach...

Junge trifft Mädchen. Junge heiratet Mädchen. Junge und Mädchen bekommen ein Baby und leben glücklich bis ans Ende ihrer Tage.

Sein Leben jedoch war alles andere *gewesen* als ein Märchen. Seins verlief eher nach dem Schema: *Junge trifft Mädchen. Junge und Mädchen bekommen ein Baby. Mädchen entdeckt Drogen. Mädchen verlässt Jungen und Baby für ihren Dealer...*

Starla war nun sein Leben.

Er schätzte alles, was er hatte, sehnte sich aber nach jemandem, mit dem er es teilen konnte. Er stolperte mit seiner Tochter durchs Leben, eine schmerzhafte Lernkurve nach der anderen.

Will hob Starla hoch und trug sie in ihr von Ballerinas geprägtes Schlafzimmer, dessen Wände die Farbe von Pepto Bismol hatten. Er betttete sie und strich ihr die Haare aus dem engelhaften Gesicht. Fast hätte er die Tür erreicht, als Starla sich regte.

„Papa?", flötete sie.

„Ja?"

„Du musst mich wie einen Burrito einwickeln."

Er lachte und verstand sofort. Er kehrte zu ihr zurück, wickelte sie fest in die Decke ein, von beiden Seiten, bis sie fest eingepackt war.

„Danke", murmelte sie gähnend und zog die Gliedmaßen eng an den Körper, als wäre sie in eine weiche Tortilla gewickelt.

„Gern geschehen. Ich liebe dich. Schlaf schön."

„Ich dich auch."Sie warf ihm einen übertrieben schmatzenden Kuss zu, und Will verließ das Zimmer, ließ die Tür einen Spalt offen.

Als er den Flur zurück ins Wohnzimmer ging, traf ihn eine Wand aus einsamer, fast betäubender Stille. Er ließ sich wieder auf die Couch fallen und drückte Play auf der Fernbedienung. Als der klassische Film wieder zum Leben erwachte, warf er einen Blick auf den wackeligen Stapel Filme auf dem TV-Schrank. Jede Geschichte voller Romantik und neuer Abenteuer. Menschen, die Risiken eingingen, ihre Seele entblößten, sich an alte Liebesbriefe klammerten, nach einer Seelenverwandten in einem einzigen Glasschuh suchten, mit Boomboxen auf Vorstadtstraßen standen und Zügen hinterherliefen – alles im Namen der Liebe.

Will fragte sich, ob er jemals eine Liebe finden würde, für die es sich zu kämpfen lohnte. Eine Frau, die ihn vervollständigte. Eine Romanze, deren Filmrechte John Hughes sofort schnappen würde.

Während Casablanca weiterlief, fütterte er Gremlin mit einer Handvoll kaltem Popcorn und versuchte, die nagenden, sinnlosen Gedanken abzuschütteln. Wem machte er was vor? Er war kein Prinz mit einem Schloss, bereit, eine schöne Fremde den Füßen wegzuzaubern.

Er war nur ein oberkörperfreier Aschenputtel, der in Halloween-Kostümen außerhalb der Saison Böden schrubbte, um Insulin und die Hypothek für ein Zweizimmerhaus mit verfallener Hinterveranda zu bezahlen.

4

Avas Vorhänge wurden aufgerissen. Sonnenlicht blitzte ins Zimmer, und blendete sie. Wütend mit den Augen blinzelnd, konnte sieschließlich eine Gestalt ausmachen.

„Steh auf, Dumpfbacke. Wir gehen ins Fitnessstudio."

„Niemals", stöhnte Ava, während siesich herumdrehte.

„Oh doch, das wirst du", knurrte Madison und packte Avasnackte Füße. „Gehst du *freiwillig,* oder muss ich deinen *Arsch*dorthin schleifen?"

„Es gibt also kein Entkommen, oder?", fragte Ava, rieb sich den Schlaf aus den Augen und versuchte verzweifelt, klar zu sehen.

„Ich meine,höchstens durch Körperverletzung."

„Ich schminke mich nicht. Du kriegst mich *naturel*oder gar nicht."

„Du kannst in Boxershorts und einem*Sombrero* hingehen, mir egal, Hauptsache dein flacherHintern kommt in Bewegung."

„Na gut!" Ava warf die Decke zurück und stapfte Richtung *angeschlossenem* Badezimmer. „Übrigens, ich hasse dich."

Madison kaute an ihrer Nagelhaut, nagte daran wie ein Nager. „Du wirst mich noch mehr hassen, wenn du dich nicht verdammt noch mal beeilst."

***

Das Duoschlängelte sich durch die Fitnessgeräte. Der Geruch von Schweiß, Körpergeruch und Bleichmittel brannte in Avas Nase. Siefolgte Madison mit einem Ausdruck von Desinteresse undleichter Abscheu. Die grellen Deckenlichter ließen die dunklen Ringe unter ihren Augen hervorstechen, und ihr verfilztes Nest aus rotbraunem Haar war zu einem unordentlichen Pferdeschwanz mit einemlila Haargummi gebunden. Ein lila Sport-BH lugte aus dem ausgeleierten Kragen ihresSweatshirts hervor, auf dem stand:*Nicht heute, Satan.*

Riesige aquariumartige Fenster rahmtendie perfekte Aussicht auf Jackson Hole direkthinter dem mit Laufbändern gefüllten Cardio-Bereich. Die späte Morgensonne glitzerte über die sanften Hügelund erleuchtete die Landschaft wie auf einer Postkarte. Die gigantischenBerge in der Ferne, für die Jackson Hole so berühmt-berüchtigt ist, waren mit frischem Schnee bedeckt, der Skifahrer lockte, Snowmobil-Besitzer anzog und den stets bereiten Schneepflügen, die in Schuppen Winterschlaf hielten, während der wärmeren Monate stetige Arbeit bescherte.

Madison erspähte die Beinpresse hinter einer Gruppe von Gym-Ratten, die in tiefe Gespräche vertieft waren. Sie winkte Ava zu, ihr zu folgen.

Ava rührte sich nicht.

Madison schlug eine Faust in die Hüfte ihrer schmerzhaft grellen, limettengrünen Yoga-Hosen. Die meisten ihrer Outfits stammten aus dem Farbspektrum von Textmarkern – knallig und visuell irritierend –, und dieses Ensemble bildete keine Ausnahme. „So wahr mir Gott helfe, mein Training kann auch darin bestehen, deinen Arsch von Gerät zu Gerät zu schleifen, wenn es sein muss."

„Ugh!„ Avas Schultern sackten zusammen. Sie blickte sich unsicher im wogenden Meer aus Spandex um sie herumum.

Madison klatschte ihr fest auf den Hintern, sprintete voraus und erreichte mühelos als Erste das Gerät. In einem neongrünen Sport-BH und einem knallrosa Mesh-Tanktop klopfte sie auf eines derGeräte,und forderte Ava mit einer Geste auf, Platz zu nehmen.

Wir'holen dich zurück in die Dating-Szene. Wenn du schon ganz unten bist, dann sollst du *bei Gott* wenigstens einen steinharten Hintern *haben*."

Du hast wirklich eine besondere Art mit Worten." Ava lachte widerwillig, während sie sich auf die Beinpresse setzte.

Du musst *unbedingt wieder Sex haben*. Wie lange ist es her?"

Es ist... schon eine ganze *Weile* her", murmelte Ava, während ihr vor Verlegenheit die Wangen brannten.

Was heißt ,eine Weile'?" Madison fragte mit hochgezogenen Augenbrauen.

Ich weiß'nicht genau", murmelte Ava und warf einem der muskelbepackten attraktiven Männer, der vorbeiging, ein verlegenes Nicken zu. „Vielleicht über anderthalb Jahre."

Moment. Ich dachte, du und Dan habt euch erst vor ein paar Monaten scheiden lassen."

Haben wir auch. Aber in den Monaten davor war er einfach nie, du weißt schon, *in Stimmung*." Sie schüttelte den Kopf und kicherte. „Nun, es stellte sich heraus, dass er sehr wohl *in Stimmung war, nur nicht mit* mir."

Die Worte auszusprechen fühlte sich an wie ein Schlag in den Magen.

Wir' werden dich durch diese Scheiße bringen. Es ist zum Kotzen. Du weißt,ich'war schon mal da, wo du jetzt bist.

Deshalb werde ich dir nichts durchgehen lassen." Madison packte Avas Beine und positionierte sie. „Jetzt tust du so, als ob es dich interessiert, und machst ein paar verdammte Beinpressen."

Na gut, zehn Pressen, und dann gehen wir nach Hause," brummte Ava.

„Nein. Lass uns *fünfzig* versuchen, und dann gehe ich beim nächsten Gerätetwas sanfter mit dir um."

Wie wär's mit *fünfzehn*, und ich verliere nicht komplett dieNerven gegenüber dir?"

„Dreißig."

„Na gut. Abgemacht. Zwanzig sind's." Langsam breitete sich ein Lächeln auf Avas Gesicht aus.

Madison lud ein paar kleine Gewichte auf die Maschine. Währenddessen ließ Ava ihren Blick schweifen.

Daentdeckte sie ihn.

Diese elektrisierend blauen Augen. Die, die sie durchzudringen schienen.

Sie starrten sie jetzt an, mit Lachfältchen in den Winkeln über diesem Knie-weich-machenden Grinsen auf seinem stoppelbärtigen Gesicht.

Es war der Man-Maid.

Wie hieß er noch?

Will?

Er nahm einen seiner Ohrstöpsel heraus und kam auf sie zu. „Hey! Erinnert ihr euch an mich?"

Ein betörender Mix ausSchweiß und würzigem Kölnisch Wasser wehte an ihr vorbei. Obwohl ein Teil von ihr zu Pudding zu werden schien, verwandelte sich ihr Inneres plötzlich in ein Gewirr aus Nervosität.

„Ja, du bist der Typ, der gesehen hat, wie ich gefeuert wurde", kicherte sie, obwohl es nicht lustig war.

„Ja, darüber... ich habe das Gefühl, ein guter Teil davon könnte meine Schuld gewesen sein. Ich hoffe, du weißt, dass es nicht'meine Absicht war, dich abzulenken oder zu frustrieren. Im Nachhinein war es einfach wirklich schlechtes Timing. Ich hätte einfach ein andermal wiederkommen sollen. Es'tut mir leid, wie das alles gelaufen ist und welchen Anteil ich daran hatte."

Sie grinste. „Hmmm. Das schätze ich."

Madison legte Will einen Arm um die Schulter und fragte: „Wie geht's Starla?"

„Ihr geht's gut! Bald wird sie eine wahre Macht sein, das merkt man schon. Die Kinder hänseln sie zwar noch, aber ihre Konter werden jeden Tag schneller und witziger."

Ava Blick traf Wills, und für einen Moment war sie wie versteinert. Schnell fasste sie sich wieder und lächelte: „Es'ist schön, dich zu sehen, Will."

„Ja, dich auch. Viel Spaß beim Training, Ladies.“

„Den gibt's nicht“, konterte Ava und lachte.

Will lachte und schüttelte den Kopf, setzte seinen Ohrstöpsel wieder ein und ging zurück zur Latzugmaschine ein paar Meter weiter. Madison blickte von Ava zu Will, dann zurück zu Ava.

„Was?“

„Du solltest *ihn* flachlegen“, flüsterte Madison so laut, dass Umstehende stehen blieben und starrten. „Man sieht doch total, dass da was ist.“

„Pssst!“ Ava war es zutiefst peinlich. „Halt verdammt die Klappe. Alle können dich hören.“

„Nein, er'hat Ohrstöpsel drin. Hör mal, Ava, von dem, was ich gehört habe, kommt er rum, und er'ist verdammt gut im Bett. Sieh ihn dir an. Er'ist ein alleinerziehender D. I.L.F.“

„Ein was?“

„Oh Gott, du bist eingerosteter als ich dachte.“ Madison beugte sich vor. *„Dad, I'd Like to F —“*

„Ich hab's verstanden“, unterbrach Ava.

„Also… frag ihn doch nach einem Date!“

„Ihn?!“ Ava war schockiert. „Nee! Ich weiß nicht, ob ich bereit bin. Ich würde all das hier“ – sie deutete von ihrem ungepflegten Haar bis zu ihren schäbigen Shorts – „in eine neue Beziehung mitbringen. Das wäre niemandem

gegenüber fair. Ich muss erst mein Leben in den Griff kriegen.“

Mit ungewöhnlichem Ernst sagte Madison leise: „Das Leben ist chaotisch. Du verdienst es, weiterzugehen. Ich sage nicht, dass du ihn *heiraten* musst. Nur… vielleicht mal was trinken gehen? Du musst aus dem Haus und *etwas* unternehmen.“

„Ich verstehe dich… aber nein, das kann ich nicht. Ich bin nicht bereit.“

Madison legte Ava die Hand auf den Arm. „Reiß dich zusammen, Mädel. Du schaffst das. Geh.“

Ava wusste, sie würde Madison die ganze Zeit auf sich einreden hören, wenn sie nicht ging. Sie war, wenn überhaupt eins, dann nervtötend beharrlich.

„Na gut. Ich frag ihn, aber wenn er mich abblitzen lässt, mache ich nur *zehn* Beinpressen.“

„Wie du willst. Abgemacht.“

Der Handel war besiegelt. Nun spürte Ava, wie eine Röte von ihrem Hals bis in ihre Wangen stieg. Sie stand von der Presse auf und ging auf Will zu. Er saß da und zog an der Latzugstange. Sie zögerte, studierte seinen muskelbepackten Körper im Spiegel, bevor sie ihm schließlich auf die Schulter tippte. Er ließ die Gewichte fallen und drehte sich zu ihr um.

„Oh, hey! Was gibt's?“, fragte er und nahm den Ohrstöpsel wieder raus.

„Danke für das, was du vorhin gesagt hast. Wir sind irgendwie falsch gestartet.“

„Ach, du warst beschäftigt. „Ich habmich nicht beleidigt gefühlt.“

„Danke.“ Avas Herz hämmerte wie eine Trommel in ihrer Brust, als wäre sie auf einem Rockkonzert.

Will nickte und hielt ihren Blick fest einen Moment lang.

„Vielleicht sollten wir nochmal von vorn anfangen. Neuanfang, sozusagen. Ava Quinn.“ Sie streckte ihm die Hand entgegen. „Ich'bineine arbeitslose Hundemama, die Sport hasst. Oder einfacher ausgedrückt: ein Glücksgriff“, scherzte sie, während sich Schweißperlen in ihrem Nacken bildeten.

unterdrückte ein Lachenund streckte seine Hand aus. „Will Jessup. Ich verkleide mich in viel zu enge Halloween-Kostüme und schrubb den Schimmel aus den Duschen reicher Leute.“

lachte laut, als sie sich die Hände schüttelten, und presste sich dann schnell eine Hand vor den Mund, bevor sie etwas Peinliches wie ein Schnauben tun konnte. Sie wusste nicht, was es mit ihm auf sich hatte. Für eineFrau,

50

dieregelmäßig vor großen Gruppen von Männern stand, Schulungen leitete und als Gastrednerin auf Symposien im ganzen Land auftrat, fühlte sie sichplötzlich sprachlos.

", ihre Lippen zuckten, während sie überlegte, ob sie die Frage zu Ende bringen sollte, „irgendwann mal mit mir was trinken gehen?"

Estut mir leid." Er seufzte, sein markantes Gesicht ernst. „Ichhabe eine Regel. Ich date keine Klientinnen."Sein Blick verriet, wie schwer ihm diese Worte fielen.

Ihre Schultern sackten in einer Mischung aus Niederlage und Erleichterung herab. Immerhin wares über die Bühne gegangen. Auch wennsie'die erwartete Antwort bekommen hatte. „Aber,der Vollständigkeit halber:streng genommen*bin*ichnicht deine Klientin. Madison hat dich engagiert. „Ah, Sich auf eine Spitzfindigkeit berufen, was?" Er grinste.

Ava spürte, wie ihre Knie weich wurden, und

versuchte, dasGrinsen auf ihren Lippen zu unterdrücken. Schließlich sprach Will

wieder. „Du hast einen Hund, oder? Wie heißt er nochmal?"

„Kuda."

„Ach ja", kicherte er, „stimmt. Barry-Kuda." Er wedelte mit einem Finger vor ihr. „Das ist ein Wortspiel."

„Ich gebe mir Mühe." Sie zuckte spielerisch mit den Schultern.

Wills Blick verweilte auf dem eng anliegenden Spandex, das sich wie gemalt um ihre wohlgeformten Beine schmiegte.

„Na ja, ich sehe wohl kein Problem." Er stand von der Bank auf und trat näher, stützte einen glänzenden Arm gegen die Rückseite der Maschine neben ihr.

Ava blickte sich nervös um und versuchte verzweifelt, seinem Blick zu entkommen. Sie fühlte sich in eine Art Anziehungskraft gezogen, unfähig, sich von ihm zu lösen, selbst wenn sie gewollt hätte.

„Weißt du, wo der Morad Park ist," fragte er schließlich.

In dieser Nähe, spürte sie seine Wärme durch ihre Kleidung dringen wie von einem Heizlüfter, die ihre Haut durchdrang und sie bis ins Mark erwärmte. Sie beobachtete, wie ein Schweißtropfen die Seite von Wills Hals hinablief und auf seine Brust tropfte. Unbewusst biss sie sich auf die Lippe. Irgendetwas an einem verschwitzten Mann ließ sie ihn noch mehr *zum* Schwitzen*bringen wollen.*

Es war da.

Sie spürte es.

Den Funken.

„Ich glaube schon. Das ist doch der Platz an der 12. Straße, oder?"

„Jap. Das ist der hundefreundliche Spazierweg am Fluss. Schon mal dort gewesen?

„Nein, tatsächlich noch nicht."

„Gut." Will lächelte und beugte sich ein winziges Stück näher. „Dann sorge ich eben für deine Premiere dort."

Plötzlich fühlten sich Avas Wangen an, als würden sie mit einem Brenner versengt bei dieser Bemerkung.

Äh... wie bitte?

„Hast du morgen Zeit?" Er trocknete sich die Bizepse und Schultern ab, die sich vom harten Training deutlich abzeichneten.

Ava hatte noch nie so sehr ein Stück Stoff sein wollen in ihrem *Leben*.

„J-ja", stotterte sie. „Lass mich nur meinen Arbeitsplan checken... ha-ha, Spaß, ich bin total frei, quasi *auf unbestimmte Zeit*." Ava fühlte sich wie ein Wrack, stolperte über ihre Worte und machte Witze über ihre Arbeitslosigkeit. Sie war hyper-sensibel für die nervösen Schmetterlinge — nein, *Raptoren* —, die an ihrem Magen kratzten.

„Super. Treffen wir uns dort um eins? Ich gehe mit Gremlin nach dem Mittag immer dorthin, wenn ich frei habe."

„Gremlin. *Süß*. Gefällt mir der Name."

„Super." Will richtete sich auf und lächelte.

Ava wurde schwach bei dem Anblick seiner perfekten Zähne. „J-ja. Bis dann." Sie drehte sich um, stolperte über ihre eigenen Füße, fing sich mit einemausgestreckten Arm ab, kurz bevor sie fiel.

Will hatte reflexartig nach ihr gegriffen. „Alles klar?"

„Ja, ich, ähm... zwei linke Füße." Seine Berührung jagte ihr einen Schauer über den Rücken. „Danke."

„Keine Ursache."

„Keine Sorge, das werde ich nicht. Das würde ich am liebsten komplett von meiner Festplatte löschen. Das ist die Strafe dafür, direkt vor dem Gym Martinis zu trinken."

Er musterte sie einen Moment lang, unsicher, ob sie es ernst meinte.

„Ich mach nur Spaß, Will."

Will wirkte erleichtert.

„Völlig nüchtern. Einfach nur tollpatschig. Ehrlich, mir geht's gut."

Ava drehte sich weg, ihreAugen weit aufgerissen, als sie Madison auf der anderen Seite des Fitnessstudiosmit einem Blick purer Verlegenheit ansah.

Sobald sie einen Schritt entfernt war, flüsterte sie und fragte sich, ob sie sich hier in aller Öffentlichkeit übergeben würde. Sie packte Madisons Hände. „Oh, *Gott*, Maddy, was hab ich gerade *getan*? Ich erinnere mich nicht mal mehr, was ich *gesagt hab*!"

„… Und du bist gestolpert, du grazile kleine Ballerina."

„Und ich bin gestolpert!" Ava griff sich an die Nasenwurzel und kneifte die Augen zusammen.

„Ist schon gut. Er wirkte völlig unbeeindruckt." Madison packte Avas Schultern. „Hey, du geile Sau. Du bist heiß. Mach dich nicht wegen einer kleinen Abfuhr fertig. Du *bist* klug und arbeitest hart. *Du bist ein Fang.* Hör auf, dich wie *Beute* aufzuführen und sei ein verdammter *Löwe*."

„Du hast recht. Ich… schaffe das", wiederholte Ava leise.

„Was zur Hölle war das? Versuch's nochmal."

„Ich *schaffe das*." Diesmal mit mehr Überzeugung.

„Zeig mehr Eier!"

„*Ich… schaffe… DAS!*" knurrte Ava.

„Genau *richtig*, und jetzt benimm dich *auch* danach!"

Avas Augen wurden zu zwei riesigen moosgrünen Kugeln. „*Oh*!"

Madison kicherte. „Du siehst aus, als hättest du gerade einen *Stromschlag* bekommen."

„Maddy, er hat mich nicht abblitzen lassen."

„Was?"

„Er hat nicht nein gesagt. Wir treffen uns morgen in einem Park."

„Geil!" Sie gab Ava ein High-Five und beobachtete, wie Will Richtung Umkleide verschwand. Madisons Kopf schnellte komisch zurück. „Mädchen, sofort auf dieses Gerät. Wir müssen deinen Hintern *straffen*, damit er *durchgenommen* werden kann."

„Meine *Güte*, du bist so vulgär", lachte Ava.

5

Wütende Wyoming-Windböen fegten pudrigen Schnee über die Motorhaube von Wills kastanienbraunem Truck wie ein zielloser Geist. Gewaltige Berge umschlossen Jackson Hole und hielten die Stadt in ihrem eisigen Griff.

Will stand am Straßenrand und sammelte sichschweigend. Das monumentale Anwesen war weitläufig, zweistöckig miteiner riesigen umlaufenden Veranda. Mit federleichten Wolken, die denweiten Himmeldurchzogen, wirkte das aufragende Haus des Klienten wie direkt einem Druck von Thomas Kinkadeentsprungen.

Ein Baumwollschwanzkaninchen hoppelte über eine weiße Düne. Wills Blick folgte dem Hasen , während er über das Multimillionen-Dollar-Grundstück in Richtung eines Nachbarhauses flitzte.

Weiter unten am Weg ruhten sich ein Hirsch und sein Harem unter einer ausgewachsenen Virginischen

Traubenkirsche aus, die sie etwas vor den Elementen schützte.

Doch als er die Umgebung absuchte, bemerkte Will, dass er noch keinen *Raubtier*entdeckt hatte

Lauernd, mit wildem Blick auf ihn fixiert

Streunende Pumas waren hier in den Rocky Mountains nichts Ungewöhnliches, aber dies war eine, mit der er seit einem Jahr zweimal monatlich zu tun hatte...

Die verdammte Denise Kronin.

Er stieß einen tiefen Seufzer aus, der die Scheiben beschlug, richtete sein Outfit und rollte die Schultern zurück.

Denise stand hinter der gläsernen Haustür und wartete ungeduldig in einem körperbetonten grünen Strickkleid. Wasserstoffblonde Locken umrahmten ein Gesicht, das dank ihrer teuren Plastikoperation*seltsam*jung wirkte, als er aus seinem in die Jahre gekommenen Dodge Ram hinaussah. Die zierliche Frau in ihren frühen Sechzigernblitzte mit einem von Veneers überladenen Lächeln und winkte ihn mit verführerisch gekrümmtem Finger herein.

Will erwiderte das Lächeln der langjährigenKundin und sprang in den Schnee. Seine Kampfstiefel gruben sich mit lautem Knirschen in das weiße Pulver. Er schob sein enges, beiges T-Shirt in die Wüstentarn-Hose, wobei die Hundemarken laut aneinanderschlugen. Durch den eisigen

Schneesturm stapfend, begab sich Will in die Höhle desLöwen.

„Guten Morgen, Denise." Nervös überprüfte er noch einmal das Klettnamensschild auf seiner Tarnjacke, auf dem „Sgt. Sexy"stand, um sicherzugehen, dass es nicht wieder abgefallen war.

„Guten Morgen, Hübscher." Denise streifte ihm bereits die Tarnjacke ab, um das darunterliegende enge Shirt zu enthüllen. Als sie sie abgelegt hatte,trat sie zurück und lächelte, während sie ihn mit Blicken verschlang. „Du weißt wirklich, wie man jedes Outfit perfekt ausfüllt."

Will zeigte ein dankbares Lächeln, auch wenn ihre Objektifizierung ihn beunruhigte.

„Dreh dich um. Lassuns den Rücken sehen."

Will wischte sich schnell die Füße auf der Fußmatte ab und drehte sich langsam mitten auf dem schachbrettartigen Marmorboden der Eingangshalle. Denise klatschte.

„Ich freue mich, dass es dir gefällt."

„Nein. Es gefällt mir nicht. Ich *liebe* es. Du bringst mich dazu, eine ziemlich großzügige Spende an unsere Truppen zu senden."

Er öffnete den Garderobenschrank und hängte seine Tarnjacke auf einen der verzierten Kleiderbügel. Alles in ihrer Villa war extravagant und mit Goldverzierungen, Elfenbein oder Marmor geschmückt.

„Also? Will. Fällt dir *nichts* auf?"

Obwohl er niemals von sich aus einen Kommentar dazu abgegeben hätte, war Will tatsächlich aufgefallen, wie ihre einst durchschnittlichen natürlichen Brüste plötzlich zu schweren D-Körbchen herangewachsen waren, die ihren sonst dürren Körper fast umzuwerfen drohten.

„Du hast was mit deinen Haaren gemacht", neckte Will.

„Du weißt verdammt gut, dass ich nicht an Perfektion *herumpfuschen* würde. Rate weiter...." Denise deutete auf ihre Brust.

„Oh! Die sind... wunderschön." Will wusste nicht, was die richtige Antwort war. Die Frau sah aus wie ein Zahnstocher, auf den zwei große grüne Oliven aufgespießt worden waren.

„Sie sind toll, oder?"

„Klar!" Will schluckte schwer.

„Dr. Spatz ist ein Genie. Er ist wie *Michelangelo*, und ich möchte mich ihm einfach anbieten und sein kleiner Klumpen Ton sein."

„*Marmor*", korrigierte Will leise.

„Wie bitte?“ Ihre blonden Locken wippten, als sie den Kopf ruckartig drehte.

„Michelangelo arbeitete meist mit Marmor oder Bronze, wobei, glaube ich, die *Zwei spanischen Kämpfer* eine einmalige Ton-Ausnahme waren.“

„Meine Güte, du bist voller Überraschungen, nicht wahr, Mr. Jessup?“ Sie musterte ihn wie ein Pferd zum Kauf. „Ich hatte keine Ahnung, dass du so... *kultiviert*bist.“

Du weißt verdammt noch mal nichts über mich, außer wie mein Arsch in Boxershorts aussieht, dachte Will.

Will fuhr sich mit der Hand durch die Haare. „Sie sehen umwerfend aus, Mrs. Kronin. Mr. Kronin muss ein glücklicher Mann sein.“

„*Pah,*“ spottete Denise und schwebtedurch die großzügige Eingangshalle in Richtung des restlichen Hauses. Das Klacken ihrer Absätze hallte von den hohen cremefarbenen Wänden und der gewölbten Decke wider. „Der alte Knacker ist noch nicht aus Okinawa zurück. Und selbst dann bin ich mir nicht sicher, ob er es überhaupt bemerkt, außer ich bestelle ein maßgefertigtes Neon-Schild, das auf meine Brustzeigt.“

Will folgte ihr dicht auf den Fersen, als sie in einen nahen Flur abbog und Richtung Küche ging.

„Ich hasse es, darauf zu warten, dass er mich bemerkt. Ichbin mir ziemlich sicher, dass er eine Affäre hat. Seine Assistentin gefällt mir nicht. Sie ist zu... *aufgedreht*. Die beiden hocken seit zwei Wochen im selben Hilton wegen dieses Tech-Deals, an dem er arbeitet. Man muss kein Genie sein...“”

Ihre Stimme verlor sich, während sie sich zum großen Esszimmer begab.

Will hatte das Gefühl, er müsse die Stille unterbrechen. „Wenn er dich betrügt, Denise, dann ist der Mann nachweislich verrückt.“

Sie lachte, hochmütig und spitz, und presste ihre Hände auf die teure, marmorierte Holzplatte. „Er hat *mich* geheiratet. Das allein *beweist*, dass der Mann verrückter ist als eine Kloakenratte.“

„Hey“, meldete sich Will zu Wort. „Du bist eine wunderschöne Frau mit einer großzügigen Seele. Ich will nichthören, dass du so über dich sprichst, okay?“

„Zu Befehl, Herr Hauptmann,“ bellte sie mit einem Zwinkern und legtedrei manikürte, ringgeschmückte Finger an ihre Stirn zu einem schlampigen militärischen Gruß.

Will lächelte über den verstümmelten Versuch. „Also, was steht heute auf dem Programm?“

„Nun", sie deutete mit ihrem knöchrigen Daumen hinter sich, „heute geht es nur um das Arbeitszimmer, zwei der Gästezimmer und hauptsächlich die Bäder oben. Oh, und ich habe ein paar Damen eingeladen, diesozusagen den Servicebegutachten sollen, den du anbietest. Du weißt schon, um zu sehen, ob du zu ihnen passen würdest. Mehr Strohwitwen wie ich, aber welche mit *altem Geld*." Sie lehnte sich über den Tisch und trank den Anblick von Wills Muskeln, die sich nur leicht unter seinem Armee-Outfit abzeichneten. „Eine von ihnen ist *die Cousine* eines *zweiten* Cousins eines *Rockefellers*." Sie flüsterte das letzte Wort wie ein schmutziges Geheimnis.

„Oh", sagte Will ausdruckslos.

„Sie waren neugierig, ob du gut bist. Ich habe ihnen gesagt, dass dufabelhaft bist, aber sie bestehen darauf, es selbst zu sehen. Ich zahle natürlich einen Aufpreis."

„Ich wollte nicht fragen—"

„Keine Sorge. Ich *bestehe* darauf. Mehr Augen, mehr Geld. Wie in einem Stripclub." Denise kicherte, als ob das, was sie gesagt hatte, ein Witz wäre. „Die meisten dieser Frauen wollen einfach nur einmal *einen Mann* putzen sehen, und das ist besser als der blutige Mary-Brunch im Club." Ihre Augen weiteten sich. „Oh, das erinnert mich. Julio?!"

Will schluckte schwer und blickte sich im makellosen Esszimmer um. In diesen teuren Häusern gab es fast nie etwas, was er wirklich sauber machen musste.

Denise rief laut über ihre Schulterpolster. „Verdammt noch mal, *Julio*!“

Einen Moment später kam ein kleiner, mittelalterlicher Latino-Mann herein, mit einer Kartoffel in der einen und einem altmodischen Sparschäler in der anderen Hand. Seine Schürze war frisch gebügelt und gestärkt.

„Ja, Madam?“

Will bemerkte den leichtesten Hauch eines kubanischen Akzents, obwohl der Mann versuchte, ihn zu verbergen.

„Julio, hol mir eine Bloody Mary, würdest du, Schatz?“ Denise suchte nie den Blickkontakt mit ihrem Diener, sondern stellte die Frage über ihre mit Angora bedeckte Schulter.

„Ja, Madam.“ Julio verneigte sich leicht und ging zurück in die Küche.

„Oh, und Julio?“

„Ja, Madam?“

„Mach sie extra scharf.“ Sie lächelte Will an, während sie sich immer noch von ihrem Koch abwandte.

„Natürlich, Madam.“

„Und tu die eingelegten grünen Bohnen rein, die ich mag."

Doch Julio war bereits verschwunden. Will spielte nervös mit seinen falschen Hundemarken.

„Komm, Will. Hol deine Utensilien. Du kannst anfangen, die Gästezimmer oben herzurichten, und wenn die Damen da sind, kannst du die Fußleisten und die Fugen in den Gästebädern schrubben. Du weißt schon, etwas unten am Boden, um deine... *Reize* richtig zur Geltung zu bringen." Hartnäckige Fältchen bildeten sich an den Rändern ihrer schelmischen Augen.

Will zwang sich zu einem Lächeln und einem höflichen Nicken. „Wird gemacht."

„Die Schwester meines Mannes kommt nächste Woche mit all den Kindern zu Besuch, deshalb soll alles makellos aussehen."

„Verstanden." Will nickte. „Dann mach ich mich mal an die Arbeit." Er deutete zur Küche, und sie nickte. Er schlenderte hinein. Die weißen Schränke und hochmodernen Geräte glänzten. Er lächelte Julio zu und nahm wie üblich ein paar Reinigungsutensilien aus der Vorratskammer.

„Oh, und Will, staub auch die Deckenventilator-Flügel obenab, ja?"

„Kein Problem. Gern geschehen.“

Julio reichte Denise die Bloody Mary, und sie schnappte sie gierig, während sie den Selleriestiel drehte, um die Eiswürfel klirren zu lassen. Der Chef hob das Glas hoch, das er gerade verschloss. „Ich habe extra eingelegte grüne Bohnen für dich reingetan.“

Denise stöhnte, nachdem sie einen Schluck von dem Getränk genommen hatte. „Außergewöhnlich.“

Julio nickte und ging hinüber, um das Glas im Kühlschrank in der Nähe von Will wegzustellen. Er musterte das Kostüm des Mannes. „Heute Militärtyp, was? Hübsch. Armee-Tarnanzug. Oh Mann, das weckt Erinnerungen.“

„Waren *Sie*... beim Militär?“, fragte Denise.

„Ja, Madam, das war ich“, murmelte Julio. „Armee. Während Desert Storm, Madam. Diese Uniform holt einige Erinnerungen zurück.“

„Vielen Dank für Ihren Einsatz“, sagte Will ehrfürchtig. „Und Sie?“

„Oh“, Will spürte, wie sein Gesicht vor leichter Verlegenheit errötete, „ich... äh... es ist nur ein Kostüm.“ Er deutete auf sein Namensschild „Sgt. Sexy“.

Julio kicherte. „Schon mal von Stolen Valor gehört?“

„Jawohl, habe ich. Ich—“

„Ich habe nur Spaß gemacht." Julio schüttelte den Kopf, lachte und kehrte zum Kartoffelschälen für das Abendessen zurück, das er zubereitete.

„Ich treffe dich gleich oben. Ich ziehe mich um. In der Zwischenzeit, *mach deinen niedlichen kleinen Hintern an die Arbeit*!" Denise brüllte wie ein Drill-Sergeant und hielt drei Finger an ihre von Botox gelähmte Stirn.

Will und Julio kicherten beide bei dem Anblick.

„Mrs. Kronin, erinnern Sie mich später daran, Ihnen einen ordentlichen Gruß beizubringen." Julio schüttelte den Kopf.

6

„Jeden Morgen bin ich steif wie ein Brett", krächzte die ältere Rezeptionistin und richtete ihre Katzen-augen-Brille zurecht. „Ohne mein Yoga kann ich mich nicht genug lockern, um das verflixte Haus zu verlassen. Gott sei Dank *hat* meine Enkelin mir das empfohlen, als ich Physiotherapie für meine Hüfte machte. Es hat mein Leben verändert. Du erinnerst mich übrigens sehr an sie."

Ava hörte aufmerksam zu, aufdem schwarzen Ledersessel neben der offenen Bürotür. „Ich bin froh, dass du etwas gefunden hast, das dir Linderung verschafft, Marge. Ich erinnere mich, als du uns dort bei Burtonverlassen hast. Da war diese riesige Lücke, die nicht zu füllen war."

„Ach Ava, der Stress dort war zu viel für mich, und dieser Typ, Gary, hat mich in den Wahnsinn getrieben. So verkrampft und Typ A. Stress und chronische Schmerzen sind ein Rezept für Elend. Ich musste tun, was das Beste für mich war."

„Arthritis klingt schrecklich.“

„Ach, man lernt, damit zu leben. Du würdest staunen, was deinKörper mit der Zeit zu ertragen lernt, leider.“ Marge schob sich von ihrem Nussbaum-Schreibtisch zurück und drehte ihren Drehstuhl zu Ava. „Es geht alles um die Einstellung. Das Gehirn ist ein widerstandsfähiges Ding. Wohin der Geist geht, folgt die Seele.“

„Ich liebe es, dass du einen Weg gefunden hast, mit den Schmerzen umzugehen. Glaubst du, dass der Geist die Seele führt? Oder denkst du, dass er dem eigenen Herzen *folgt?*“

„Dem Herzen zu folgen ist überbewertet, Liebes.“

Avas Augen glänzten im warmen Halogenlicht, als sie zurückzuckte, schockiert. „Was?! Marge! Ich hätte dich immer für einen hoffnungslosen Romantiker gehalten.“

„Romantik... ist... *vergänglich*“, begann Marge und formte die Worte mit faltigen Lippen und Zähnen, die von einer lebenslangen Vorliebe für starken Kaffee gezeichnet waren. „Das Herz ist ein eigenwilliges, unstetes Ding, dessen Bedürfnisse und Wünsche sich ständig ändern. Es ist schwer, das Schlechte mit dem Guten zu akzeptieren, ohne es verändern zu wollen, während man gleichzeitig die Logik in den Mittelpunkt stellt. An manchen Tagen fälltes‘s schwer. *Wirklich* hart.“

„Wie lange bist du schon verheiratet, Marge?“

„Mal sehen... Janet und ich sind seit... sechsunddreißig Jahren zusammen, aber verheiratet seit acht."

„Wow. Unglaublich." Ava lächelte. Ihr Blick glitt zu dem kunstvollen Gemälde, das sie Marjorie letztes Jahr zum Geburtstag geschenkt hatte. Es hing nun in einem rustikalen Holzrahmen über dem ansonsten schmucklosen Schreibtisch der Frau. „Hast du einen Rat für mich auf diesem Gebiet?"

Marge klopfte mit einem langen, pinkfarbenen Nagel auf ihren passenden Lippenstift. Ein Gedanke schoss ihr durch den Kopf. „Ja, hab ich. In diesem Leben wirst du Fehler machen, aber wenn du dich wie ein Idiot anstellen *willst... dann lass es* für *die Liebe*sein."

„Nun, ich habe mich schon mal deswegen lächerlich gemacht. Du weißt schon, mit Dan."

„Ach, sei still, Kind. Wie lange kenne ich dich schon? Dumm wäre das Letzte, womit ich dich beschreiben würde." Marge verschränkte die Arme vor ihrem Strickpullover. „Das Leben wird uns immer wieder zum Narren halten, Ava. Aber die Liebe ist das Einzige, für das es sich lohnt, sich aus dem Fenster zu lehnen."

Ava konnte das optimistische Grinsen nicht unterdrücken, das sich auf ihrem Gesicht ausbreitete.

„Ava?" Eine Frauenstimme drang aus einer der offenen Bürotüren.

Marge warf ihr ein breites Lächeln zu und deutete auf einen der Räume. „Ms. Rivers empfängt Sie jetzt." Sie winkte Ava mit den Fingern zu, als diese sich auf den Weg ins Büro machte.

„Mach die Tür bitte hinter dir zu, Schätzchen", forderte eine mittelalte Frau mit einer markanten weißen Haarsträhne. Die Frau wies auf den Stuhl gegenüber dem L-förmigen Schreibtisch. „Nehmen Sie Platz. Es freut mich, Sie kennenzulernen."

„Danke für die Gelegenheit," sagte Ava fröhlich, während sie Platz nahm.

„Kein Problem. Ich bin Jessica Rivers. Ich nehme an, wir führen das Bewerbungsgespräch für eine unserer Buchhaltungsstellen hier bei der Jarvis Group, korrekt?"

„Ja, es freut mich sehr, Sie kennenzulernen, Ms. Rivers", sagte Ava und streckte ihre Hand zum Händedruck aus.

Nicht zu fest wie ein Gorilla. Nicht schlaff wie eine Nudel. Sondern fest, mit Augenkontakt. Ihre ganzen Business-Management-Kurse fielen ihr auf einmal wieder ein.

„Ich *liebe* Ihr Outfit übrigens," fügte Jessica hinzu und deutete auf Avas Kleidung.

Ava blickte auf ihr burgunderrotes Blazer- und Rockensemble hinab. Ein zartes, spitzenverziertes Top lugte unter dem Saum hervor. „Oh! Danke."

Jessica überflog mit den Augen den Papierlebenslauf vor sich und machte lesende Schnalzgeräusche. „Hier steht, Sie waren Chief Revenue Officer bei Burton Laboratories?"

„Das stimmt."

Jessica blickte mit hochgezogenen Brauen vom Lebenslauf auf. „Ihnen ist bewusst, dass dies eine *Buchhalter*-Position ist."

„Ja, das ist mir bekannt. Und ich freue mich darauf, zu einer Position zurückzukehren, die näher an meinem Studienabschluss liegt."

„Ich sehe hier, dass Sie einen Bachelor in Betriebswirtschaft von der Jacksonville University haben."

„Ja, das stimmt."

Jessica blickte auf, nur mit den Augen, und musterte Avas Gesicht. „Warum sind Sie bis nach Jacksonville gegangen, um diesen Abschluss zu machen?"

„Ich war jung. Ich wollte auf eigenen Beinen stehen und sehen, wie das Leben woandersist. AmEnde hat es michWyoming erst richtig schätzen gelehrt. Florida war nich't meins. Tatsächlich mochte ich es überhaupt nicht, aber ich blieb, bis ich den Abschluss gemacht hatte. Ich bringe Dinge zu Ende."

„Sie sind engagiert."

Ava nickte. „Ich blühe dort, wo man'mich pflanzt."

„Nun…“, die Frauüberflog den Lebenslauf erneut, „ehrlich gesagt, Ava, ich sage es ungern, aber ich denke, Sie sind für diese Position etwas überqualifiziert.“

Verdammt! Ich wusste, dass das kommt, dachte Ava.

„Bei allem Respekt, Ms. Rivers, ich hatte das Glück, in den zwölf Jahren bei Burton Labs Erfahrungen über mein Studium hinaus zu sammeln, aber ich möchte zurück zu meinen Wurzeln, und ich bin sicher, dass ich das hier bei Jarvis tun könnte. Ich habe Ihr Unternehmen vor dem Vorstellungsgespräch studiert, und ich wäre eine Bereicherung für Ihr Team. Sie hatten in den letzten Jahren einen beachtlichen Wachstumsschub. Jarvis ist sehr philanthropisch mit einer offenbar verpflichtenden Gemeinschaftsdienstvereinbarung. Sie'legen Wert auf Ihr Image, und ich'm hier, um mit meiner bisherigen Erfahrung als Finanzberaterin dazu beizutragen.“

Jessica lächelte gequält und nickte. „Nach Ihren bisherigen Verantwortungsbereichen zu urteilen, scheinen Sie sowohl inAkquisitionen als auch in Unternehmensfinanzierunginvolviert gewesen zu sein. Das ist ziemlich ein Balanceakt.“

„Ich bin vorkeiner Herausforderung zurückgeschreckt. Mich tief in die Strukturen eines Unternehmens einzuarbeiten, zu sehen, wie es funktioniert,zu erkennen, wo seine Stärken und Schwächen liegen... Ich denke, ich bringe viel Erfahrung und wertvolle Einsichten mit. „

Ava beobachtete, wie Jessicas Augenbrauen immer höher wanderten, und machte sich Sorgen, dass sie irgendwann in der Haaransatzlinie verschwinden würden.

„Das mag sein, aber nehmen wir an, ich stelle Sie ein. Sie arbeiten hier ein paar Monate, dann bietet sich eine bessere Position anderswo und Sie verlassen uns. Verstehen Sie jetzt, warum ich's Risiko nicht eingehen kann, jemanden mit Ihrem fortgeschrittenen Karrierehintergrund für einebeinaheEinstiegsposition in der Buchhaltung einzustellen?"

„Nun, Sie können es so betrachten, oder Sie können die Möglichkeiten meiner potenziellen Aufstiegschancenhier und das, was auf dem Karriereweg vor Ihnen liegt, in Betracht ziehen."

Jessica lachte. „Dies ist ein Familienunternehmen. Der Chef *und sein Sohn* arbeiten hier. Wenn Sie nach einer Position als CRO, wie Sie es waren, oder CFO suchen, dann sind die Chancen *äußerst* gering . „

Avas Herz sank. „Gibt es *irgendeine* Aufstiegsmöglichkeit in Zukunft?"

Jessica lehnte sich in ihrem quietschenden Bürostuhl zurück und verschränkte die Finger. „Wir suchen jemanden, der bis zur Rente arbeiten möchte. Jemanden, auf den wir uns verlassen können, dass er bleibt. *Wir können uns nicht leisten, dass Leute nach besseren Positionen streben,* besonderswenn sie Zugang zu so vielen sensiblen Informationen haben. Wenn Sie in derBuchhaltung hier arbeiten, werden Sie wahrscheinlich in der *Buchhaltung* bleiben. Es gibt eine niedrigeDecke, die mit dieser Position einhergeht."

Ava überlegte, wie sich überhaupt eine Decke anfühlen würde.

Plötzlich fühlte sie sich erdrückt.

„Ich denke trotzdem, dass dies eine gute Besetzung sein könnte", log Ava. Sie lächelte warm. „Ich könnte eine wertvolle–"

Ein lautes Seufzen entwich Jessicas roten,matt lackierten Lippenund unterbrach Ava mitten im Satz. „Danke für Ihre Zeit."

Ava spürte, wie ihr Mut schlagartig verflog.

„Marjorie schien Sie wirklich zu mögen. Ich habe euch beide draußen gehört. Sie hat ein untrügliches Gespür für Charakter." Jessicas trügerisch peppiger Ton stand im Widerspruch zu dem sinkenden Gefühl in Avas Bauch.

„Sie und ich haben jahrelang zusammengearbeitet. Sie ist fantastisch. Da haben Sie eine Gute erwischt." Ava zwang sich zu einem traurigen Lächeln und erhob sich vom Stuhl.

„Viel Erfolg bei der Besetzung der Stelle."

„Danke, Ms. Quinn."

Mit erhobenem Kinn verließ sie leise den Raum, nickte Marge im Empfangsbereich zu und schloss die Eingangstür hinter sich.

7

Die eisige Kälte schien direkt durch die Fenster und Lüftungsschlitze zu schneiden, wasdie Heizung des Denali zwang, mit voller Leistungzu laufen. Der bewölkte Himmel drohte jeden Moment aufzubrechen und versprach, Zentimeter von Schnee über die malerische Stadt zu ergießen. Als sie in die Zufahrt des Morad Parks einbog, sah sie nur ein Schneemeer, mindestens einen Fuß hoch, das die Markierungen auf dem Asphalt verdeckte.

Ava parkte in einer freien Ecke und legte stellte den Gang des Wagens auf „Parken". Gleich hinter der nahen Baumreiheentdeckte sie Will, eingepackt in einem schwarzen Daunenmantel, einer dunklen Strickmütze und engenJeans, die scheinbar mühelos den muskulösen Hintern darunter zur Geltung brachten. Sein hübsches Gesicht strahlte, sein Atem bildete kleine Wolken in der kalten Luft, während er begeisterteinen Tennisball für seinen temperamentvollen Mops hin und her warf. Der Hund jagte wild hinterher und wirbelte dabei Schneewolken auf, tauchte hektisch durch die Schneewehen wie ein kugelrunder, fellbedeckter Delphin.

Auf der Rückbank jammerte Kuda ein melancholisches Liedan das rotzverschmierte Fenster und gab so seinem Überschwang Ausdruck. Unschlüssig, womit er mehr spielen wollte,zitterte sein Körper, seine Augen sprangen hin und her zwischen dem runden, chartreusefarbenen Objekt und der gedrungenen, faltigen Hündin, die hinterherjagte. Seine riesigen Augen und nach hinten angelegten Ohren brachten Ava zum Kichern, als sie die Leine packte und sich festhielt, als er wie eine Rakete aus dem SUV schoss. Die Wucht schleuderte sie herum wie auf einer Jahrmarktsattraktion, und sie warf die Tür zu, genau als Kuda sie mit seinem wilden Verlangen, zu dem anderen Hund zu gelangen, wegzerrte.

„Whoa! Kuda!" Avas Haare wehten unter dem Rand ihrer knallroten Strickmütze, diegenau zum kräftigen TTon ihres Mantels passte. Kuda zog nach vorn und wirbelte Avas zierliche Gestalt mühelosherum. Sie rutschte hinterher, ihre dicken Winterstiefel glitten auf dem gefrorenen Matsch aus Schnee und Dreck.

Wills Aufmerksamkeit richtete sich auf sie. Stoppeln sprenkeltendie Haut unter seinen rosigen Wangen und der Nase, seine Augen lachten in den Winkeln vor dem Lächeln, das Avas Ankunft auf sein Gesicht zauberte. Sie war umwerfend, selbst dick eingepackt.

Kuda blieb schließlich am Tor stehen.

Ava fing sich und zog an der Leine, um ihn zu bremsen. „Du gehst in meinem Tempo, Kumpel. Erinnerst du dich?"

Kuda tänzelte von einem Fuß auf den anderen, fast elektrisiert vor Aufregung. Als Ava das Tor öffnete, riss Kuda erneut los und entwand die Leine ihrer behandschuhten Hand, wodurch sie fast in eine schlammige Schneewehe stürzte.

„Whoa! Kuda, nein! Stop!" Ava rief verzweifelt. Der kleine rabenschwarze Pitbull raste davonund schleifte seine Leine durch den Matsch.

Wills Gesicht war plötzlich angespannt, unsicher, ob der siebenundzwanzig knapp acht Kilo schwere Mops-Hündin angreifen würde.

Die Hunde schlichen ruhig wie ein Yin-Yang umeinander, beschnüffelten sich fast jeden Zentimeter. Kuda untersuchte den pinken Fleecepulli des Mopses und plötzlich duckte er sich auf seine Vorderpfoten, um auf Augenhöhe mit dem Mops zu sein. Sein Po wackelte, während er verspielt Gremlin anbellte.

Ava rutschte auf einer vereisten Stelle des Weges aus, fing sich aber im letzten Moment an etwas Hartem in der Luft, bevor sie stürzte.

„Vorsicht da. Alles okay?", fragte Will.

„Ja", holte Ava tief eiskalte Luft, erschrocken über den Beinahe-Sturz und das Verhalten ihres ungestümen Hundes.

Erst *dann* blickte sie nach unten und merkte, woran sie sich während des Sturzes festgehalten hatte...

Wills Arm war ausgestreckt, angespannt in ihrem Griff, hart wie ein Balken. Sie richtete sich auf und ließ ihn langsam los, bemüht, ihr Erstaunen über die Stärke und Stabilität seines Unterarms zu verbergen.

„Danke. Das hätte böse enden können." Sie spürte, wie ihre Wangen knallrot wurden, und hoffte, er würde es der Kälte zuschreiben.

Will schnappte seinen Mops unter den Achseln und hielt das kleine, dicke Ding Ava hin. *„Sag hallo zu meinem kleinen Freun"*, ahmte er in seinem besten Pacino-Ton nach. „Das ist Gremlin."

Der Hund sah aus, als würde er auf Zehenspitzen in der Luft balancieren wie eine Ballerina, und Ava lachte, als sie ihn sanft am Kopf streichelte. „Freut mich, Gremlin." Sie blickte zu Will. „Ich nehme an, man darf sie nicht nass machen oder nach Mitternacht füttern?"

Will kicherte und setzte den Hund im Schnee ab. „So in der Art.“

Gremlin steuerte direkt auf den Pitbull zu, sobald sie frei war. Sie stellte sich auf die Hinterbeine, hob eine Pfoteundtippte Kuda auf die Schnauze. In diesem Moment war es, als wäre eine Schlinge gespannt worden. Sie flitzten los, tollten sorglos durch den schneebedeckten Weg vor ihnen. Kuda sprintete den glatten, geräumten Weg hinauf hinter Gremlin her.

Dann, als wäre ein Schalter umgelegt worden, ging Gremlin zum Angriff über und jagte den Pitbull in großen, kreisenden Runden über das schneebedeckte Feld.

Ava und Will kicherten, als sie die beiden Hunde spielen sahen, als wärensie längst verlorene Freunde gewesen.

„Wow.“ Will lachte. „Dein Junge hat richtig viel Energie. Gremlin wird später *richtig* gut schlafen.“

Plötzlich blieben die beiden Pelzigen wie angewurzelt stehen, starrten sich in die Augen,die Körper steif wie Bretter. Kuda raste los. Gremlin trottete hinterher, schnaufte und keuchte , während sie versuchte, Schritt zu halten.

„Es ist schön, Kuda mit einem Freund zu sehen. Nicht viele Leute vertrauen Pitbulls.“

„Mir ist noch nie ein böser begegnet.“ Will lächelte.

„Mir auch nicht. Sie werden falsch verstanden.“

„Versteh mich nicht falsch. Wenn du einen Pittyreizt, kann erschon Schaden anrichten. Aber das gilt letztlich für jeden Hund."

Ava lachte, als die rasenden Hunde noch eine wilde Runde um sie drehten.

„Danke, dass du mitgekommen bist."

„Danke für die Einladung." Ava spürte, wie sie erneut errötete, während sie neben Will stand und auf das langsam fließende Wasser hinter dem Hundeauslauf blickte. „Ich wollte diesen Ort schon länger besuchen. Kuda scheint es hier zu lieben."

„Ja, Gremlin ist immer ganz aufgeregt, wenn wir mit dem Auto fahren. Sie weiß sofort, dass wir hierherkommen."

„Ich werde Kuda auf jeden Fall öfter mitbringen müssen."

„Also..." Will steckte seine kalten, nackten Hände in die Hosentaschenundfragte: „Abgesehen davon, dass du' von ihm herumgeschleppt wirst, was machst du normalerweise zum Spaß?"

„Spaß... hmm, Spaß... Ich glaube, das Wort kommt mir irgendwie bekannt vor", scherzte sie und tippte sich mit einem behandschuhten Finger nachdenklich ans Kinn.

Will kicherte.

„Ich lese. Und ich male."

„Du *malst*?" Will wirkte echt beeindruckt.

„Werd nicht zu aufgeregt. Ichmache meistens nur diese albernen kleinen Malen-nach-Zahlen-Bilder. Ich mag es, wenn mein Gehirn quasi auf Autopilot schaltet und ich dann am Ende etwas Schönes vorweisen kann."

„Malen-nach-Zahlen erfordert auch Geschick. Hast du schon mal etwas Eigenes gemalt?"

„Ja, hab ich. Zweimal. Ich habe einen Kurs am Community College besucht, und da sollten wir immer komische Dinge malen. Ich erinnere mich an eine Obstschale mit Bananen und Trauben und so. Das andere war eine Sprühflasche mit einem Paar dieser gelben Spülhandschuhe darunter. Beide waren grauenhaft. Sie sahen beide aus wie das Werk eines Vierjährigen, aber ich habe es trotzdem sehr genossen."

„Ach, sicher sahen sie toll aus. Hast du noch eines davon?"

„Letztes Jahr bin ich auf der Autobahn über einen kaputten Reifen gefahren, und der SUV hatte ein kleines Leck. Ich glaube, ich habe die Obstschale benutzt, um den Garagenboden vor Öl zu schützen, bis mein Mechaniker Zeit hatte."

Will kicherte bei diesem Gedankenbild. „Und was ist mit all den Malen-nach-Zahlen-Bildern? Ich kann mich nicht erinnern, welche bei dir zu Hause gesehen zu haben.“

Einen Moment lang hatte Ava vergessen, dass Will bereits in ihrem Haus gewesen war. Sie wusste noch so wenig über ihn.

„Ich hänge sie nicht auf. Es ist nur ein kleines Hobby, das ich zum Spaßmache. Es gibt ein kleines Einkaufszentrum dort drüben an der Maple Street, wo ich die schöneren meist spende, wenn ich fertig bin.“

„Oh, wirklich? Die Kinderärztin meiner Tochter ist an der Maple.“ Es entstand eine Pause zwischen ihnen, gefüllt nur mit dem sanften Rauschen der eisigen Brise, dem Klirren der Hundemarken und dem schweren Hecheln der beiden aufgeregten Hunde. „Moment mal, hast du eins von einem Mädchen gemalt, das einen Arm um einen roten Fuchs legt?“

Ava konnte nur lächeln und ihr rosiges Gesicht schüchtern unter den Kragen ihres Mantels vergraben.

„Das bist *du*? Das hast du gemalt?“ Will schien schockiert.

Ava nickte leicht, ihre Augen konnten seinem intensiven Blick nicht standhalten. Langsam, wie eine Schildkröte, tauchte ihr Gesicht wieder auf. „Unddu? Was machst du zum Spaß?“

„Nun, wegen meines ähm, *besonderen* Jobs muss ich fit bleiben, also gehe ich ziemlich oft ins Fitnessstudio.“

„Igitt, zum Spaß?“

Will lachte und schüttelte den Kopf. „Ich verbringe viel Zeit damit, meiner Tochter klassisches Kino näherzubringen.“

Kuda und Gremlin brachen kurz in eine Symphonie aus Bellen aus, bevor sie wieder losrasten, verspielt im Schnee miteinander rangen und sich ineinander verkeilten.

„Ich bin auch ein ziemlich begeisterter Leser,“ fuhr Will fort.

„Oooh, das beeindruckt mich. Das sieht man nicht oft.“

„Was? Männer-Dienstmädchen, die lesen können?“

„Nein, nur... *Männer,* die lesen. Das ist wohl ein bisschen sexistisch.“ Sie warf ihm einen Blick zu und senkte dann die Augen auf den Schnee vor ihren Füßen, wo sie mit ihrem Stiefel etwas Matsch zu einem ordentlichen Häufchen schob. „Welche Genres liest du so?“

„Ich‘bin ein hoffnungsloser Fan von Romantikromanen.“ Er lächelte schüchtern.

„*Wirklich?*“

Seine Stimme wurde leise, als würde er ein Geheimnis in einem vollen Raum weitergeben. „Wirklich, in manchen steck so... *eine Menge* vheiße Sachen." Seine Augen weiteten sich.

„Eines der bestgehüteten Geheimnisse der Frauenwelt, nehme ich an."

„Ich magauchgute Thriller über juristische oder politische Themen. Oder eine richtig fesselnde Krimiserie."

„Ein bisschen Mord und Intrigen zu deiner geheimnisvollen Süße?"

„Ja", trat er gegen einen kleinen, vergilbten Schneehaufenundfügte hinzu: „Ich habe zu Hause ein ganzes Regal voll mit Grisham und Patterson. Gerade verschlinge ich Castillos *Burkholder*-Serie. Die ist so gut."

„Ich komme immer noch nicht über deine erste Antwort hinweg." Sie kicherte. „Muss schon sagen, die meisten Männer würden nicht zugeben, dass sie Romantik lesen."

„Stimmt. Ich glaube, einige Männer sehen sie als eine ArtKonkurrenz. Männer denken, sie können nicht mit den Männern in den Büchern mithalten, und das kann bedrohlich wirken. Aber ich sehe es eherals eine Art Leitfaden dafür, was Frauenwollen, was sie heimlichum den Verstand bringt. Es ist auch beruflich gut für mich. Soeine Art Recherche. Wenn sie mich buchen, wollen Frauen keinen alleinerziehenden Geschiedenen, der nur seine

Rechnungen bezahlen muss. Die meisten wollen sich begehrt *fühlen. Sie wollen* gehört *werden. Sie wollen sich*mächtig *fühlen.*"

„Ach, verstehe. Also ist das Lesen soetwaswie eine sexy Geheimwaffe in gewisser Weise." Ava grinste und fand sich hoffnungslos in seinen schockierend blauen Augen verloren.

Er war ein Mann. Ein *echter* Mann. Offen und leidenschaftlich. Und dieser *Körperbau...* selbst mitten im Winter spürte sie, wie sie bei dem Gedanken daran warm wurde. Die Art, wie die Konturen seiner Kleidung seinen Körper umschmeichelten...

„Genau." Seine Stimme riss sie aus ihren Gedanken darüber, wie er in der engen Polizeiuniform auf ihrer Veranda ausgesehen hatte. „Ich mag auch wirklich das Konzept von zwei Menschen, die völlig unterschiedliche Wege gehen und trotzdem alle Widerständeüberwinden und für ihr Happy-End kämpfen müssen."

Ava war verblüfft, als er sprach, und nickte zustimmend.

„Das Leben ist voller Höhen und Tiefen", fuhr er fort, „undklar, oft genug klappt es nicht. Aber mit einem guten Buch kannst du diesen Rausch der Euphorie immer wieder erleben. Wie eine Droge."

Gremlin wich von ihrer weiten, kreisförmigen Bahn ab und sprintete auf ihren Besitzerzu, wobei sie ihren grunzenden Körper mit Höchstgeschwindigkeit zwischen seine Füße schoss. Kuda folgteexakt derselben Flugbahn, rissWill rückwärts zu Boden, als der Hund mit voller Wucht gegen seine Oberschenkel prallte.

„Oh, ver—"

Will flog rücklings auf den Boden mit einem dumpfen *Platsch* in einer Lache aus braunem, schlammigem Matsch.

Zumindest, hoffte *er,*dass es Schlamm war.

„Oh nein! Kuda!" Ava quietschte und kniete sich neben ihn in den Morast. „Oh mein Gott, alles okay? Es tut mir so leid, Will!"

Während Ava sprach,erschien ihm der Schmerz seines Sturzes auf einmal wie abgeschwächt. Statt des stechenden Gefühls vom Beton an Hüfte, Steißbein und Schulterspürte er Wärme durch ihre Berührung und wurde durch ihren Anblick besänftigt. Er erhaschte einen Blick auf das porzellanfarbene Gesicht unter ihrem Vorhang aus langen Haaren, farbenfroh und lebendig vor dem trüben, grauen Himmel. Sie war eine Erscheinung mit kastanienbraunen Wellen, ihre Locken standen in scharfem Kontrast zu diesen dschungel-grünen Augen. Er hatte das Gefühl, er könnte sie stundenlang *betrachten*, jede Kurve ihres einladenden

Mundes, ihrer milchig-weißen Haut und flatternden Wimpern mit dem bewundernden Blick einesKünstlers vor einem vollendeten Kunstwerk.

War es der harte Sturz, der ihm den Atem raubte? Oder war es ihr fesselndster *Blick*, den erjegesehen hatte?

Sein Herz hämmerte wild in seiner Brust. Es war so lange her, seit er jede Faser seines Seins vor Aufregung vibrieren spürte, und selbst damals hatte es sich nie ganz so an*gefühlt*wie jetzt.

Er sah ihre perfekten Lippen sich bewegen, blieb aber zu sehr auf die behandschuhte Hand konzentriert, die seine Wange umschloss, um ihre Worte zu hören.

„Hm?" murmelte er schließlich, während er nach Luft rang.

Die Kälte der Welt überflutete ihn wieder, zusammen mit dem Klang ihrer Stimme, die sich endlich durch den Nebel in seinem Geist kämpfte.

„Ich habe gesagt: 'Geht es dir gut? Das war ein heftiger Sturz.'"

„Oh. Mmm-hmm," antwortete er benommen. Sein Blick glitt zu ihren Lippen, und er fragte sich, wie sie schmeckten.

„Komm, lass uns dich aufhelfen." Ava stand auf und streckte ihm die Hände entgegen, um ihn hochzuziehen.

Eiskalter Matsch drang durch die hintere Seite seiner Jeans und durchnässte sein nacktes Hinterteil mit eisiger Kälte.

Während Ava Will hochhalf, drang das Geräusch von Hecheln zu ihnen. Sie drehten beideerschrocken die Köpfe.

Kuda besteige Gremlin heftig.

Sie riefen die Namen der Hunde gleichzeitig, aber die Tiere machten ungerührt weiter, als wären sie langjährige Liebhaber nach einer längeren Trennung.

Nichts außer einem Feuerwehrschlauch hätte sie auseinanderbringen können.

Ava hielt sich die Hand vor den Mund, um ihr Lachen zu unterdrücken. „Er ist kastriert, das versichere ich dir.“

„Sie ist sterilisiert“, warf Will ein und neigte neugierig den Kopf bei dem Anblick.“

„Was sollen wir... tun?“ Avas Kichern wurde lauter. Sie drehte dem Hund den Rücken zu und schirmte ihr Sichtfeld mit der flachen Hand ab.

„Ich schätze, wenn beide...*du weißt schon,* dann lassen wir sie vielleicht...ihren Spaß haben.“

„Kuda, das fasse ich nicht!*Reiß dich zusammen!*“ Sie schlug in die Luft.

Will bückte sich vor Lachen. „Hast du gerade Cher zitiert und ‚*Mondsüchtig*‘ zu deinem Pitbull gesagt? Ich bin… *beeindruckt*, ehrlich.“

Ava kicherte verlegen und drehte sich von den kopulierenden Hunden weg. „Das ist mir *so peinlich*.“

„Na ja, Hunde haben ein kurzes Leben. Zu kurz. Wenn beide kastriert sind, können wir sie ruhig ein bisschen lassen, finde ich.“

„Ich versteh nur nicht, warum er sie besteigt. Er hat doch gar keine…“ Ihre Augen wurden groß, und sie warf die Hände in einer übertriebenen Geste hoch.

Irgendwas an ihrem plötzlich errötenden Gesicht und dem Klang ihres echten Lachens ließ Will sich vorstellen, wie erihr Haar durch seine Finger gleiten und ihren Nacken umfassen würde, um ihre Lippen an seine zu ziehen.

Ganz langsam, Will.

Diesmal… ist es anders. Ich spüre es.

Will drehte Ava den Rücken zu, um noch einmal zu den Hunden zu schauen, und wirbelte dann mit einer Grimasse zurück.

„Äh,“ Ava zog eine Schnute, „du hast… ähm…“

Will seufzte und blickte zum stürmischen Himmel auf. Es war mehr Schnee vorhergesagt. „Habe ich… Hundekot auf meinem Rücken?“

Ava biss sich auf die Lippe und nickte.

„*Super.*“ Will schüttelte den Kopf.

Ava versuchte, nicht zu lachen. „Ich muss zugeben, ich war ein wenig eingeschüchtert, als ich heute hierhergefahren bin. Das hier hat... irgendwie geholfen.“

„Wovor eingeschüchtert?“

„Vor dir.“ Sie errötete und sah auf den schmutzigen Schnee um ihre Stiefel.

„Warum solltest du vor mir eingeschüchtert sein?“

„Du bist... *du weißt schon.*“ Sie gestikulierte mit ihren behandschuhten Händen an seinem Körper auf und ab.

Ein schelmisches Grinsen breitete sich auf seinem Gesicht aus. „Nein. Ich weiß esnicht.“

„Komm schon. In deiner Branche? Tu nicht so, als ob du nicht wüsstest, dass du verdammt attraktiv bist.“

Will blickte weg und versuchte, sein Grinsen über das Kompliment zu verbergen. „Gremlin, komm her, Mädchen!“

Gremlin trottete zu seiner Seite, hechelte schwer, und ihre Zunge hing so weit heraus, dass sie fast den Schnee berührte. Kuda trabte langsam und verspielt zu Ava.

Will befestigte Gremlins Leine am Halsband. „Also, ich muss jetzt ungefähr eine Million Duschen nehmen. Aber wir sollten das irgendwann wiederholen. Nicht *genau das*

hier.“ Er deutete auf die Hunde. „Aber, du weißt schon, so...
wir beide. „

„Ja, gerne.“ Ava zog ein paar Schlüssel aus ihrer Jackentasche und nahm die Leine auf, die Kuda die ganze Zeit durch den Schnee gezogen hatte.

Ava hielt ihm und Gremlin das Tor auf.

„Und dir den perfekten Blick auf meinen kotverschmierten und matschnassen Hintern bieten? Nein, danke. Ladies first.“

Er deutete auf das Tor, und sie unterdrückte ein erneutes Kichern über das lächerliche Bild in ihrem Kopf, bevor sie mit ihrem Hund im Schlepptau verschwand.

Will folgte dicht hinterher. „Hey, warst du schon mal im *The Million Dollar Cowboy*?“

„Nein. Ich kenne es, war aber noch nie da.“ Ava lächelte und spürte, wie sie errötete bei dem Gedanken, was jetzt kommen könnte.

„Wie wär's, wenn wir was trinken gehen? Sagen wir Mittwoch? Um sieben?“

Ava unterdrückte den Impuls, vor Freude zu quietschen, und spielte stattdessen Gelassenheit. „Ja, das klingt super.“

„Dann ist's ein Date.“

Er zog seine Jacke aus, faltete sie mit der mit der Kacke nach innen und warf sie auf den Beifahrerfußraum. Gremlin sprang hinein und hinterließ schneebedeckte Pfotenabdrücke auf dem Polster.

Will stieg auf den Fahrersitz und winkte. Sie erwiderte die Geste, strahlend, und fuhr langsam aus dem glitschigen Parkplatzeingang zurück auf die Hauptstraße. Will saß einen Moment da und starrte auf das Steuerrad, mit eiskaltem Hintern und schmerzender Hüfte von dem unsanften Aufprall. Er dachte an den Moment, als sie ihn berührt hatte, im Schnee auf dem Rücken liegend, und wie sein Körper vor diesemelektrisierenden Gefühlvon etwas Besonderem kribbelte.

Sie war erst seit dreißig Sekunden aus seinem Leben verschwunden, und er wollte schon wieder bei ihr sein. Erkonnte es kaum erwarten, sie wiederzusehen. Das Verlangen war stark.

...Fast so stark wie derWunsch, seine zerzauste Jacke zu verbrennen.Matsch, Schmelzwasser, unbekannter Hundekot und eine nasse Mopsdame. Den Geruch von heute würde er nie ganz daraus entfernen können.

8

Während sie durch die überfüllte Straße ging, fragte sich Ava, warum sie dem Date zugestimmt hatte, und warum,*um Gotteswillen,*sie ausgerechnet Madisongelassen *hatte,* sie einkleiden.

Da sie seit fast elf Jahren mit niemandem außer Dan ein Date gehabt hatte,warsie völlig eingerostet. Die Dating-Szene kam ihr völlig fremd vor. Es gab jetzt Apps für alles mit Wischfunktion, schmerzhaft oberflächlichen Smalltalk und jede Menge Jargon, von dem sie sicher war, ihn nie zu verstehen. Zum Beispiel „hooking up"? Bedeutete das *Küssen*? Oder *Sex*? Sie schämte sich immer, danach zu fragen, wenn Madison den Begriff benutzte.

Sollte sie ihre Scheidung erwähnen?

Sollte das nur eine Affäre werden?

Von allen verfügbarenFrauen in Jackson Hole, von denen die meisten unermesslich reich waren,wieso war *ausgerechnet sie* diejenige,die jetzt auf ein Date mitWill

Jessupging? Er war ein Mann mit einem Hintern, als sei er aus Marmor gemeißelt, und einem so markanten Kiefer, dass man damit ein Steak schneiden könnte. Wieso war er überhaupt single und an ihr interessiert, wenn er kein Psychopath war?

Oh mein Gott, ist er ein Psychopath?

Sie ging am Schaufenster der *The Million Dollar Cowboy Bar* vorbei und starrte zu den Glühbirnen auf, die sich in verspielter Schrift entlang der Leuchtreklame schlängelten. Darüber schwebte ein großes Metallschild mit einem 'buckin' bronco' – dem berüchtigten Symbol, das in ganz Wyoming auf fast allem prangte. Hinter der Reklame erhob sich ein großer, schneebedeckter Hügel, der die fast untergegangene Sonne verdeckte.

Das Lokal war brechend voll, wie es hier oft schien, selbst an einem Wochentag. Ava blieb auf dem Bürgersteig stehen und überlegte, ob sie umkehren oder sich in den beliebten Treffpunkt wagen sollte.

Langsam atmete sie eine Wolke dampfenden Atems aus, richtete sich auf und schritt mit einer gespielten Selbstsicherheit hinein, die selbst den strengsten Schauspiellehrer beeindruckt hätte.

DasGelächter, klirrende Gläser, nasaler Country-Musik und laute Gesprächeüberfielen sie sofort mit einer

Lärmattacke. Der Geruch von handwerklich gebrautem Bier, Cocktails und Schweiß erfüllte die Luft. Die Verstärker einer Live-Honky-Tonk-Band ließen die Vibrationen durch das Holz und den kurze Teppichläufer dringen. Überall waren lebendige Menschen, die plauderten, johlten und das Leben genossen. Als Ava ihre ersten Schritte ins Innere machte und ihren Mantel ablegte, weiteten sich ihre Augen, während sie den Ort als Ganzes betrachtete – wie eine chaotische, countrytaugliche Version von *Wo ist Walter?*.

Nachdem sie sich monatelang versteckt gehalten hatte, fühlte es sich plötzlich erdrückend an, in dieses Aquarium vollerso vieler Menschen hineingeworfen zu werden.

Elfenbeinfarbene Wände waren mit Granateinlagen verziert. Die Ecken waren mit dunklem Holz abgesetzt, in das hier und dort klobige Eichenbären geschnitzt waren. Ein Seitenraum beherbergte mehrere Billardtische mit abgewetzten Banden, Queue-Stöcke reihten sich an den Wänden.

Im Hauptraum, eingequetscht zwischen zwei großen Glasvitrinen mit ausgestopften Schwarzbären und Steinböcken, stand eine lange, voll besetzte Bar. Abgetragene Sättel waren auf Rohren montiert und als einfallsreiche Hocker mit Steigbügeln im Boden verankert. Verschiedene

Spirituosen und Zapfhähne säumten die verspiegelte Rückwand.

Aha, da bist du ja, Waldo...

Ava entdeckte Will schließlich neben einem freigehaltenen Platz, adrett gekleidet in ein hellblaues Hemd und schwarze Anzughose. Sie biss sich auf die Lippe. Irgendetwas an einem Mann in einem Knopf-hemdließ sie instinktiv wollte es ihm am liebsten vom Leib reißen. Will war da keine Ausnahme.

Sie blieb einen Moment stehen und beobachtete ihn beim Biertrinken. Jede seiner Bewegungen war lässig. Kontrolliert. *Bewusst.*

Das warme Licht warf einen bronzenen Schimmer auf ihn, der eine Statue neidisch machen würde. Alles an ihm war penibel ordentlich und sauber, vom makellosen honigblonden Haar bis zum Glanz auf seinen Anzugschuhen.

Seine ruhige, lockere Art war das genaue Gegenteil von dem, wie Ava sich innerlich fühlte: Durcheinander. Außer Kontrolle. *Richtungslos.*

Zwei attraktive Brünetten auf Sattelhockern an derBar starrten ihn an, flüsterten miteinander und kicherten kokett. Es wirkte, als wollten sie ihn offensichtlich dazu bringen, ihnen einen Drink auszugeben, obwohl sie bereits reichlich getrunken hatten.

Als Ava sich durch die Menschenmenge kämpfte, schlenderte eine junge Blondine in engenJeans und einem amerikanischen Flaggen-Crop-Top, das ihrenflachen Bauch zur Schau stellte, von einem der Billardtische zu Will. Sie lehnte sich an die Theke neben ihn, deutete auf seine Jacke auf dem leeren Stuhl, und warf ihm einverschmitztes Lächeln zu.

Der Anblick löste in Avas Bauch ein starkes Gefühl vonEifersucht aus.

Sie wollte sich auf den Absätzen umdrehen und gehen, aber etwas daran, so herausgeputzt zu sein und bereits hier zu stehen, nagelte ihre Absätze auf den burgunderroten Teppichstreifen unter ihr fest.

Was zum Teufel tust du da, Ava? Hast du diesen Körper gesehen? Er kann jede Frau haben, die er will!

Obwohl sie den brennenden Schmerz des Betrugs immer noch spürte, musste sie sich daran erinnern, dass Will Jessup nicht ihr Ex-Mann war. Es war nicht fair, anzunehmen, dass Dans Versagen als Ehemann bedeutete, dass Will kein anständiger Typ war.Hurrikan Ava hatte ihr eigenes Leben gründlich mit vernichtendenWellen emotionaler Massenvernichtung verwüstet. Sie hatte sich arbeitslos und geschieden wiedergefunden – als Folge des Chaos aus versehentlich nicht beendeten Zoom-Calls und vermasselten Vorstellungsgesprächen. Sie würde nicht zulassen, dass sie auch das hier noch implodieren ließ. Sie war nicht bereit, der Liste noch ein weiteres Opfer hinzuzufügen.

Ava trat einen Schritt vor, erfüllt von dem intensiven Verlangen, alles zurückzuerobern, was sie sich vom Leben wünschte.

Will sagte etwas, und das Lächeln der Blondine erlosch. Einen Moment späterschlich siezurück zu ihrer wartenden Mädelsgruppe.

Vielleicht... nur vielleicht... ist er einer von den Guten.

Ein Grinsen breitete sich auf Avas Gesicht aus, genau als Wills atemberaubend blaue Augen sie durch die Menge entdeckten. Er winkte sie mit einem Lächeln zu sich.

Während Ava sich durch den Raum bewegte, murmelte Will leise vor sich hin: „Von allen Kaschemmen in allen Städten der ganzen Welt... betritt sie ausgerechnet meinen."

Sie bahnte sich ihren Weg durch das volleLokal, bis Ava schließlich an der Bar ankam, den freigehaltenenPlatz neben ihm einnahm, undtief ausatmete. Sie zog ihre karmesinrote Unterrockjacke aus,darunter kam ein kleines schwarzes Kleid zum Vorschein. Der tiefe Ausschnittzeigte eine milchweißes Dekolleté (*Danke, Wonderbra!*) Der Saum des Rocks endete knapp über den Knien. Fasthörte sie die kreischende Stimme ihrer Mutter in ihren Ohren: *Je kürzer derRock, desto kürzer die Beziehung!'*

„Wow, du siehst...*umwerfend*aus." Er pfiff. „Danke, dass du gekommen bist."

„Natürlich." Ava kämpfte gegen das Erröten an, das das Kompliment in ihr auslöste.

Wills Augen wanderten langsam ihren Körper hinab, tranken sie in sich hinein, bevor sie zu ihren kleeblattgrünen Augen zurückkehrten. „*Meine Güte.* Dieses Kleid... ich bin sprachlos."

„Danke dir." Wärme durchflutete ihre Wangen. „Madison hat esausgesucht."

Seine Augen funkelten verschmitzt. „Erinnere mich daran, ihr eine *Dankeskarte* zu schicken. „

Wärme breitete sich in ihrem Bauch aus bei dem Kompliment, und sein Grinsen versetzte ihre Nerven in Höchstspannung. „Du siehst auch toll aus. Zwar kein Polizisten-Kostüm, aber esreicht."

„Danke. Ich hätteheute Abend fast als Gladiatorkommen können, habe mich aber im letzten Moment umentschieden."

Sie kicherte. „Ja, ich bin sicher, diese feinen Leute hier wissen das zu schätzen."

„Was?" Er spannte seine Arme an und knurrte leise: *„Seid ihr nicht zufrieden?"*

Ava konterte mit einem Zitat aus demselben Film: *„Er betritt das Million Dollar Cowboy wie ein siegreicher Held. Doch was hat er erobert?!"*

Wills Augenbrauen schossen hoch, und sein Mund stand offen. „Ich bin beeindruckt!"

„Ich hab dir doch gesagt, dass ich gerne Filme schaue." Ava zuckte grinsend mit den Schultern und winkte mit zwei Fingern, um höflich die Aufmerksamkeit des vorbeisäuselnden Barkeepers zu erhaschen. Der beachtete sie nicht.

„Hoffe, es stört dich nicht. Ich hab eins bestellt, während ich wartete. Ich bin bei sowas meist unverschämt früh dran." Will hob sein halb geleertes Bier und nahm noch einen Schluck.

„Gar nicht. Ich hätte dasselbe getan." Sie wandte sich ihm zu. „Einen Drink bestellt, meine ich, nicht früh da sein. Ich muss immer hetzen, um pünktlich zu sein."

Ein weiterer Barkeeper rauschte vorbei, auf Mission, an der anderen Kasse einen Zehner zu wechseln. Er beachtete Ava nicht.

„Also sag mal, wenn ich so dreist fragen darf, was hast du eigentlichäh, *beruflich* gemacht?" Erbeugte sich vor, um sich über dieLuke-Combs-Coverversion der aus den Lautsprechern drang verständlich zu machen.

Die holzigen Untertöne seines Parfüms ließen etwas in ihr erwachen.

Ruhig, Mädchen...

„Ich war im Prinzip so etwas wie eine Vertriebsmitarbeiterin. Ich arbeitete für ein großes Labor, das kleinere Labore weltweit aufkaufte. Wir machen... sorry, machten... sie zu spezialisierten Standorten, tauschten ihre Ausstattung und Belegschaft aus, um Ergebnisse zu optimieren. Die Hälfte der Zeit bestand aus Meetings und Präsentationen von zu Hause, aberdie andere Hälfte aus der Beschaffung und Übernahme internationaler Labore. Ich war vielunterwegs. Sie schickten mich nach Japan,England, Irland... überall hin.“

„Oh wow, das klingt, als wäre es interessant gewesen, all diese Orte zu sehen.“

„War es. Besonders auf Kosten anderer. Wer weiß, wann ich wieder genug Geld für Auslandsreisen haben werde.“ Sie lehnte sich auf ihren Ellbogen nach vorn, hob ihr Gesäß vom Sattel, in der Hoffnung, dass der großzügige Ausschnitt die Aufmerksamkeit eines Barkeepeers erregte. „Ich finde schon eine Lösung“, sagte sie und lehnte sich zurück. „Zum Glückhabe ich etwasGeld zurückgelegt.

Vielleicht kann ich in dieser Übergangsphase versuchen, mich wieder daran zu erinnern, was *Spaß* ist... oder ein Buch schreiben oder so."

„Oooh, worüber würdest du schreiben?"

„Keine Ahnung. Man sagt, man soll über das schreiben, was man kennt." Sie kicherte und machte Gänsefüßchen in die Luft. „*Wie man gefeuert wird* von Ava Quinn - klingt doch gut, oder?"

Will lachte und trank den letzten schaumigen Schluck seines IPAs. „Naja, das kennen wir doch alle. In solchen Zeiten schätzt man die Leute, die einen auffangen."

Avas Lächeln verebbte wie die Flut. „Ja, dieser Job war die Hölle für meine Ehe und Freundschaften. Aber Maddy ist geblieben, Gott sei Dank. Ich war noch nie so dankbar, sie zu haben. Besonders nach der Scheidung."

Scheiße, Scheiße, Scheiße, komm nicht auf die Scheidung zu sprechen! Lass dein Gepäck auf dem Förderband, Ava. Jetzt ist nicht der richtige Zeitpunkt...

Sie verstummte, aus Angst, mehr zu sagen.

„Ich war noch nie verheiratet, also kann ich nicht so tun, als wüsste ich, wie das ist."

„*Wie* bitte?" Avas Augenbrauen zogen sich nach oben. „Du warst noch nie verheiratet?"

„Nö."

„Warst du jemals verlobt?

„Nein.“

„Ernsthafte Beziehung?“

Will zögerte, bevor ernickte. „Nur eine, die jemals ernst war.Meine erste große Liebe.“

„Ist es ausgegangen?“

„Sie hat betrogen.“ Er räusperte sich und winkte einem anderen Barkeeper zu.

„Einen Moment, Süßer“, sagte sie und warf ihm einen kurzen Blick zu.

„Uff. Tut mir leid, das zu hören.“ Ava konnte leider mitfühlen. „Also, nur die eine?“

„Ja, niemand sonst ist länger als ein, zwei Monate geblieben. Hab einfach nie die Richtige getroffen. Wollte niemandes Zeit verschwenden. Hab es eine Weile locker gehalten.“

Ava nickte und ließ alles sacken. Nervös trommelte sie auf den Pappuntersetzer vor sich und wünschte sich ein Getränk darauf.

„In manchen Filmen sieht es so einfach aus, aber Beziehungen sindmanchmal verdammt schwer.“

„Amen. Hätte ich einen Drink, würde ich darauf anstoßen.“

Er hob sein leeres Glas, und sie tat so, als würde sie mit einem pantomimischen eigenen dagegenstoßen.

Ava dachte plötzlich an ihren Hochzeitstag zurück, an die Hoffnung und den Optimismus, die sie damals empfand, als sie in die Augen des Mannes blickte, von dem sie wirklich glaubte, er würdefür immer an ihrer Seite bleiben. Jetzt war die Erinnerung für immer getrübt. Ein Fleckim Gehirn, den keine Menge Alkohol oderkitschige Filme wegwischen könnten. Sie zwang sich zu einem Lächeln. „Wir wachsen um den Schmerz herum. Das Zeugverschwindet nie, aber unsere Fähigkeit, damit umzugehen, wächst.“

„Verdammt.Gut gesagt.“ Er lächelte.

Die Barkeeperin kam endlichzu ihnen herüber und seufzte theatralisch. „Ugh! Entschuldigt. Irgendeine Konferenz im Hotel da drüben ist gerade zu Ende, und plötzlich sind wir überrannt worden.“ Die junge Frau hatte ihre Titten bis zum Kinn hochgequetscht in einemhautengen Tanktop mit einem tiefen Wasserfall-Ausschnitt, der so weit hinunterhing, dass die Gästefast ihren Bauchnabel sehen konnten. Als sie sich über die Theke beugte, bot sie Will eine First-Class-Ansicht auf ihren spitzenbesetzten lavendelfarbenenBH. Ava beobachtete die schamlose Zurschaustellung und kämpfte darum, den Mund nicht vor Staunen offenstehen zu lassen.

Falls Will es bemerkte, ließ er es sich nicht anmerken. Sein Blick verharrte mit der Hingabe und Zurückhaltung eines Eunuchenauf ihrem Gesicht.

„Noch eins?" flötete die Barkeeperin Will zu.

„Ja, danke,"antwortete er undschob ihr sein Glas hinüber.

„Jaaa, mein Süßer." Sie schnappte es sich von der Theke und wandte sich mit deutlich weniger Enthusiasmus an Ava. „Und was darf ich Ihnen bringen, gnädige Frau?"

Verdammt, hat sie mich gerade „gnädige Frau" genannt? Für wie alt hält sie mich? Ich bin zu jung für gnädige Frau! Ich bin erst dreiunddreißig, um Himmels willen!

Ava schluckteihren Ärger über die Anrede herunter. „Lemon Drop Martini, bitte."

Will warf ihr einen Blick zu und zog eine alberne Grimasse, als wollte er sagen:„*Das hatte ich nicht erwartet.*"

„Wollt ihr zwei auch'was zu essenbestellen,"fragte die Kellnerin, als wäre das Rezitieren der Frage so natürlich wie Atmen.

„Nein,danke. Nur die Getränke, erstmal," antwortete Will höflich, bevor er seine volle Aufmerksamkeit wiederAva zuwandte.

Die Kellnerin nickte und ging.

„Also, erzähl mir ein bisschen mehr über dich. Madison hat *dich* farbenfroh als ‚arbeitssüchtig, aber arbeitslos‘ beschrieben.“

Danke, Madison.

Ava lehnte sich in ihrem Sattelsitz zurück und wandte sich wieder Will zu. „Leider hat sie nicht unrecht. Ich bin ein bisschen ein Machertyp. Wie ein Hai im Wasser. Immer in Bewegung. Normalerweise jage ich verbissen meinen Zielen hinterher, aber jetzt versuche ich herauszufinden, was diese *genau* sind. Im Labor war ich eine richtige ‚Menschenfreundin‘. Immer super kontaktfreudig.“

„Also... vielleicht könntest du sowas wie eine Reiseleiterin werden, wo du mit vielen Leuten zu tun hast.“

„Ja, oder, äh, eine *Bordellmama*,“ fügte sie hinzu und bereute die Worte sofort, als sie ihr über die rot geschminkten Lippen rutschten. „Sorry. Da bin ich und rede über Sexarbeiterinnen bei einem ersten Date. Ich bin einfach... eingerostet.“ Sie lachte nervös, während ihre Gedanken Karussell fuhren.

Habe ich gerade Sex beim ersten Date erwähnt? Ist das nicht etwas, worüber wir so tun sollten, als würde keiner von uns daran denken? Scheiße. Großartig gemacht, Ava.

„Zweites“, korrigierte er.

„Hm?“

„Morad Park war unser erstes. Obwohl ich nach meinem Sturz in Matsch und Hundehaufen verstehe, warum du das lieber vergessen würdest.“

Ava lachte. „Nein, ich war mir nur nicht sicher, ob das offiziell zählt. Fühlte sich mehr wie ein lockeres Treffen an.“

Will lächelte nur und rieb nervös mit einem Finger über eine Astnarbe auf der Holztheke.

Ava stupste ihn mit dem Knie an. „Wie fühlst du dich eigentlich? Das war ein ziemlich heftiger Sturz.“

„Mir geht's prächtig. Eine volle Flasche Ibuprofen und etwas intensive Physiotherapie, und zwei Tage später war ich wieder topfit.“

Ava lachte. Sie wusste nicht, wann es angefangen hatte, aber ihr Bein wippte in Höchstgeschwindigkeit.

Will legte seine Hand auf ihr Knie, um es zu stoppen. Die Wärme seiner Hand brannte durch den Stoff unddrang in ihr frisch rasiertes Fleisch ein. „Du brauchst wirklich nicht nervös zu sein.“

Sie starrte auf seine Hand und spürte, wie ihr Herz wie ein wütender Stier im Käfig gegen ihren Brustkorb hämmerte. „Wenigstens weiß ich, dass ich besser nicht über meine Scheidung reden sollte, oder?“ Sie rollte mit den Augen, um sich selbst zu tadeln, während ihr Verstand schrie, *Hör auf zu reden!*

Will nahm seine Hand weg und legte sie wieder auf die Theke. „Ich konnte nicht umhin, das Foto in deinem Flur zu bemerken, auf dem du im Hochzeitskleid zu sehen bist, wobei der Bräutigam aus dem Bild herausgerissen wurde."

Die aufgeregten Schmetterlinge in ihrem Bauch beruhigten sich, und ein tiefer Schmerz stieg in ihr auf. „Ich behalte es als Erinnerung. Das war der schönste Tag meines Lebens... bisher. Mein Ziel ist, ihn durch einen besseren zu ersetzen. Bis dahin erinnert es mich daran, rauszugehen und etwas zu erleben, das es wert ist, wieder eingerahmt zu werden."

„Gefällt mir. Etwas Negatives nutzen, um eine positive Veränderung zu bewirken."

Die Getränke kamen. Die Barkeeperin stellte das Bier sorgfältig ab. „Ein Bier." Dann schwappte gelbe Flüssigkeit über den Rand des mit Zucker umrandeten Martiniglases, das mit einer Zitronenscheibe garniert war, als sie Avas Glas brüsk über die Theke schob. „Und ein Lemon Drop Martini."

Will sah zu Ava, während die Frau davonstapfte. „Wow. Sie *scheint dich* wirklich zu mögen."

Ava lachte und blickte in Wills Augen. Sie konnte ihren Blick einfach nicht abwenden. Diese kristallblauen Augen strahlten all die Wärme und Geborgenheit aus, wie man sie empfindet, wenn man zu Hause unter einer Decke mit einem guten Buch liegt. Als ein Lächeln seine Lippen umspielte, wirkten sie einladend.

Sie warf einen flüchtigen Blick auf ihr Getränk, das überraschenderweise frei von Spucke zu sein schien, trotz der offensichtlichen Verachtung der Barkeeperin für sie. Sie nahm einen Schluck und kniff die Augen zusammen. „Mmmm. Oh mein *Gott*, das ist gut.“

Auch wenn die Frau ein ganz schönes Biesterl war, musste Ava zugeben, dass sie einen verdammt guten Martini machte.

Will war völlig hingerissen vom Klang ihres genießerischen Stöhnens und spürte, wie sich der Schritt seiner Anzughose bei dem Geräusch ein wenig zusammenzog.

„Ich muss dich was fragen.“ Ava lachte. „Wie viel hat Madison dir bezahlt, um mein Haus in einer Polizeiuniform zu putzen?“

„Das darf ich nichtsagen.“ Ergrinste. „Weißt du, Dienstmädchen-Geheimnis und so.“

„*Oh*. Natürlich“,ihr rotbraunes Haar wippte durch die Luft, „das berüchtigteMaid-Klienten-Privileg. Wie albern von mir.“

Will fühlte sich von ihrem Lächeln gefangen.

„Du wirkst wie ein kluger Typ, Will. Du könntest wahrscheinlich eine Million anderer Dinge tun. Also, warum *dieser* Beruf?“

Sein Lächeln verblasste, und sein Ton wurde ernster. „Meine Tochter Starla ist Typ-1-Diabetikerin. Ihr Insulin ist verdammt teuer. Davor habe ich gutes Geld verdient, als sie diagnostiziert wurde, und es war okay. Aber vor etwa anderthalb Jahren hat die Firma, für die ich arbeitete, mich und etwa achtzig andere Leute entlassen. Ich konnte mir COBRA nicht leisten. Es war unverschämt.“ Nervös kratzte er mit einem kurzen Fingernagel an der Verzierung seines Glases. „Ich konnte mir ihre Pumpe und ihre Medikamente nicht leisten. Ich musste improvisieren. Ich musste schnell eine Lösung finden.“

„Oh, wow. Das tut mir so leid.“

Er sah sie wieder an und schenkte ihr ein gequältes Grinsen, das seine Augen nicht erreichte. „Auf diese Weise konnte ich die Arztrechnungen bezahlen und ihre Medikamente besorgen. Und es ist kein schlechter Weg, seinen Lebensunterhalt zu verdienen. Es macht mir sogar großen Spaß. Ich lerne viele interessante Leute kennen. Die Arbeit ist einfach. Verdammt, mein Stolz zu überwinden war buchstäblich der schwierigste Teil der ganzen Sache.“

„Ich finde das ziemlich bewundernswert. Du wirkst wie ein guter Vater. Sie brauchte etwas, und du hast alles getan, um es ihr zu geben."

„Ich glaube, ich möchte damit weitermachen. Ich habe mir eine nette kleine Kundschaft aufgebaut und meine Kostümsammlung erweitert." Er lächelte sie warm an. „Ich denke, bald werde ichsogar eine Gewerbelizenz beantragen."

„Hast du schoneinen Namen für deine Firma?"

„Nee. Vielleicht etwas Kurzes und Einfaches wie... *Jessup Reinigung*."

„Das ist... ein Name." Ihre Augen weiteten sich übertrieben und normalisierten sich dann wieder. „Planst du, ein Ein-Mann-Betrieb zu bleiben? Oder hast du Ziele, dich zu, sagen wir, einer Flotte zu erweitern?" Sie nahm einenweiteren Schluck ihres Martinis und stöhnte vorWohlbehagen.

Will räusperte sich. Die Art, wie sie sich Zucker von ihrer vollen Unterlippeleckte, hypnotisierte ihn. Er spürte, wie sich sein Schwanz regte.

„Ich kenne ein paar Typen, die vielleicht eines TagesInteresse hätten, aber ich bin mir nicht sicher, ob ich so wachsenmöchte. Im Moment genieße ich es, alles für mich allein zu haben."

„Wie machstdu Werbung?",fragte sie aufrichtig interessiert.

„Mundpropaganda."Ergrinste.   „Warum? Denkst dudarüber nach, mich nochmal zu buchen?"

Sie wedelte mit einem lackierten Finger vor ihm. „Nein. Und technisch gesehen habe ich dich das erste Mal nicht gebucht. Ich frage, weil ich einen Bachelor in Betriebswirtschaft habe mit NebenfachBuchhaltung. Ich war einfach neugierig."

„Das hier ist ein Date, kein *Shark Tank*-Pitch."

„Du hast recht. Du hast einfach mein Interesse geweckt. Esergibt Sinn. Es ist ein Dienstleistungs geschäft mit geringen Fixkosten in einer Nische. Die Häuser der Kunden werden immer wieder schmutzig, also ist es ein wiederkehrender Service mit vorhersehbarer Regelmäßigkeit, wenn man die Terminplanung richtig macht. Und ich bin sicher, du machst ein *Vermögen* an Trinkgeldern, indem du dich gezielt an wohlhabende Kundschaft richtest, die sich nicht nur eine Putzhilfe leisten kann, sondern eine, die nach deren maßgeschneiderten Fantasien putzt." Sie zuckte mit den Schultern und nahm einen weiteren Schluck. „Ich bewundere dich. Es ist eine tolle Idee."

„Danke." Will lehnte sich ein wenig näher. „Ich schätze das. Danke, dass du mich nicht verurteilst oder wie einen Stripper behandelst."

„An Strippern ist nichts auszusetzen. Sexarbeit ist echte Arbeit. Außerdem strippst du nicht nur. Du schrubbst und saugst und scheuerst auch."

„Es ist ein dreckiger Job, aber irgendwer muss ihn machen."

„Bei der Art, wie du dieses Polizeikostüm ausgefüllt hast, kann ich mir vorstellen, dass es ein *richtig* dreckiger Job sein kann..."

Will beugte sich noch näher heran. Ava konnte seine Körperwärme in dieser Nähe spüren. Seine Stimme war leise und flirtend, kaum lauter als die Klänge der Slide-Gitarre in der Nähe. *„Du hast keineeeee Ahnung."*

Sie strich gedankenverloren mit den Fingern über den Stiel ihres Glases. „Wie alt ist Starla?"

Will lächelte strahlend, sein Gesicht erhellte sich bei der Erwähnung des Namens seines Kindes. „Sie ist sechs."

Ava nahm die Zitronenscheibe vom Rand ihres Glases und rührte damit den restlichen Inhalt ihres Getränks um. „Was ist mit ihrer Mutter passiert? Ist sie... noch Teil ihres Lebens?"

„Etwa anderthalb Jahre nach Starlas Geburt entschied meine Ex, Sarah, dass Mutterschaft ‚nichts für sie sei.‘ Sie wollte feiern und die Nächte durchmachen, ständig trinken, während ich zu Hause bei unserer Tochter sein wollte. Wir entfernten uns voneinander, und schließlich ging sie. *Uns beide.*"

Avas Lippen verzogen sich zu einem Stirnrunzeln, und sie rieb über den feuchten Ring auf ihrem Bierdeckel. „Ich hasse es, wenn jemand das Geschenk der Mutterschaft so vergeudet. Das macht mich wütend. Manche Frauen wissen nicht, wie gut sie es haben. Einige von uns", fuhr sie auf und spürte, wie der Damm der Emotionen, den sie kaum zurückhalten konnte, „haben niemals so viel Glück."

Ihr Geist raste zu ihrem Fruchtbarkeitsarzt, zu den Ergebnissen ihrer Fruchtbarkeitstests, zu den tränenreichen Wochen, in denen sie in ihrem Selbstmitleid schwelgte, zu dem Kinderzimmer, das sie später in ein Büro umwandelte, nachdem die endgültige Gewissheit da war.

Will legte eine Hand auf ihre und presste die Lippen mit einem traurigen Ausdruck zusammen. Er hielt sie einen Moment lang. Sie spürte die aufrichtige Anteilnahme in dieser stillen Geste.

„Noch eine Runde?", rief die Barkeeperin von der halben Länge der Theke zu Will herüber.

116

„Ja, bitte", antwortete Will laut.

Die Barkeeperin nickte, und Ava hätte schwören können, dass die Frau ihm auch noch zuzwinkerte.

„Weiß Starla, warum du so viele Kostüme sammelst?„

„Ehrlich gesagt interessiert es sie wohl nicht besonders. Sie lebt in ihrer eigenen kleinen Fantasiewelt, wenn ich sie nicht manchmal daraus hervorhole. Sie liest viel."

„Ach ja? Was liest sie denn gerne?"

„Sie liebt diesekleinen interaktiven ‚Wähle dein eigenes Abenteuer'-Bücher? Kennst du die noch?"

„Ich habe die *geliebt*."

„Die kommen geradewieder ein bisschen in Mode."

Sie lächelte, erinnerte sich an ihre Kindheit, wie eine Maus im Labyrinth auf der Suche nach dem richtigen Ende. Wenn sie nur zurückkehren könnte zumKapitel vor ihrer Heirat mit Daniel, und es nochmal machen könnte, um die *richtige* Entscheidung zu treffen..."

„Ich habe kürzlich ‚Reise zum Mittelpunkt der Erde' nochmal gelesen."

„Oh Gott, das habe ich seit der Mittelstufe nicht mehr gelesen."

„Ich liebe die Klassiker. Auch bei Filmen."

„Pffft. Du magst *Klassiker*?"

„Ja."

„Also… Schwarz-Weiß-Filme?“

„Ja, klar.“

„Ich *glaub's* dir nicht.“

Er kicherte. „Warum?“

„Du siehst aus wie ein Actionfilm- oder Sportdrama-Typ.“

„Was?!“

„Du bist verdammt durchtrainiert. Du siehst aus, als hättest du *Friday Night Lights* und *Rudy* auswendig gelernt.“

„*Rudy* ist nicht schlecht, aber bei weitem kein *Citizen Kane*, das steht fest.“

„*Du* magst *Citizen Kane*?“ Ihr Ton war ungläubig. Sie hatte sich vollständig auf ihrem Barhocker zu ihm gedreht, den Körper vor Ungläubigkeit gegen die Theke gestützt.

„Ja. Warum ist das so unglaublich?“

Sie lächelte. „Weil ich Klassiker auch liebe.“

„Was? Nein, das tust du nicht.“ Er winkte ihr spielerisch ab. „Du bist ein Doppelprogramm aus *Natürlich Blond* gefolgt von *Miss Undercover*.“

„Das finde ich geradezu beleidigend“, scherzte sie. „Wenn ich ein Doppelprogramm schaue, dann eher so etwas wie *Manhattan*, gefolgt von *Die letzte Vorstellung*. Oder zwei Ingmar-Bergman-Filme hintereinander.“

Seine Augen weiteten sich vor Verblüffung. „Ich will nicht vulgär sein, aber jetzt redest du schon obszön mit mir."

Sie lachte.

„Oooh, Baby. Sag noch mal Ingmar Bergman, aber so richtig langsam und sinnlich, wie gerade."

Das Grinsen, das er aufsetzte, ließ sie einen Hitzeschub durchfahren. „Okay, was ist besser? *Das siebente Siegel* oder *Lächeln einer Sommernacht*?"

„Fangfrage. Die Antwort lautet *Wilde Erdbeeren*."

Ava schnappte nach Luft und griff sich an die Brust. „Wow."

„Alles in Ordnung bei dir?"

„Ja." Sie wirkte wie vom Donner gerührt. „Ich *habe dich* massiv unterschätzt."

„Die meisten tun das. Ich bin mehr als nur ein halbes Feuerwehrmann-Kostüm und ein Staubwedel, weißt du." Will zwinkerte.

„Das sehe ich jetzt ein." Dann drückte sie sanft mit der Fingerspitze auf sein Knie. „Okay, jetzt die große Frage..."

„Schieß los."

„Bei drei nennst du deinen Lieblingsschwarzweißfilm."

„Easy." Er zuckte lässig mit den Schultern.

Sie zählte an den Fingern ab. „Eins... zwei... drei."

„*Casablanca*“, sagten sie fast gleichzeitig im perfekten Einklang.

Ava presste sich beide Hände auf den Mund, um nicht nach Luft zu schnappen.

Wills Augen wurden groß. Die Barkeeperin stellte ihre frischen Getränke hin, und er trank die Hälfte seines Bieres in einem Zug.

„Nicht... dein... verdammter... Ernst“, flüsterte Ava schließlich.

Als Wills Blick zu ihr zurückkehrte, schien der Rest der Bar in Unschärfe zu verschwimmen. Sie spürten eine fast greifbare magnetische Anziehung zwischen sich.

Schließlich murmelte Will: „Louis, ich glaube, dies ist der Beginn einer *wundervollen* Freundschaft.“

Ava lachte.

Will starrte sie einen Moment lang gebannt an. „Du bist absolut hinreißend. Das hörst du sicher oft.“

Sie schüttelte den Kopf und spürte, wie ihre Wangen knallrot wurden bei dem Kompliment.

Als er merkte, dass er sie in Verlegenheit gebracht hatte, lenkte er das Gespräch zurück. „Das ist verrückt. Wir haben den gleichen Lieblingsfilm. Ich habe ihn Starla neulich zeigen wollen. Sie hat satte zehn Minuten durchgehalten, dann hat sie geschnarcht.“

„Oh Mann, ich liebe ihn. Ich habe Madison gezwungen, ihn mit mir anzusehen, an dem Tag, als ich dich im Fitnessstudio traf. Dieser Film löst so viele Gefühle in mir aus. Solche Filme macht man heute nicht mehr. Filme, deren Schönheit die Zeit überdauert. Dieniemals altern. Dieniemals aus der Mode kommen."

„Das muss eine verrückte Zeit gewesen sein. Keine SMS oder E-Mails. Keine billigen Flugangebote oder Reise-Groupons. Man verliebte sich schnell und heftig, und das Beste, worauf man hoffen konnte, waren Briefe, die hin und her gingen."

„Frauen waren hingebungsvoll. Männer waren aufrichtig."

„Keine modernen Dating-Spielchen—"

„... Nur verletzliche, ungehemmte Leidenschaft." Es war, als hätte sie seinen Gedanken zu Ende geführt, beide romantisierten Schwarzweißfilme, als hätten sie eine gemeinsame Gedankenwelt.

„Diese Zeit muss besonders hart für Frauen gewesen sein. Die Männer hatten das Sagen. Die Frauen blieben barfuß und schwanger."

„Quatsch, was ist mit *Vom Winde verweht*?"

Sie presste die Zähne zusammen und sah ihn fast entschuldigend an. „Ich habe den tatsächlich noch nie gesehen."

„Was? Und du nennst dich eine Liebhaberin des klassischen Kinos?! Schäm dich, Ava."

„Ich weiß. Ich hätte ihn fast mal auf 70mm im Alamo gesehen, aber da gab's ein Problem mit der Projektion."

„Na, jetzt weiß ich, was unser nächstes Date sein wird."

„Ooooh, ganz schön dreist. Also wird es ein weiteres Date geben?"

„Wird es nicht?" Will fragte mit hoffnungsvollem Ausdruck.

Ava zuckte mit den Schultern und lächelte, während sie ihren zweiten Martini austrank. Die Kakophonie aus knallenden Billardkugeln, Country-Sängern, ausgelassenem Gelächter, und lauten Gesprächen schien anzuschwellen.

„Es ist laut. Möchtest du vielleicht einen Spaziergang machen?"

„Ja." Ava nickte und sah sich um. „Ich kann dich hier kaum verstehen."

Will fischte seine Bankkarte heraus und hielt sie der Barkeeperin hin. „Die Rechnung, bitte."

Die Barkeeperin nickte und huschte mit Wills Karte davon. Innerhalb weniger Augenblicke, reichtesie ihm einen

Stift und mehrere Quittungen, auf einer davon stand eine Zehnstellige Nummer und die Worte ‚Ruf mich an. Carly‘ darunter. Will unterdrückte den Drang, die Augen über die Telefonnummer zu verdrehen, während er Trinkgeld und Unterschrift kritzelte.

Ava bedankte sich für die Drinks, sammelte ihre Sachen, band den Gürtel ihres Mantels und machte sich auf den Weg zum Ausgang.

„Warte.“ Will öffnete die Eingangstür der Bar, begrüßt von einer Wand eisiger Luft, und deutete auf die frostigen Schneewehen draußen. „Nach dir, Schöne.“

***

„Welche Richtung?“

„Da lang.“ Will zeigte nach links.

Ava nickte und stolzierte aus der Bar, schwang die Hüften, wie Madison es ihr eingebläut hatte, und übertrieb die Bewegung ihrer Hüften mit jedem Schritt ein wenig.

Will betrachtete ihre bezaubernde Gestalt, als wäre sie eine schwingende Taschenuhr in der geübten Hand eines Hypnotiseurs.

Fast an der Ecke rutschte Ava auf halbgefrorenem Matsch aus. Will machte einen schnellen Schritt nach vorn und fing sie auf. „Whoa. Alles okay?“

Ava nickte und klammerte sich fester an seinen Arm, den sie an ihre Rippen presste. Zum Teil für Halt. Und zum Teil, weil die Berührung mit Will sie mit einer schwindelerregenden Aufregung erfüllte, die sie seit... nicht mehr gespürt hatte.

Na ja, vielleicht *überhaupt noch nie.*

Sie machten noch ein paar Schritte, bevor Avaerneut auf ihren abgenutzten Schuhsohlen ausrutschte. Sie stolperte, ihre Beine versagten wie bei einem frisch geborenen Reh. Will reagierte blitzschnell und griff nach ihr, schlang seine Arme um sie und fing sie auf, bevor sie auf den Beton stürzen konnte. Plötzlich stabilisiert, waren ihre Körper eng aneinandergepresst. Sie spürte, wie sich seine Bauchmuskeln mit jedem tiefen Atemzug in sie drückten.

Ava blickte aus der Umarmung seiner Arme zu ihm hoch, ihre Gesichter gefährlichnah. Sein unwiderstehliches Lächeln breitete sich aus und ließ ihre Knie zu Wackelpudding werden.

„Ich habe schon Frauen für mich schwärmen sehen, aber Mensch,"sagte er lachend.

Der Klang seines Lachens durchbrachAvas Verteidigungslinien.

Er schaute hinab, die Worteblieben ihm im Hals stecken. „Ich habe einen Ort im Sinn, von dem ich glaube,

124

dass er dir gefallen würde. Es ist nur ein kurzer Weg, aber mit diesen Stiefeln könnte es riskant sein. Halte dich an meiner Hand fest, um das Gleichgewicht zu halten."

Ava nickte und verschränkte ihre behandschuhten Finger mit seinen nackten Hand. Ein plötzlicher Hitzeschub jagte von ihremBauchhinaufins Gesicht.

Während Ava neben Will dahintrottete, versuchte sie sich zu erinnern, wann sie das letzte Mal Händchen gehalten hatte – mit irgendwem. Das musste mindestens ein halbes Jahrzehnt her sein, bestimmt. Lange vor ihrer Hochzeit mit Dan, bevor seine Ritterlichkeit verschwand wie eine Feder im Wind. Bevor Jahren der Gleichgültigkeit und Untreue und Nächten, in denen sie darüber grübelte, was sie falsch gemacht hatte. Vor dem hässlichen Streit wegen des positiven Schwangerschaftstests im Küchenmüll...

Ein Schwangerschaftstest,der nicht *ihrer war*.

Eine Windböe wirbeltefeinenSchnee in Avas Gesicht und beendete ihren vergifteten Ausflug in die Vergangenheit mit dem eisigenGlitzern desWinters. Sie ging schweigend weiter, seine Hand übertrugeinewohlige Wärme auf ihre.

Der Mann war ein wandelnder Ofen, befand sie.

Will zog sanft an ihrer Hand und bog auf den Eingang eines Ladens im Platz zu.

Ava trat zurück, entzog ihm ihre Hand, um das Schild zu lesen. „Das *Mount Olympus Cafe*." Zwei Pseudo-Säulen flankierten die Tür, was dem schlichten Äußeren ein griechisches Flair verlieh.

„Wenn du keinen Kaffee magst, machen sie hier auch einen fantastischen heißen Kakao. Die Marshmallows stellen sie selbst her."

Ava stöhnte ein wenig vor Vorfreude und lächelte. Will hielt ihr die Tür auf, und gemeinsam traten sie ein, begleitet von einer Kältewelle. Der Duft von gemahlenen Kaffeebohnen und schaumiger, warmer Milch erfüllte die Luft.

„Ich'bin hier schon so oft vorbeigelaufen, aber war noch nie drinnen. „

„Na, heuteNacht ist eine Nacht der ersten Male", sagte Willund legte sanft eine Hand auf ihren Rücken. „Wenn sie jetzt geöffnet hätten, würde ich dich nebenan hinbringen und dir ein paar *richtige* Schneestiefel kaufen. Mit *ordentlichem Profil*."

„Machst du Witze? Diese Stiefel machen erst mein gesamtes Outfit", scherzte sie.

„Ah. Klar. *Prioritäten*."

AmTresenbegrüßte sie eine junge Frau mit pflaumenfarbenen Haaren im schludrigen Dutt.

IhreDermal-Piercingsfunkelten   im   gedämpften
Stimmungslicht. Ihr Blick haftete an Will.

„Hallo-willkommen-im-Mount-Olympus-Café“,
sprudelte die Frau so schnell heraus, dass alles zu einem Wort
verschmolz. Sie klang, als hätte sie gerade einen Riesentank
voll Espresso hinuntergestürzt.

Will blinzelte verständnislos, unfähig, ihre
Geschwindigkeit zu verarbeiten.

„Was-darf--ich--für-Sie?“ Wieder verschwammen ihre
Worte ineinander.

„So verlockend der heiße Kakao klingt, ich brauche
einen richtigen Kaffee. Ich nehmeeine „Helena von Troja“,
sagte Ava entschlossen, während sie weiter die griechisch
inspirierte Karte studierte.

„Den Latte oder Frappé?“ Endlich wurden die Worte
verständlich. Dennoch blieb der Blick der Frau an Will
haften.

„Latte, bitte.“

Die Frau tippte es ins Kassensystem. „Und Sie?“

Will grinste. „Überraschen Sie mich. Was ist Ihr
Favorit?“

Die Barista kicherte. „Mit dem „Zeus‘ *Blitz -
Cappuccino*können Sie nichts falsch machen.“

„Dann nehme ich einen davon, bitte." Will griff in seine Hosentasche und zog seine Geldbörse heraus.

„Nein, ich übernehme das", protestierte Ava und legte ihre Hand auf Wills. „Du hast die Drinks in der Bar bezahlt. Diesmal *geht*auf mich." Sie öffnete die karamellfarbene Handtasche, die perfekt zu ihren Stiefeln passte, und wühlte in ihrem Inhalt herum, auf der Suche nach ihrer Geldbörse. Bevor sie jedoch Geld herausholen konnte, hatte die Barista bereits Wills Bankkarteentgegengenommen.

„Will! Das wollte ich doch bezahlen. Ich stehe für Gleichberechtigung."

Will zuckte mit den Schultern. „Alte Gewohnheiten stirbt man nicht so leicht ab. Es ist schön, eine gute Frau ab und zu mal zu verwöhnen."

Die Barista reichte ihm seine Karte und den Beleg mit einem schüchternen Lächeln zurück. Will bemerkte gar nicht, wie verdattert die Kassiererin wirkte. „Danke."

„I-i-ist'keinproblem", stotterte sie, wieder alles in einem Satz.

Ava und Will schlängelten sich zwischen den Tischen hindurch, an ein paar Gästen vorbei. Einige tippten auf Laptops oder waren in Taschenbücher vertieft. Das Klappern der Tasten, gedämpfte Telefonate und das Kratzen von Keramik-Tassen verliehen dem Café einleises Summen des Lebens.

Sie setzten sich neben das große Fenster an der Front mit spinnennetzartigem Raureif in den Ecken. Eine heftige Windböewirbelte eine Schicht feinen, weißen Schnees auf. Der atemberaubende Anblick des pechschwarzen Nachthimmels breitete sich über ihnen aus, Millionen Sterne sichtbar. Will richtete seinen Blick wieder auf Ava.

„Also, lebst du schon lange in Wyoming?"

„Mein ganzes Leben. Geboren und aufgewachsen genau dort in Riverton, um genau zu sein. Nach Jackson Hole bin ich wegen des Flughafens gezogen, als ich zurückkam."

„Zurückgekommen? Von wo?"

„Jacksonville. War dort ein paar Jahre für meinen Bachelor."

„Du hattest einen Geschmack vom Strandleben und bist *zurückgekommen*?"

„Oh ja. Die Hitze in Florida ist absolut brutal. Und es gab nicht viel zu sehen, wenn man nicht von Spanischem Moos beeindruckt ist. Nicht wie hier." Sie deutete auf die mondbeschienenen Berge draußen. „Ich habe Wyoming vermisst. Für mich ist das hier alles. Ichwar überall in den USA. War in zwölf anderenLändern auch. Ich kann ehrlich sagen, ich habe noch nirgends etwas Faszinierenderes gesehen als genau hier. Ich weiß,ich bin nicht der Einzige. Ich sehe immer Touristen strömen, und neue Läden schießenjedes Jahr aus dem Boden. Wie sich herausstellt, ist dieser Ort nicht geradeein gut gehütetes Geheimnis.“

„Ja, dieser Staat hat sich seit meiner Kindheit sehr verändert.“

Als sie in seine saphirblauen Augen blickte, spürte sie, wie ihreAbwehr nachgab,Mauern rissen. Mauern, die sie ausgutemGrund errichtet hatte. Sein Blick ließ die Raumtemperaturgefühlt auf Siedehitze ansteigen.

Eine Seite seiner Lippen verzog sich zu einem sexy Grinsen, das ihre Körpertemperatur auf Höllenhitze trieb.

„Und was istmit dir? Bist du von hier?“

„Casper, um genau zu sein.“

„Oh, schön. Ich war schon oft dort. Washat dich nach Jackson Hole gebracht?“

„Die Wolpertinger“, sagte er mit ernster Miene.

Ava brach in ein lautes Lachen aus, das fast jeden im Lokal aufhorchen ließ. „Entschuldigung“, sagte sie mit einer Handbewegung zu den anderen, bevor sie sich den Mund damit zuhielt. Sie bemühte sich, nicht zu grinsen. „Wolpertinger, was?“

„Oooh ja“, sagte er mit gespieltem Ernst. „Die sind lecker. Dachte mir, wenn ich hierherkomme und mir Munition leisten kann, würde ich nie wieder hungern müssen.“

Ava vergrub ihr Gesicht in ihren Händen, um die anderen Gäste nicht ein zweites Mal mit ihrem Lachen zu erschrecken.

Der berüchtigte Jackalope waren das Gimmick des Staates, um Touristengelder anzulocken, und stammten noch aus den 1930ern. Ausgestopfte Hasen mit angeklebten Antilopenhörnern blieben ein gängiges Sortiment in fast jedem kitschigen Andenkenladen und Antiquitätengeschäft des Bundesstaates.

„Ich mach natürlich nur Spaß.“ Will kicherte.

„Oh, das hatte ich mir gedacht. Sonst wäre dieses Date jetzt vorbei gewesen.“

Die Barista schlängelte sich mit einer Tasse in jeder Hand durch die Tische auf sie zu. Sie stellte Avas Tasse unbekümmert ab, bevor sie Will seine behutsam hinstellte.

Ohne Avas Blick zu begegnen, schenkte die Barista Will ein kokettesLächeln. „Falls Sie noch’etwas brauchen, sagen Sie Bescheid.“

„Danke.“ Willnickte.

Ava spürte einen Stich der Irritation, als sie die Baristazurückgehen sah. Die Frauen hatten heute Abend Hunger. Es schien, *Will* stand auf der Speisekarte.

Will hob seine Tasse zum Toast. „Here's lookin' at you, kid."

Ava zwang sich zu einem Lächeln, immer noch etwas genervt von der Barista, und stieß mit ihm an. „Prost."

„Um deine Frage zu beantworten..." Wills Stimme riss Ava zurück in den Moment. „Ich bin hierhergekommen, weil es'hier wunderschön ist und ich das Gefühl habe, hierkann ich durchatmen. Ich wollte am CWC hier studieren, als ich erfuhr, dass Starla zu uns kommen würde. Das hat natürlich meinen Weg geändert. Ich brauchte Geld, also habe ich mein Studium unterbrochen. Kinder sind teuer."

„Was hast du studiert?"

„Pflege. Ich wollte Leihpflegekraft werden. Weißt du, die Welt sehen. Mit Menschen zu tun haben. Ich wollte k'ein Arzt sein. Ich wollte die Patienten kennen und wirklich *helfen,* verstehst du?"

„Denkst du manchmal darüber nach,'irgendwann zurückzugehen?"

„Wahrscheinlich nicht, aber wer weiß. Ich mag was ich tue. Es mag nicht so angesehen sein, aber ich habe trotzdem das Gefühl, dass ich mit dem Putzen hilfreich bin und Menschen diene, ihr Leben ein bisschen besser mache. Jetzt hat Starla die Stabilität, die sie braucht. Sie muss nicht ständig die Schule wechseln, wie es sonst der Fall gewesen wäre."

„Deine Tochter hat großes Glück."

„Ich weiß ni'cht, ob es Glück ist. Es war von Zeit zu Zeit eine Herausforderung. Sie verdient die ganze Welt, aber wenigstens bin ich da, wenn sie mich braucht."

„Das ist mehr, als *viele* kleine Mädchen haben."

„Stimmt. Gott sei Dank, habe ich das Gefühl, ich werde langsam besser in dieser ganzen *alleinerziehender-Vater-Sache*."

„Ach ja? Inwiefern?"

„Nun, vor Kurzem habe ich gelernt, wie man ein plissiertes Kleid bügelt und einen halbwegs passablen Ballerina-Dutt macht."

Ava lächelte bei dem Gedanken, wie Will ein Kleid bügelt. „Darf ich fragen, warum es zwischen dir und ihrer Mutter nicht geklappt hat?"

Er seufzte, da er die Frage kommen sah. Der Stich saß noch immer in seiner Brust.

„Wir waren noch nicht lange zusammen, als Sarah schwanger wurde. So ungefähr zwei Monate. Starla warnicht geplant. Sarah und ich *mochten* uns zu der Zeit sehr, aber die Liebe blieb aus. Jahre später fing Sarah an, mit einem komischen Umgang abzuhängen. Sie fing an, viele Dinge zu tun, die ich nicht gutheißen konnte. Sie verhielt sich immer weniger wie eine Mutter und mehr wie ein rebellischer Teenager. Sie wollte immer noch ausgehen, die Welt sehen und feiern, als hätte sie keine Verpflichtungen. Sie verschwand manchmal für zwei Tage und kam mit einem Höllenkater zurück, ohne wirkliche Erklärung, wo sie gewesen war."

Will seufzte und sah Ava an, unsicher, ob er weitermachen sollte. „Irgendwann mussten wir ein klärendes Gespräch führen, und ich sagte ihr, dass ich nicht mehr so leben wollte. Als ich sie das letzte Mal sah, hatte sie Fixerspuren an ihrem ganzen Arm. Kurz darauf fing sie an, mit ihrem Dealer zu schlafen, und ein paar Wochen später, verschwand Sarah komplett. Schließlich bekam ich das volle Sorgerecht, und sie landete... wer weiß wo. Ich habe seit Starlas drittem Geburtstag nichts mehr von ihr gehört, als sie vorbeikam und sie sehen wollte." Er musterte sein Getränk. „Nicht jeder ist fürs Elternsein gemacht."

„Wow, das tut mir leid, das zu hören."

„Danke." Er nippte an seinem Getränk und spielte mit dem Henkel der Tasse.

„Das muss eine wirklich harte Zeit gewesen sein.“

„Das war es. Ich werde nicht lügen. Wirklich. Kurz nach dem Verschwinden meiner Ex stellte sich heraus, dass Starla Diabetes, also war die richtige Behandlung stressig. Es war viel zu lernen, selbst *mit*meinen bisherigen Pflegekursen. Es war viel Trial und Error.“

„Es tut mir leid, dass du das durchmachen musstest.“

„Danke.“ Er lehnte sich mit einem quietschenden Geräusch gegen das Leder der Sitzbank zurück und beobachtete den aufsteigenden Dampf über dem Blitz, der in denSchaum seines Cappuccinos gezeichnet war. „Nun, da wir gerade die harten Fragen stellen – ich weiß, du hast deinen Pelzbruder Kuda, aber möchtest du jemals Kinder?“

Avas’ Herz sank. Die Worte trafen sie wie ein Stein in den Magen.

Er sollte es jetzt wissen, bevor wir uns gegenseitig Zeit’verschwenden.

„Es steht leider nicht in den Sternen für mich. Ich kann leider’keine Kinder bekommen“, sagte sie mit melancholischem Unterton. „Ich wollte sie wirklich, aber ich’habe mehrere Spezialisten aufgesucht, und... es ist einfach nicht der Weg, den mein Leben nehmen sollte, wohl.“

Wills Blick wurde entschuldigend und fesselnd. „Oh Gott, das tut mir so leid. Das hätte ich nicht fragen sollen.“

„Nein, schon okay. Besser, du weißt es gleich. Ich weiß, dass das für die meisten ein Dealbreaker ist.“

Will schüttelte den Kopf und trank einen kleinen Schluck seines dampfend heißen Getränks.

„Ich habe über Adoption oder Pflegefamilie nachgedacht, aber mein Exmann, Dan, stand auf keines davon. Ich fand es nicht fair, ein Kind in eine Situation zu bringen, wo es nur von einem Elternteil gewollt ist — besonders wenn sie oft aus so schmerzhaften Verhältnissen kommen. Also stürzte ich mich in die Arbeit, als sich diese Tür für mich schloss.“ Sie lehnte sich zurück und ahmte unwillkürlich seine Körperhaltung nach. „Und jetzt habe ich nicht mal das mehr.“

Ich habe dir nichts zu bieten. Verdammt, ich habe gerade niemandem etwas zu bieten, dachte sie.

Ein Stich der Verlegenheit färbte ihre Wangen rot. Ihre Augen erzählten eine traurigere Geschichte, als ihre Lippen je aussprechen könnten.

„Ich habe das Beste daraus gemacht. Ich habe alles gesehen und getan, was ich stattdessen wollte. Ich reise. Ich esse exotisches Essen. Ich habe verschiedene Lebensweisen kennengelernt. Und ich bin mir sicher, ich wäre gerade *viel*gestresster wegen des Jobverlusts, wenn jemand von mir abhängig wäre.“

„Wahrheit", sagte Will leise und nickte. Ihre Blicke trafen sich für einen Moment. Ava wurde plötzlich schwindlig, ihr Magen verkrampfte sich vor Aufregung. Will schaute weg.

„Also, wie sind so deine Kunden?"

Will kicherte. „Nun, keine ist so wie du, wenn du das meinst. Die meisten freuen sich, einen Mann in quasi Unterwäsche ihr Haus putzen zu lassen."

Ava wurde wieder rot und bedeckte einen Teil ihres Gesichts mit der Hand. „Tut mir leid. Madison hat mich kalt erwischt. Schlechtes Timing. Plus, ich lasse nicht jeden Tag einen Wildfremden in meinem Haus stöbern, ob angezogen oder nicht."

„Ich verstehe." Will grinste. „Die meisten meiner Kundinnen sind toll. Ich lerne viele coole Leute kennen in meinem Job. Manche sind frischgebackene Millionäre und geben obszön vielTrinkgeld für Basic-Dienstleistungen. Die werden sich niemals auf Hände und Knie begeben, um ihr eigenes Badezimmer zu schrubben, wenn sie es sich leisten können, jemanden dafür zu bezahlen. Aber das Kostüm-Ding ist einfach explodiert bei den einsamen Hausfrauen. Die spüren so einen kleinen Kitzel von frechem Vergnügen, wenn sie mich fürs Putzen buchen... und zur *Unterhaltung*. Wenn ihre Männer ständig weg sind, suchen die Frauen einfach nach einem billigen Kick. Außerdem macht mir Putzen wirklich Spaß."

„Ich würde ja sagen, du hast mich zu einem schlechten Zeitpunkt erwischt, aber das wäre wohl gelogen. Ich komme bestens zurecht im Chaos. *Ich* weiß, wo alles ist."

„Ja, ich nicht. Schon als kleines Kind habe ich' immer meiner Mutter im Haushalt geholfen.' Sie ließ mich staubsaugen und zeigtemir, wie manStaub wischt. Wir' hörten Musik, bespritzten uns mit Wasser und genossen einfach die gemeinsame Zeit. Ich liebte dieses Gefühl, wenn man einen hartnäckigen Fleck wegschrubbt und dann das Ergebnis betrachtet – ein sauberes Zimmer, das vorher Chaos war. Menschen wirken *entspannter* , wenn ihr Zuhausein Ordnung ist. Ich helfe Menschen, wie ich es immer wollte. Nur... auf eine andere Art, als ich es mir vorgestellt hatte. Außerdem gibtmir der flexible Zeitplan die Möglichkeit, so da zu sein, wie ich *es* für meine Tochtermöchte. Ich will sie von der Schule abholen, zu ihren Vorspielen und Chorauftritten gehen. Ich will da sein, um ihren Blutzucker zu kontrollieren,sicherzustellen, dass sie richtig isst, und sie abends ins Bett zu bringen."

„Hast du Familie in der Nähe, die dir mit ihr hilft?"

„Nö. Meine Eltern sind altmodische Konservative. Ich habe kaum mit ihnen gesprochen, seit meine

Tochterunehelich *'geboren wurde.'* Meine Eltern hatten ein *riesiges*Problem damit. Sie sind kurz nach ihrer Geburt in Rente gegangen und nach Boca Raton gezogen. Seitdem habe ich kaum was von ihnen gehört." Er zuckte mit den Schultern. „Mein Bruder und ich stehen uns auch nicht wirklich naheEr ist nach Florida gezogen, um näher bei ihnen zu sein. Also bin ich ganz allein."

„Wow, das wusste ich nicht."

„Ja, die Tochter meiner Nachbarin' passt ab und zu auf, wie heute Abend, aber meistens sind es nur ich und Starla."

„Es tut mir leid, dass deine Familie so distanziert ist, aber am Ende verpassen sie wirklich etwas."

„Ja." Will klang leise und unsicher.

„... Und was ist das mit den Leuten und Florida? Mir hat es da nicht gefallen. Als ob alle denken, es wäre eine Art Mekka oder so."

„Für mich sicherlich nicht. Ich mag Schnee. Da unten fühlt es sich an, als hätten sie das ganze Jahr über nur eine Jahreszeit."

Ava lächelte. „Ich freue mich, dass du für deine Tochter da bist. Es gibt so viele Väter, die sich nicht kümmern auf der Welt. Es ist schön, einen zu sehen, der sich so sehr kümmert wie du. Und, um nicht zu sehr dein Lob zu singen,aber aus geschäftlicher Sicht: Falls das ein Trost ist, ich finde deine Dienstleistung wirklichgenial. „

"Du darfst jederzeit in mein Horn stoßen." Will grinste verspielt. „Ja, ich kann kaum glauben, wie schnell das alles in so kurzer Zeit gewachsen ist. Angefangen habe ich mit einer einzigen Kundin, und jetzt sind es so viele, dass ich eine Warteliste führen muss. Ich bin nur bei dir aufgetaucht, weil Madison einen Gefallen eingefordert hat."

„Na super, jetzt fühl ich mich wie ein Arsch."

„Musst du nicht." Er winkte ab. „Aber ja, das meiste an meinem Job macht mir Spaß. Und das Geld ist großartig. Verdammt, ich würde Kopfstand machen oder einen Tanz aufführen für das, was sie mir zahlen. Es stört mich nicht, ein bisschen albern auszusehen, wenn es Leute glücklich macht. Ich darf das tun, was mir Freude bereitet, und letztlich bin ich stolz darauf, dass ich das Leben von Menschenein kleines bisschen besser gemacht und ihren Tag etwas heller werden lassen habe."

„Ich'habe noch nie einen Mann getroffen, der gerne putzt." Ava kicherte. „Du bist wirklich eine Art Einhorn." Sie schnaubte. „Verdammt, die meisten von uns haben Glück, wenn sie einen finden, der seine Klamotten *in* den Wäschekorb statt auf den Boden *daneben* wirft. Das macht mich wahnsinnig."

Will grinste. „Ja, leider viel zu üblich." Er starrte einen Moment durch das vereiste Fenster, bevor sein Blick wieder zu ihr zurückkehrte. „Ich würdenichtsagen, dass dasder beste langfristige Jobist. Irgendwann, werde ichälter, und das Schrubben auf den Knien wird lästig. Dann zahlen die Leute vielleicht dafür, dass ich meine Klamotten anlasse."

Ava lachte darüber.

„Aber fürs Erste funktioniert es. Eines Tages wäre es cool, ein Team von anderen Männern zu managen, die dasselbetun. Also das Gleiche machen. Was würde mich das machen? So eine Art Zuhälter oder so?"

„Nur, wenn sie deutlich mehr machen als putzen." Sie kicherte. „Ich würde sagen, Supervisor oder Manager trifft es besser."

„Stimmt." Ein charmantes Lächeln umspielte seine Lippen. Sein Blick glittdie zarte Linie ihres Halses hinab zu den weiblichen Kurven ihres Schlüsselbeins unter dem Revers ihres Mantels. Ihre Haut wirkte empfindlich, als könnte sie auf die Berührung seines Stoppelbartsoder auf eine Spur von sanften, abwärts wandernden Küssen reagieren.

„Wenn du expandieren würdest, könntest du exponentiell mehr verdienen." Sie klang langsam wie eine

Finanzberaterin und riss Will aus seiner momentanen Fantasie, wo er seine Lippen überall hin drücken wollte...

„Du hast bereits eine solide Kundenbasis aufgebaut", fuhr sie fort. „Die' Fixkosten sindminimal— was, Handschuhe, Sprit und Kostüme? Du kaufst nicht mal deine eigenen Putzmittel, das senkt deine Ausgaben noch weiter—"

„Wow." Er hobdie Hand. „Ist das hier ein Date oder eine Vorstandssitzung?"

„Tut mir leid." Sie wirkte wirklich verlegen, warf ihren grünen Augen einen Blick auf das engumschlungen vorbeischlendernde Paar draußen. „Du hast recht. Ich entschuldige mich. Ich wollte'nicht übergriffig sein. Ich erkenne einfach eine gute Geschäftsidee, wenn ich sie sehe. Unternehmen mit Wachstumspotenzial zu identifizieren war über ein Jahrzehnt lang mein einziger Job. *Berufskrankheit.* Mein Fehler."

„Und was willst du jetzt machen? Kannst du das Gleiche für ein anderes Unternehmen tun?"

„Nein. Ich habe einen striktem fünfjährigem Wettbewerbsverzicht unterschrieben. Standard in meiner Branche. Bis dahin wird sich so viel verändert haben, da wäre ich völlig rausaus dem Spiel, den Puls der Zeit nicht mehr fühlen, was sich lohnt und was bloß Zeitverschwendung ist.

E in komplett neuer Weg istleiderangesagt.'Es ist einfach überwältigend."

„Kann ich mir vorstellen. Aber dubist clever. Du bist eine praktisch veranlagteFrau, die sich nichts gefallen lässt, das merke ich."

„Oh, ich habe noch genug Unsinn an mir", kicherte sie.

„Ach *bitte*. Welcher'Unsinn denn? Dass'du ein bisschen chaotisch bis? Kein Ding. Was noch? Eine Designerkleidungssucht? Eine *OnlyFans* -Fußfetisch-Seite?"

„Ach hör auf. Niemand würde ein Abo für mein *OnlyFans* abschließen", brummte sie.

„Also ich wär'da schon dein erster Abonnent." Er zwinkerte mit seinen dichten, gepflegten Brauen.

Seine flirtenden Worte ließen Avas Magen flattern. Sie deutete auf ihr Getränk. „Das ist köstlich. Du hattest recht mit diesem Laden."

„Du solltest mal meinen Kaffee probieren. Mann, ich kann einen *verdammt guten* Kaffee machen."

Ava nickte und versuchte, ihr Lächeln zu verbergen. „Das würde ich gern."

„Was machst du am Freitagabend?"

Avas Blick schnellte von ihrem Kaffee zu ihm. „Hä?" Sie war sich nicht sicher, ob sie richtig gehört hatte.

„Also", er warf einen Blick auf seine Uhr, „meine Babysitterin ist nur noch zwanzig Minuten da, aber am Freitag übernachtet Starla bei einer Freundin. Ich könnte leichte Häppchen oder Charcuterie machen und dir eine der besten Tassen Kaffee kredenzen, die du je hattest."

„Kühne Behauptung." Sie zog eine Augenbraue hoch.

„Kann ich beweisen. Was sagst du? Ich schick dir meine Adresse." Will lächelte sanft. „Sag ja."

Ava schien das Angebot zu überdenken.

„Du hast keinen Spaß. Das ist der Grund fürs Zögern, oder?"

Ava lachte. „Doch. Ich amüsiere mich prächtig. Es ist nur... Madison behauptet, du bist ein guter Kerl, aber John Wayne Gacy war auch ein angesehenes Mitglied der Gesellschaft. Wersagt, dass das hier kein Trick ist, um mich in deinen Folterkeller zu locken?"

„Während ich *es* liebe, mit Serienkillern verglichen zu werden, kannst du Madison einfach vorher eine Nachricht schicken und eine Zeit ausmachen, zu der sie dich zurückruft. Falls du nicht rangehst, kann sie die Polizei rufen."

Sie presste die Lippen zusammen und nickte mit ihrer bestmöglichen Robert-De-Niro-Imitation.

„Ich nehme an, du schaust vielewahre Verbrechens-Dokus."

„Definiere *viele*." Ihr Lachensprach Bände.

„Ich hab nie verstanden, wie Leute so was gucken können."

„Dating ist etwas völlig anderes für Männer als für Frauen. Für uns kann es richtig gruselig sein. Nur ein Prozent der Serienkiller sind Frauen. Statistisch gesehensind Männer das gefährlichere Geschlecht. Je mehr wir wissen, desto mehr können wir vermeiden , Opfer zu werden. Zum Beispiel: Wenn du jemanden mit einem Surfbrett und einem Gipsarm siehst, würdest du ihm helfen, es zu verstauen?"

„Mit Gips? *Klar*."

„So'hat Ted Bundy an einem Tag zwei Opfer gekidnappt."

Will rutschte unbehaglich auf seinem Stuhl herum. „Das ist wirklich... *beunruhigend*."

„Nicht gerade das ideale Date-Gesprächsthema, oder?" Sie kicherte und rieb sich die Stirn. „Tut mir leid, ich'bin etwas aus der Übung."

„Schon okay. Du bist die faszinierendste, interessanteste Spinnerin, die ich je getroffen habe... vielleicht überhaupt."

Sie stellte sich vor, wie sie sich über den Tisch lehnte, um ihn zu küssen, dieHände an seinen Schultern, die Lippen verschmolzen, Hände, die wanderten.

Sie konnte seinen Lippenpflegestift fast schmecken....

„Also, die Millionen-Dollar-Frage: suchst du was Lockeres oder was... Ernsteres?„

Etwas Ernsteres. Ich hab Lockeres probiert. Das'bin einfach nicht ich. Nach meiner Scheidunghat es Zeit gebraucht, um herauszufinden, was ich will und wer *ich* bin." Ava trank gedankenversunkenihren Becher leer, stellte ihn ab,und drehte sich auf ihrem Sitz vollends zu Will hin. „Ich vertraue mal darauf, dass du keinkaltblütiger Mörderbist".

„Wenn ich einer wäre, wäre ich' doch *super* im Aufräumen." Er lachte.

Avas Lippe verzog sichzu einem Grinsen, und ihre Brauen zogen sich zusammen. „Mann, du *wirst mich*echt überzeugen."

Will schüttelte den Kopf. „Tut mir leid". Es ist' nicht der richtige Moment für einen Witz. Das sehe ich jetzt ein. Du wolltest sagen?"

„Ich wollte *sagen*, dass icham Freitagabend frei bin."

Er ballte die Faust und zog den Ellbogen zurück. „Jaaaa."

9

Der Donnerstag verging für Ava wie im Flug. Den Tag über passte sie ihren Lebenslauf nach unten an und schickte ihn in alle Richtungen, die ihr einfielen, um einen halbwegs passablen Job zu finden, ohne Jackson Hole verlassen zu müssen.

Am Freitag war sie den ganzen Tag über vor Aufregung wie benebelt, während sie tausendmal über Outfit und Unterwäsche nachdachte und fast alles in ihrem Schrank anprobierte. Sie nahm sich mental vor, sich neue Kleidung zu gönnen, sobald sie einen Job hätte. Nach der Scheidung hatte sie mehr Gewicht verloren, als ihr bewusst war, und vieles hing ihr schlampig um den Körper.

Kaum daran denkend, richtig zu atmen, während sie durch die Stadt fuhr, erreichte sie schließlich die Adresse, die Will ihr geschickt hatte. Sie hielt vor einem bescheidenen Ranch-Haus in den Vororten, das unter einem Fuß frischem, weißem Pulverschnee begraben lag. Nach einem weiteren tiefen Atemzug war sie draußen und stapfte durch die Kälte, über den knirschenden Schnee des Gehwegs.

Bevor sie klopfen konnte, öffnete sich die Tür und gab den Blick auf Will Jessup frei, der ein weiches babyblaues T-Shirt trug, das sich an seine muskulöse Statur schmiegte, und eine dunkelblaue Jeans. Als Ava ihn von Kopf bis Fuß musterte, entwich ihr ein Lachen. Seine Socken waren ulkig – jede bedeckt mit Pizza-Stücken auf Beinen, mit Cartoon-Augen.

„Nett." Sie deutete darauf.

„Danke. Ich dachte, die strahlen weniger Bundy-Vibes aus." Er deutete über die kleine, gewölbte Diele hinaus. „Komm rein! Zieh deinen Mantel aus. Es ist eiskalt draußen."

„Danke."

Sie trat ein, und er nahm ihren Mantel, pfeiff bewundernd beim Anblick des roten Kleides darunter, das sich verführerisch um ihre kurvigen Hüften schmiegte.

„Meine Güte." Er biss sich auf die Knöchel. „Du bist einfach... etwas Besonderes."

Ava spürte, wie ihr die Röte in die Wangen schoss.

„Komm. Komm. Willkommen im *Café du Jessup*."

Obwohl makellos, hatte Wills Zuhause eine gemütliche Atmosphäre. Sein Haus, kleiner als die meisten in der Gegend, wirkte warm und lebendig, erfüllt mit den Düften von frischem Kaffee und Zitronenreiniger.

„Wie wär's mit einer Führung, während das Essen, das ich gerade aus dem Ofen geholt habe, abkühlt?"

„Gern." Ava nickte und sah sich um.

Will winkte sie den Flur entlang, und sie folgte ihm an mehreren Zimmern vorbei, die sich auf beiden Seiten abzweigten, bis der Flur in ein T mündete. Ava fragte sich, wie vielen Frauen er wohl schon dieselbe Führung gegeben hatte.

„Gästezimmer." Er deutete nach links und ging dann nach rechts. „Das hier ist so mein... ich weiß nicht, wie man das nennt... Arbeitszimmer? Büro?"

Ava steckte den Kopf hinein.Kaffeebraune Wändewaren übersät mit Naturfotos von einheimischen Wildtieren. In einer Ecke stand ein bequemer Lesesessel mit hoher Rückenlehne neben einem hohen Bücherregal voller Taschenbücher. Ein makelloser Schreibtisch mit einem kleinen Heimcomputer nahm die Mitte des Raumes ein.

Sie folgte Will weiter. Er klopfte mit den Knöcheln an eine Tür.

„Mein Zimmer."

Ava spürte wieder die Raptoren in ihrem Bauch kratzen und Hitze zwischen ihren Oberschenkeln. Sie wollte das Zimmer sehen, wollte wissen, ob sein Bett so war, wie sie es sich vorgestellt hatte...

„Verzeih die Unordnung. Das hier ist Starlas Zimmer." Er öffnete schnell die Tür. Der rosafarbene Raum war vollgestopft mit Plüschtieren, Kleiderhaufen, Bastelprojekten und Einhorn-Postern. Ein heißrosa Baldachin mit Lichterketten spannte sich über ein ungemachtes Bett. Will verzog das Gesicht beim Anblick des Zustands, schloss die Tür und führte Ava ins Wohnzimmer. Er deutete auf eine weiche Couch mit tiefbraunen Zierkissen an beiden Enden.

„Und das hier ist offensichtlich das Wohnzimmer."

„Es ist wunderschön."

„Danke." Er schnappte sichdie Fernbedienung vom Couchtisch, einem erhöhten Wagenrad mit einer dicken, runden Glasplatte darauf. Er scrollte durch TV-Apps, bis er einVideo von einemknisternden Kamin fand. Er legte die Fernbedienung zurück auf den Tisch.

„Ich bin gleich wieder da mit dem Essen. Fühl dich wie zu Hause."

Ava nickte und ging langsam im Zimmer umher, nahm alles in sich auf. Elfenbeinfarbene Fußleistenstießen an cremefarbene beige Wände. Rohe Eichenbalken verliefen entlang der Decke. Schmiedeeiserne Wandleuchten verbreiteten Wärme. Ein facettierter Spiegel hing neben dem Kücheneingang. Schwarz-weiße Filmplakate klassischer Filme schmückten die Wände, jedes in einem großen, einzigartig antikisierten Rahmen. Sie studierte alle Poster, die Arme hinter dem Rücken verschränkt, als betrachte sie Kunstwerke in einem Museum.

Wilde Erdbeeren. Nosferatu. Dr. Seltsam. Der Malteser Falke...

Alle waren Originale, mit Falten, die sie in Quadrate unterteilten, über das gesamte Bild hinweg.

Es gab auch gerahmte Fotos. Will und seine Tochter am Strand. Will als Teenager, vermutlich bei seinem Schulabschluss, mit den Armen um zwei stolz wirkende Eltern. Ein Wickelkind in einer Ballerina-Decke.

Rustikale Figuren von Schwarzbären und Elchen standen auf einem schmalen Tisch voller geöffneter Post. Eine zusammengerollte Yogamatte ordentlich unter einem Dekostuhl verstaut. Winzige rosa Schneestiefel und Jacken lehnten ordentlich an der Wand beim Flur. Die kleinen Details verliehen dem Zuhause Wärme und einen Charme, den sie nicht erwartet hatte. Sie ging zurück zum TV-Schrank und musterte die Reihen von DVDs und Blu-rays.

Einige Klassiker. Einige Kinderfilme.Viele der Klassiker hattesieschon gesehen. Andere schienen unbekannt. Einige Titel waren sogar in verschiedenen Sprachen. Keine der Hüllen war noch eingeschweißt.

Will tauchte aus der Küche auf, in einer Hand ein Tablett mit Jalapeño-Poppern, in der anderen rote Nuggets von irgendwas. „Ich wusste nicht, was dir schmeckt, also hab ich ein paar Sachen gemacht. Wir haben Popper und Buffalo-Blumenkohl-Bites. Schmecken wie Buffalo Chicken, aber mit weniger Kalorien." Er stellte sie auf den Wagenrad-Tisch. „Nicht, dass du auf deine Figur achten müsstest. Ich dagegen schon. Niemand will den dicken Bierbauch-Will in Feuerwehrhose, der deren Whirlpool schrubbt." Er tätschelte seinen Bauch, von dem Ava bereits wusste, dass er ein Sixpack hatte. „Ich hab auch Nuggets, denn mal ehrlich, wer mag keine Chicken Nuggets?"

„Ich liebe *eigentlich* Chicken Nuggets." Ava verdeckte ihr Lächeln.

„Jaaaaa. Gut." Will zog die Faust triumphierend nach unten. „Und dann Kaffee, der für dich wie ein religiöses Erlebnis sein wird."

„Her damit."

Will verschwand in der Küche und kam mit zwei dampfenden Kaffeetassen und einem Teller Nuggets zurück, der wackelig auf seinem geäderten Unterarm balancierte.

„Hier, lass mich helfen." Ava sprang auf, um die Tassen zu nehmen, wobei sie leicht mit ihren Fingern an seine streifte. Sie lächelte nervös und setzte sich auf die Couch. Sie klopfte auf den Platz neben sich.

Er lächelte, als er sich setzte. „Probier's. Mich reizt diese Marke." Will schob die perfekt-aufgeschäumte Tasse mit einer Prise Zimt zu ihr hin.

„Weißt du, wenn du ein Serienkiller wärst, so würdest du mich jetzt vergiften."

Will warf theatralisch die Hände hoch. „Soll ich zuerst einen Schluck nehmen, um zu beweisen, dass ich nichts reingemacht habe?"

„Bääh, nein." Ava hielt inne und verzog das Gesicht. „Ansteckefizz."

Will lachte, nahm seine Tasse und stieß mit ihr an. „Prost, Süße."

Der Kosename ließ Ava sich fühlen wie eine Figur aus einem der Schwarz-Weiß-Filme auf seinem Mediacenter-Regal.

Ava nahm einen Schluck, und ihre Augen wurden groß. „Oh mein Gott, Will. Das ist ja wie der Himmel in einer Tasse!"

„Stimmt's? Hab's dir ja gesagt. Beim Kaffee mache ich keine Kompromisse, Mann."

„Wo kriegst du denn das Zeug her?"

„Das ist geheim. „Kann die Information leider nicht preisgeben. Tut mir leid. Streng geheim."

Ava lachte, nahm sich einen Snack vom Teller und sah sich um. „Wo ist *Gremlin*?"

„Oh, sie schläft wahrscheinlich auf meinem Bett", rief Will über die Schulter. „Gremlin! Komm her, Süße!"

Stille.

„Gremlin, komm schon! Du lässt mich schlecht dastehen."

Immer noch nichts.

Will bedeutete Ava lautlos: *Ich krieg das hin.* „Guuuut. Mehr für uns." Will schmatzte mit den Lippen, als würde er gerade etwas imaginäres essen.

Plötzlich, klapperten Krallen über die Holzdielen. Gremlin kam hechelnd durch den Flur und stürmte ins Wohnzimmer. Der pummelige Mops verlor die Bodenhaftung, rutschte seitwärts und prallte mit seinem ganzen Gewicht gegen Avas Waden. Der Stoß brachte sie ins

Wanken,wobei ihr Kleid mit heißem Kaffee übergossen wurde.

„Scheiße,"kreischte sie.

„Oh mein Gott, Ava!Ich hol dir ein Handtuch!" Will sprang auf, knallte seineTasse auf den Tischund stürmte in die Küche.

„Aua, das brennt!"Ava riss an demdurchnässten, dampfenden Stoff ihres Kleides und fächelte Luft auf ihrenSchoß. Sie stand auf unddrehte sich, zog den Rock ganz hoch, um ihre durchtränkte Unterwäsche zu lüften.

„Es tut mir so leid!" Will riefnoch einmal, während er mit ein paar Geschirrtüchern zurückkehrte.

„Es ist okay. Sie hat es nicht absichtlich getan."

Will reichte ihr die Tücherüber die Schulter. Ava tupfte vorsichtig ihre gerötete Haut ab. Will verschwand erneut und kam kurz darauf aus seinem Schlafzimmer zurück. „Hier. Ein T-Shirt und Jogginghosen zum Umziehen„Ich hol dir ein Kühlpack und etwas Aloe-Gel für die Verbrennung."

„Nein, schon okay. Ich denke, die Kleidung wird passen." Sie streckte einen Arm aus. Er reichte ihr die Kleidung. „Könntest du dich... umdrehen?"

„Oh! Klar. Natürlich. Sorry." Er verzog das Gesicht und drehte sich um, ohne zu merken, dass er sie beim Ausziehen angestarrt hatte.

Zu ihren Füßen leckte Gremlin eine kleine Kaffeepfütze vom Boden.

Will erhaschte im facettierten Spiegel gegenüber ihr Spiegelbild, wie sie sich auszog. Er versuchte wegzuschauen, doch schon baldstudierten seine Augen die Konturenihres Körpers, verfolgten die glatte Haut, die sich ihren Rücken hinab bis zu den Grübchen direkt über ihrem spitzenbesetzten Höschen zog. Er konnte nicht übersehen, dass ihr BH und Slip zusammenpassten – ein gutes Zeichen, wenn man auf seine umfangreiche Erfahrung zurückblickte.

Sein Herz hämmerte gegen die Brust. Das waren keinegewöhnlichenLounge-Around-

Das war Unterwäsche, die *man* sehen sollte.

Seine Augen hefteten sich an die Kurven ihrer Hüften. Die zarten Konturen ihrer Schultern. Die wohlgeformten Beine. Er versuchte, sich dieses Bild für immer einzuprägen.

Ihr Körper war einer, für den Männer bis zum Tod kämpften. Er verdiente es, gemalt und in der feinsten Galerie als Kunstwerkausgestellt zu werden. Jeder Zentimeter schrie nach seiner Berührung. Sein Schwanz zuckte in der Hose, versteifte sich zu einem problematischen Ansatz einer Erektion. Er legte die Hände auf den Schoß, um das aufragende Zelt zu verbergen.

Jetzt ist nicht der Moment, dachte er still undversuchte,die Spannung in seinem Bauch zu vertreiben.

Sie reichte ihm eines der Tücher über die Schulter. „Könntest du das für mich anfeuchten?"

Ihre Worte rissen ihn in die Realität zurück. „Hä? Ja! *Nasses* Tuch. Klar."

Nervös nahm Will es und eilte durch seine Küche, mitdunklen Holz maserungen, Edelstahlgeräten und dem warmenSchimmernbernsteinfarbener Pendelleuchten. Er drehte den Wasserhahn voll auf und hielt den Stoff unter den Strahl, wobei er versehentlich seinen eigenen Schritt der Hose mit dem wilden Spritzwasser tränkte.

Reiß dich zusammen, Will. Mein Gott, du benimmst dich, alshättest du noch nie Frauenunterwäsche gesehen.

EinTeil von ihm wollte nicht hören, wollte sich überhaupt nicht zusammenreißen. Dieser Teil wollte seine Hände über ihre geschmeidige Haut gleiten lassen, ihre Brüste umfassen, während er sich von hinten in sie schob.

Als er zurück ins Wohnzimmer kam, zog Ava gerade seine Jogginghose über ihr Höschen, sein Shirt bereits an. Sein Blick hing an der Art, wie sich ihre Brustwarzen unter dem Stoff abzeichneten. Erst dann wurde ihm klar, dass das Shirt, das er'ihrgegeben hatte, mit *'FBI: Female Body Inspector'*

„Nettes Shirt." Sie kicherte und schüttelte den Kopf. Sie nahm das angefeuchtete Geschirrtuch.

„Tut mir leid. Ich hätte dich einfach ins Bad schicken sollen. Ich weiß nicht,was ich mir dabei gedacht habe," sagte Will und fuhr sich mit der Hand durch sein sandfarbenes Haar.

„Schon okay." Sie drehte sich wieder um und zog sein T-Shirt von ihrer Haut weg, um ihre Brüste und ihren Bauch abzuwischen und die Klebrigkeit von ihrer geröteten Haut zu entfernen.

„Ich muss schon sagen, noch nie hat mich jemand auf einem Date so schnell ausgezogen."

„Ich würde jetzt gerne sagen, dass ich geehrt bin oder einen Witz machen, aber ich weiß, dass du Schmerzen hast." Will verschwand kurz im Bad und holte ein kleines Töpfchen Aloe-Vera-Gel, das er Ava bei seiner Rückkehr reichte.

Sie gab etwas davon auf ihre Hand und rieb es auf die gereizte Haut ihrer Brust, was die Verbrennungen kühlte. „Danke."

Sie zog das Shirt über ihre eingecremte Haut und drehte sich zu Will um. Will kniete sich hin und wischte die nassen Pfotenabdrücke in Gremlin-Größe auf.

Will gab dem Mops einen schnellen Kuss auf die Schnauze. Gremlin schnaubte.

„Geht es dir gut,“ fragte Will, als er aufstand.

„Mir geht's gut.“

Will raffte ihr Kleid und ihren BH mit einer Handbewegung zusammen und nickte zur Couch. „Setz dich erstmal ins Lazarett. Ich pack dein Kleid in eine Tüte. Ich übernehme die Reinigung .“

„Oh, das musst du wirklich nicht—“

„Unfug. Das ist das Mindeste.“

„Ich mache dir unterdessen eine frische Tasse. Iss ruhig was, solange der Rest noch warm ist.“ Wills Lächeln war strahlend und selbstbewusst, was Ava vorübergehend sprachlos machte.

Er verschwand erneut um die Ecke und ging zum Mülleimer. Ohne nachzudenken, trat er auf den Pedalhebel und warf die Kleidung hinein. „Verdammt.“Eine halbe Sekunde später trat er wieder auf das Pedal und holte sie verlegen heraus. „Was mache ich da bloß?“

Du musst dich beruhigen, Mann. Reiß dich zusammen! Na und, wenn du ihre Brustwarzen durch dein T-Shirtsehen kannst? Na und, wenn das Bild ihrer durchnässten, spitzen Höschen sich eingebrannt hat in dein Gehirn?Dubist doch mit

One-Night-Stands durch, vergiss das nicht! Diesmal hast du die Chance auf was Echtes. Verhau es nicht dir nicht!

Will stopfte das Kleid in eine Einkaufstüte und stellte sie auf die Theke. Eilig kehrte er ins Wohnzimmer zurück. „Wenn es dir recht ist, hätte ich einen Film für uns im Sinn.“

„Ach ja? Welchen denn?“

„Hast du schon *Die große Liebe meines Lebens* gesehen?“

Sie dachte einen Moment nach. „Nein.“

„Nun, ich glaube, er würde dir gefallen. Meiner Meinung nach ist er wie eine romantischere Version von *Schlaflos in Seattle*.“

„Oooh, den liebe ich“, gestand sie, warf sich ein Blumenkohlstückchen in den Mund und sank tiefer in die weiche Couch. „Ich habe davon gehört, aber noch nie gesehen.“

„Prima! Ich denke, er wird dir sehr gefallen. Irgendwas an diesem Film ist einfach zeitlos und rein.“ Will setzte sich neben sie.

„Oh mein Gott.“ Ava wich verblüfft zurück. „Genau das sage ich immer über *Casablanca*.“

Sie sahen sich einen Augenblick zu lange an, während unsichtbare Fäden der Anziehung sie zueinanderzogen wie ein aufgedrehter Oktopus. Will rückte näher, bis sie beide in der Mitte der Couch saßen, ihre Beine sich sanft berührten, während ein schwaches Kribbeln durch die Berührungsstelle strömte.

Er drückte auf Play, tauschte die Fernbedienung gegen ein Chicken-Nugget und lehnte sich neben sie zurück. Mühelos nahm er ihre Hand und verschränkte ihre Finger ,ruhend auf ihrem Jogginghosen-bedeckten Bein. Als dieAnfangscredits begannen, schmiegten sie sich aneinander und versuchten, die unbestreitbare Anziehung zu ignorieren, die ihre Aufmerksamkeit vom Bildschirm ablenkte.

***

Irgendwann im dritten Aktbemerkte Will, dass Ava sich lange nicht gerührthatte. Er blickte hinunter. Sie lagan seinem Arm, den Kopf an seine Schulter gelehnt,die Augen geschlossen, ihr Atem gleichmäßig. Er beobachtete sie einen Moment im Schlaf und spürte die seltsamsten Gefühle...

Zufriedenheit.

Freude.

Er wollte diesen Moment für die Ewigkeit festhalten, ihr Gewicht an sich spüren, das Vertrauen schätzen, das darin liegt, neben jemandem einzuschlafen. Er stellte sich vor, wie ihre grünen Augen sich am Morgen öffnen würden. Er versuchte sich auszumalen, wie bezaubernd sie mit zerzausten Haaren aussehen musste, die ihrverschlafenes Gesicht umrahmten.

Er strich eine herabhängende Strähne ihres rotbraunen Haares aus ihrem Gesicht und legte sie sanft hinter ihr Ohr. Die Geste war gerade genug, um sie zu wecken. Ava schlug die Augen auf und schnappte leise nach Luft.

„Oh, Gott, es tut mir so leid." Sie kicherte. „Habe ich dich vollgesabbert?"

Will schnaubte. „Nein. Kein Sabber. Alles in Ordnung."

Ava fuhr sich mit den Händen über ihr Gesicht und durch ihr Haar. „Ich habe seit *Monaten* nicht mehr so gut geschlafen."

„Also... war es ein *mitreißendes* Date?"

„Oh mein Gott, so meinte ich das nicht. Nein, eigentlich... es war wunderbar."

„Ich freue mich. Ich schätze , wenn du so wegpennen konntest, hast du entschieden, dass ich kein Serienmörder bin?"

„*Das Urteil steht noch aus*", neckte sie mit zusammengekniffenen Augen.

Sie starrten sich schweigend an, die Köpfe an die Rückenlehne gelehnt. Will spürte den dringenden Wunsch, sie zu küssen. Ava spürte es ebenfalls, als würden seine Lippen sie herbeiwinken.

„Das war so schön." Will holte tief Luft, stand von der Couch auf und sammelte die leeren Platten vom Tisch. „Ich verspreche, dein Kleid rechtzeitig zur Reinigung zu bringen für unsernächstes Date."

„Oh", erhobsichAva und fluchte innerlich, weil sie ihn offenbar davon verscheucht hatte, sie zu küssen. „Also, du denkst, es wird ein *nächstes* Date geben, hm?", fragte sie, die Hände in die Hüften gestemmt, ohne zu merken, dass ihre Brustwarzen sich gegen den Stoff drückten.

Will brauchte seine ganze Konzentration, um den Blickkontakt zu halten und selbstbewusst zu lächeln. „Aber ja, das denke ich."

Sie lächelte und ging in die Diele, wo sie sich in ihren langen Mantel hüllte. „Ich habe eine Idee fürs nächste Mal, die *garantiert*dafür sorgt, dass ich wach bleibe."

„Alles klar. Schreib mir wann und wo. Ich bin dabei." Will begleitete sie zur Haustür, dicht gefolgt von Gremlin.

Sie kraulte Gremlin zum Abschied den Kopf. „Das hat Spaß gemacht."

„Mir auch." Will trat vor sie und öffnete die Haustür. Er sah ihr einen Moment in die Augen, bevor er leise murmelte: „Ich möchte dich jetzt wirklich küssen, aber ich versuche, ein braver Junge zu sein."

Avas Augen funkelten im orangenen Schein der Natriumdampflampe, der den Schnee um sie herum in dieses orangefarbene Licht tauchte. Sie unterdrückte ein Grinsen. „Okay. Nun, sei nicht zu lange ein braver Junge."

Will rang nach Worten und hauchte eine frostige Wolke gegen den Türsturz über ihnen. „Ich habe in meiner Vergangenheit viele Fehler gemacht. Ich habe überstürzt gehandelt. Dinge ruiniert, bevor sie richtig beginnen konnten." Sein Blick war voller Aufrichtigkeit. „Diesmal versuche ich, es richtig zu machen."

Ava nickte, sprachlos und voller Respekt für diese Selbstbeherrschung. Es war das höchste Kompliment. „Gute Nacht, Will."

„Gute Nacht."

Ava watete durch den hohen Schnee zu ihrem SUVund zog ihren Mantel fester, um den beißenden Wind abzuwehren. Will spürte, wie eine unsichtbare Hand sein Herz packte und zusammendrückte. Als sie ihr Fahrzeug erreichte, warf sie einen Blick über die Schulter zurück und er winkte. In diesem Moment tauschten sie beide denselben verlorenen Blick aus.

Keiner von ihnen wollte, dass Ava ging.

10

In dieser Nacht lag Ava wach, starrte auf die leere Hälfte ihres Kingsize-Bettes. Sie legte den Arm über das kühle Kissen und zog es an ihre Brust. Sie hatte keine *Sekunde* bereut, ihren Ex-Mann rausgeworfen zu haben, nachdem sie von der Affäreerfahren hatte.

Es war von Anfang an keine richtige Ehe *gewesen*.

Dans Geruch war längst ausihrer Bettwäsche verschwunden, die seitdem viele Male gewaschen worden war. Aber keine Menge Weichspüler konnte die schreckliche Vergangenheit wegwaschen. Die Einsamkeit. Das Gefühl, nicht genug zu sein. Das Gefühl, niemands ganze Welt zu sein.

Erinnerungen blitzten mit der klaren Präzision des Rückblicks durch ihren Kopf. Jedes aufgesetzte Lächeln, jeder vorgetäuschte Orgasmus, jede nächtliche Dusche, jeder Kuss... alles war eine verdammte *Lüge*. Ein sorgfältig kuratiertes Trugbild, das sieüber die Jahre inszeniert hatte, um die Zweifel zu ersticken, nur um sich selbst zu beruhigen, weil sie sich offensichtlich mit weniger zufriedengegeben hatte. Im Nachhinein erkannte sie, dass siealleWarnsignale bewusst ignoriert hatte. Misstrauenwurdeübertüncht durch ein erzwungenes, blindes Vertrauen in jemanden, der vor Gott und ihren Familien gelogen hatte, als er versprach zu lieben, zu ehren, zu achten undtreu zu sein. Aus dem Schatten heraus hatte die Realität sie mit ihrer kalten, lehrreichen Hand ins Gesicht geschlagen.-reichenHand.

...Lektionen, auf die sie nicht vorbereitet gewesen war.

Ihr Geist spulte eine hässlicheZusammenstellung schmerzhafter Erinnerungen ab. Parfum an seinen Arbeitsklamotten. Autositze, die zu weit nach vorne geschoben waren. Spätabendliche SMS aus dem Büro. Seltsame Abbuchungen vom Konto. Die Gerüchte auf der Weihnachtsfeier. Die Spuren auf seinem Rücken, die verdächtig nach Kratzern aussahen.

Alles war Lüge gewesen. Jeder letzte Moment ihrer Scheinehe.

Hat er mich jemals geliebt, fragte sie sich?

Gab es überhaupt eine Zeit, in der seine Zuneigung echt war?

Während ihres letzten Krachs hatte erzusammengebrochen und ihr von den Affären erzählt.Mehreren. Ava erinnerte sich töricht daran, wie sie dachte, sie könnten das überwinden, indem sie auf Ehrlichkeit als Fundament bauten, um ihre vom Wirbelsturm zerstörten Gelübde wieder aufzurichten.

Bis seineaktuelle Seitensprungpartnerin*schwanger wurde*.

Jedes Mal, wenn Ava daran zurückdachte, schmerzte ihre Brust. Nicht wegen des untreuen Idioten, den sie geheiratet hatte. Sie schmerzte wegen derTatsache, dass Dan jetztdie Familie hatte, *von dersie schon immer geträumt hatte*.

Sie hatte geglaubt, die Scheidung hätte sie völlig zerstört. Sie suchte nicht nach jemandem. Und sie hatte auch nie gedacht, dass sie jemals wieder mehr als eine flüchtige Affäre wollte.

Sie warf sich hin und her, legte sich schließlich auf das leere Kissen und versuchte sichvorzustellen, wie Will Jessup neben ihr im Bett lag und ihr die Haare aus dem Gesicht strich, genau wie heute Abend, als sie am Rande eines Traums geschwebt hatte.

Alle Selbstschutzinstinkte waren über Bord geworfen worden, und eine einzige, bohrende Erkenntnis hatte ihren Platz eingenommen...

Will war in ihrem Kopf.

II

Das Licht der Morgendämmerung lugte durch die Jalousien von Wills Küchenfenstern. Als Frühaufsteher wachte er immer vor der Sonne auf, torkelte zur Cappuccino-Maschine auf der Arbeitsplatte und nahm einen Schluck koffeinhaltigen Lebenselixiers. Kaffee zuzubereiten war eine Kunst, die erfastperfektioniert hatte, selbst mit nur halbgeöffneten Augen. Sein zerzaustes Haar wippte sanft, während er arbeitete. Er presste das Kaffeepulver in den Port-a-filter, setzte ihn ein und betätigteden Schalter. Die Maschine erwachte mit einem*Zischen* zum Leben.

Automatisch goss er Milch in einen Metallkrug und stellte ihn unter das Dampfventil. Er drehte das Rädchen an der Seite. DieMilch schäumteauf. Will füllte seine Kaffeetasse und verzierte kunstvoll den schwarzen Espresso mit schaumiger Milch, wodurch ein Cappuccino entstand, der die meisten Coffeeshops beschämen würde.

Goldenes Sonnenlicht strahlte durch die Jalousien in seine Augen, was ihn grummeln ließ. Er nahm einen Schluck der dampfenden Flüssigkeit, und seine Schultern entspannten sich, während er ein kleines Stöhnen der Wonne von sich gab. Er fühlte sich wiederbelebt, als wäre er plötzlich ins Leben zurückgekehrt, nachdem er tot gewesen war.

Er vermisste seine Komplizin. Bald, würde Starla von ihrer Übernachtung aufwachen und ihn anrufen, um sie abzuholen. Aber, für jetzt, machte die Stille, die in sein Zuhause eindrang ihn unruhig. Er war an ihre absurden Fragen und schrägen Gespräch Gleich Am Morgen gewöhnt. Das *„aber warum?"* nach allem war Teil ihresmorgendlichenRituals geworden.

Jeder Tag mit ihr war sowohlanstrengend als auch erfüllend. Er schwor, Starla anders zu erziehen, als *erselbst* aufgewachsenwar. Sie sollte niemals das Gefühl haben, eine Lastzu sein, etwas, das man einfach ertragen musste. Nein. Er wollte, dass sein Kind von Anfang an wusste, dass sie umsorgt und geliebtwurde. Und obwohl er weit davon entfernt war, perfekt zu sein, hatte er das Gefühl, bisher gute Arbeit geleistet zu haben. Erhatte immer für siegesorgt und nie zugelassen, dass sie sah, wie nah ihrSchiff dem Unterganggekommen war.

Die Stille war verschwunden, als Starla geboren wurde, und sie wurde überraschenderweise *nicht vermisst*. Diesen Morgen war sie mitverdoppelter Wucht zurückgekehrt, und jetzt freute er sich auf die quirligenKapriolen seines kleinen Mädchens, die vonBetteln nach „Hasenpfannkuchen"bis hin zu bohrenden Fragen wie „welchen Dinosaurier er im Kampf besiegen könnte?" reichten. Während seine Tochter in der Schule zu einem sozialen Schmetterling heranwuchs,liebte und hasste er zugleich die Zeiten, in denen Starla bei anderen Kindern übernachtete. Es war sowohl eine heilige Zeit des Friedens und der Besinnung... als auch eine schmerzhafteErinnerung daran, dass es keine Romantik in seinem Leben gab, niemanden, mit dem er seinen Verstand und seine Seele teilen konnte.

Seine Tage warenein rosa, verspielter Wirbelwind voller mädchenhafter Stofftiere, Hundehaare und Lachen. Dochim Hinterkopfkonnte er das Gefühl nicht loswerden, dass allesnoch *etwas* fehlte.

Monatelang nach Sarahs Weggang hatte Will eine wilde Phase durchlebt, in der er mit unzähligen Frauen schlief, solchen, die nur allzu bereit waren, verführt und befriedigt zu werden. Deren Nachnamen er selten behielt. Damals, als er alleinerziehender Vater eines Kleinkindes war, hatte er kaum Zeit für Romantik. Nur Sex, um die Leere zu füllen, die Einsamkeit zu betäuben.

Er trank schweigend seinen Cappuccinound sein Blick wandertezu der Tasse im Spülbecken, zu der seine bald hinzukommen würde.

Avas Tasse.

Ein tapferer keramischer Held, der Avafast ganzausgezogen hatte. Er dachte an diesen Moment zurück und spielte ihn im Kopf ab. Er erinnerte sich andie Abdrücke, die ihr BH auf ihrer makellosen Haut hinterlassen hatte,als sieihn auszog. Erhatteunbedingt seine Finger über die Eindrücke gleiten lassen wollen, um das glatte Haut in den Vertiefungenzu streicheln. Der Gedanke erweckte seine Morgenerektion erneut, die steif wie ein Mastaufragte und seine Flanellschlafhose aufbauschte wie ein Bootssegel bei Orkanböen.

Er seufzte frustriert.

Ugh. Es gab niemanden, mit dem er *das* teilen konnte.

12

Will schrubbte an einem Ring um einen Whirlpool. Das Outfit des Tages bestand aus einemPaar knappen Badehosen im Tuxedo-Look, einer feuerwehrroten Fliege undHemdmanschetten ohne Ärmel. *Den „ChippenMale-Tänzer"*, wie er das Outfit auf seiner Website nannte, um eine Urheberrechtsklage zu vermeiden.

In einer Stadt voller Anwälte konnte man nie vorsichtig genug sein.

Sein nackter Brustkorb spannte sich, als er auf Händen und Knien schrubbte, wobei er Carla O'Neil eineungestörte Sicht auf seinen spandexbedeckten Hintern bot.

Sie saß am Rand der Wanne, warf verstohlene Blicke und sah wieder weg, ihreWangen gerötet vor Verlegenheit. Ihre üppige Figur forderte die Knöpfe ihrer Bluse heraus. Ihre dehnbaren Hosen saßen straffer als er in Erinnerung hatte. Das toskanisch gestaltete Badezimmer mit beigen Wänden und hellbraunen Fliesen tauchte sie in goldenes

Licht. Das schmeichelhafte Licht milderte ihre markanten Züge zu denen eines Engelchens in einem Museum.

„Sie sagte, Vicky hätte ihr erzählt, dass *ich gesagt hätte,* sie seiangeblich eineSchlampe, was nicht stimmt. So etwas würde ich nie sagen. Ich würde niemanden so slut-shamen. Das liegt nicht in meiner Natur. Ich stehe Sex sehr positiv gegenüber." Ihr weicher, aufgeregter Ton ließ Will lächeln. Er konnte nicht sagen, ob sie immer so viel redete, weil sie nervös war oder ob sie einfach einsam war.

„Natürlich. Meiner Erfahrung nach ist das überhaupt nicht dein Stil." Er unterbrach das Schrubben für einen Moment und wandte sich über seine muskulöse Schulter hinweg an sie. „Du hast dichgewehrt, nicht wahr? Ich hoffe, du hast ihr ordentlich die Meinung gesagt."

Ihre Augen wanderten verlegen zum Boden. Ihre Schultern sackten zusammen.

„Es ist okay, Mrs. O'Neil. Machen Sie sich deswegen nicht fertig. Klingt so, als würden sie Sie überhaupt nicht kennen. Und das ist *ihr* Verlust." Er fuhr mit dem Schrubben fort.

„Genau das habe ich auch gedacht",rief sie mit einem Zusammenziehen. Dann sprach sie leiser weiter. „Es tut mir leid. Das war so laut –"

„Mein Lieber, mir ist das völlig egal", sagte er in seiner besten Rhett Butler-Imitation. „Keine Entschuldigungen mehr für solche Kleinigkeiten. Sei, wer du bist. Lass dich nicht von anderen in eine Schublade stecken. Dies ist dein Haus. Wenn du laut sein willst, Mädchen... dann sei *laut.*" Er spülte den Schwamm unter dem Wasserhahn aus. „Du hast das Recht, Raum einzunehmen in dieser Welt. Du hast das Recht, deine Meinung zu sagen. Du hast das Recht, frei zu existieren. Die Leute können es mögen oder sie können gehen. Das ist *ihr* Problem. Nicht deins. Denk dran, *Mein Baby gehört zu mir.*"

Sie kicherte, aber Will konnte einen Hauch von Traurigkeit in ihrem Lächeln erkennen. „Du bist süß. Danke, dass du zuhörst. Ich weiß, ich kaue dir meistens ein Ohr ab, wenn du hier bist."

„Ich höre immer gern zu." Will stand auf, sein Bauch spannte sich, und er kniete sich ans andere Ende des großen Whirlpools, um die andere Hälfte zu schrubben. „Wir Menschen sollten gut zueinander sein. *Und ich selbst habe mich immer auf die Freundlichkeit von Fremden verlassen.*"

„Vom Winde verweht?"

„Nee, Endstation Sehnsucht. Aber keine schlechte Vermutung." Will wischte sich den Schweiß von der Stirn mit seinem Unterarm mit der Manschette. „Ist es dir auch so heiß hier drin?“

„Ich habe die Heizung wahrscheinlich zu hoch aufgedreht. Ich kann sie runterstellen.“

„Nein. Bitte mach dir keine Umstände. Ich bin fast fertig.“

Carla krempelte die Ärmel ihrer Bluse hoch und spürte, wie ihr unter dem geschlossenen Kragen heiß wurde, während sie seinen trainierten Körper bei der Arbeit beobachtete. „Du bringst mich immer dazu, zu vergessen, worüberich gerade rede, wenn du so schrubbst.“ Ein Lächeln stahl sich auf ihre vollen Wangen. „Dieses kleine Tuxedo-Outfit steht dir gut.“

„Danke dir. Ich musste es extra bestellen. Schön, dass es dir gefällt.“

„Ich glaube, es ist mein neues Lieblingsoutfit.“ Sie kicherte. „Ich muss dir diese Unterhosen in jeder Farbe besorgen.“

Will hörte auf zu schrubben. Sein Blick folgte den blauen Flecken an ihrem Unterarm bis zu einer Verfärbung, die aussah wie ein Teil eines Handabdrucks.

Sie folgte seinem Blick und zog schnell ihre Ärmel wieder herunter. „Deswegennennen sie mich ‚Tollpatschige

Carla', immer mit neuen blauen Flecken unterwegs", murmelte sie ungenügend überzeugend.

Will legte den Schwamm im Whirlpool ab und lehnte sich auf die Fersen zurück, um sie anzusehen. „Hast du diese Delle in der Speisekammertür auch mit deiner Faust gemacht?"

Schweigen breitete sich für einen Moment aus, während Carla nach einer glaubwürdigen Ausrede suchte. „Ich bin über eine Einkaufstasche gestolpert. Ich wollte mich abfangen, aber habe stattdessen beinahe meine Hand durch das verdammte Ding gerammt. Pfft. *Typisch tollpatschige Carla.*" Sie schüttelte den Kopf und schluckte schwer, in der Hoffnung, er würde ihr glauben.

Sein enttäuschter Blick verriet, dass er wusste, sie log.

Ihre Schultern sackten noch weiter in sich zusammen. „Es ist okay. Lass es einfach."

„Du weißt, dass du nicht bleiben musst, oder? Es gibt Orte, an die du gehen kannst. Frauenhäuser. DasHaus eines Freundes. Ein Hotel. Ich könnte dich selbst fahren, wenn du eine Mitfahrgelegenheit brauchst. „

Ihre Augenbrauen verzogen sich, ihr Gesicht verwandelte sich in einen wütenden Ausdruck. „Machen Sie Witze? Schauen Sie sich um, Mr. Jessup. Siehst du dieses Haus? Sieh mich an. Frisierte Haare. Manikürte Nägel.

Teure Klamotten. Finanziell bin ich fürs Leben abgesichert. Meine *Kinder* sind es auch. Sie haben ein Leben, von dem ich als *Kind* nie einmal hätteträumen können. Glaubst du, ich könnte ihnen so ein Leben allein bieten? Ich habe nicht mal einen Highschool-Abschluss.“

„Geld ist nicht alles, Mrs. O'Neil.“ Will schüttelte den Kopf, frustriert. „Geld gibt Leuten wie Ihrem Mann nicht das Recht, die Menschen zu verletzen, die er eigentlich schützen sollte.“

„Er liebt mich. Und er *vergöttert* die Kinder. Er würde ihnen nie wehtun.“

„Ganz sicher?“ murmelte Will.

„Vertrauen Sie mir, Will. Ich bin kein Heiliger. Ich kann unerträglich sein. Meine Mama sagte immer, ich könnte einen Prediger zum Fluchen bringen.“

„Ach, kommen Sie schon“, er griff nach ihrer Hand, „keine Frau verdient das, Carla. Egal unter welchen Umständen. Es gibt überhaupt keine Entschuldigung dafür.“

Sie zog ihre Hand weg und stand auf, verschränkte die Arme abwehrend. „Wenn es gut läuft, dann läuft essehr *gut*. Die schlechten Zeiten sind viel seltener. Das ist es, was Ehe bedeutet. In guten wie *in* schlechten Zeiten, so lauteten unsere Gelübde. Er hat Fehler gemacht. Das tun wir alle. Er ist im Moment nur gestresst von der Arbeit.“

Will glaubte nicht, dass diese Misshandlungen eine neue Entwicklung waren. Tatsächlichtrug sie auch im Sommer lange Ärmel, was ihm schon immer merkwürdig vorgekommen war.

Jetzt ergab alles einen Sinn.

„Ich verstehe, dass das keine leichte Entscheidung für Sie ist, aber bitte bedenken Sie was ich gesagt habe. Wenn Sie soweit sind, werdeich Sie gerne überallhin bringen, wohin Sie müssen."

Sie lächelte schwach. „Danke."

Will nickte und sah sich um, überlegend, welchen Teil des bereits sauberen Badezimmers er als Nächstes vorgeblich schrubben sollte.

„Sie werdenes den anderen Damen nicht erzählen, oder? Sie wissen, wie sie gerne tratschen."

„Nein." Will schüttelte den Kopf. „Das ist Ihre Sache. Ich würde nie so tratschen oder jemandes Vertrauen missbrauchen."

Er wusste, jetzt war nicht der Zeitpunkt, sie zu drängen. Jetzt war der Moment, sein Angebotwirken zu lassen. Alles, was er tun konnte, war hoffen.

Er ging zum Spiegel und besprühte ihn mit Glasreiniger. Er riss ein paar Papiertücher ab und begann zu wischen, während er das Thema wechselte und seine Oberschenkel anspannte, um die höheren Stellen zu erreichen. Im Spiegel sah er, wie Carlas Blick wieder auf seinem Körper verweilte.

„Wie geht es Laura?„

„Oh, diese Tochter von mir‘wird mich noch ins frühe Grab bringen. Ich schwöre, sie ist ganz anders, als ich in ihrem Alter war.“

„Nun, zum Glück hat sie ein starkes weibliches Vorbild, das sie leiten kann.“

Will ließ die Worte wirken, ohne etwas hinzuzufügen.

In der Stille wurde Carla klar, dass sie tatsächlich ein Vorbild für ihre Tochter war. Auf die richtige Weise...

Und auf die *falsche*.

In diesem Moment fühlte sie sich, obwohl vollständig bekleidet, plötzlich weitaus entblößter, nackter und verletzlicher als der Mann vor ihr, der kaum mehr als eine Fliege trug.

13

„Okay, also was ist dieses Date? Warum sollte ich mich warm anziehen?" fragte Will und rieb seine kalten Hände durch die dicken Fleecehandschuhe.

Der Wind hatte sich endlich einmal gelegt. Die Stadt war still. Rauch kringelte sich aus den Schornsteinen und verlor sich wie umherirrende Geister in der Nachtluft. Der bewölkte Himmel drohte, sich über ihnen zu öffnen. Selbst im Mondlicht fühlte er sich von Avas Schönheit angezogen.

Ein rosiger Schimmer hatte ihre Wangen und ihre Nase geküsst. Ihr Haar fiel in lockigen Wellen herab. Ihr dezentes Make-up betonte ihre Gesichtszüge. Ihr Lippenstift lenkte seinen Blick auf ihren verführerischen Mund.

„Wir sind fast an der ersten Station." Sie hüpfte voraus, wobei ihre Beine unter demSaum ihres Mantels hervorlugten, knapp über ihren völlig unpraktischen Stiefeln. Sie musterte ihn über die Schulter, und trieb ihn mit ihren funkelnden

Augen in den Wahnsinn. Jedes Mal, wenn sie ihn trafen, fühlte er sich unter ihrem warmen Blick schmelzen.

„Warte, *erste* Station“, fragte er.

„Lass dich einfach überraschen.“

Will zuckte mit den Schultern. „Na gut. Ich bin gespannt.“

Will folgte ihr durch dieHintertür in eine gemütliche Bar mit einigen Sitznischen an den Wänden. Rustikaledunkle Holzwände gingen über in einen Dielenboden. Graue Balken verliefen an den Ecken entlang und unter der erhöhten Decke. Leise spielte Country-Musik, gedämpft durch das Gemurmel der wenigen Gäste in dem Lokal. Jeder Tisch schien isoliert, in einer unsichtbaren Kapsel von der Außenwelt abgeschirmt. Ava nahm auf einer freien Bank Platz, und Will rutschte ihr gegenüber.

Ava streifte ihre Jacke ab und enthüllte ein schwarzes Top mit Kapuzenausschnitt und Schulteraussparungen. Der Stoff fiel elegant über ihre Arme und schnürte sich wieder am Bund an ihren Handgelenken. Ihre hängenden Ohrringe reichten tief, knapp über ihre Schultern, und funkelten wie ihre Augen im Deckenlicht.

„Diesmal lade ich dich ein. Sieh es als Wiedergutmachung dafür, dass ichwährend des Films auf dir eingeschlafen bin.“

„Blasphemie", scherzte er. „Nur ein Spaß. Es war eigentlich ziemlich niedlich."

Ava wich seinem aufrichtigen Blick aus. „Nun, danke."

„Es stimmt. Es ist auch niedlich, wie leicht du dichschämst. „Du errötest."

„Könntest du *damit aufhören*?" Sie winkte abwehrend. „Große Sache. Ich werde halt rot. Wetten, ich könnte dich auch zum Erröten bringen?"

„Ich würde gerne sehen, wie du das anstellst." Er lehnte sich zurück. „Nicht viel bringt mich noch aus der Fassung. Wenn man vor einem Haufen Frauen in nichts als einer knappen Badehose Böden schrubbt, stumpft das einen schon ab."

„Ich'll deine Wangen zum Glühen bringen. Warte nur ab." Sie grinste und fragte sich, woher ihr plötzlicher dreister Übermut kam. Sie schob es heimlich auf den Spitzen-Tanga, den sie trug, aufgespart für besondere Anlässe.

Ein Kellner näherte sich, seine Lockenmähne wippte auf seinem Kopf. Seine Augen waren gerötet, und der Geruch von Marihuana verriet, dass ermindestens einen Joint schon tief in den Abend vertieft war. „Willkommen im Drexel's. Was kann ich Ihnen heute Abend bringen?"

Ava setzte an. „Ich hätte gern einen—"

„Lemon Drop Martini?" Will grinste.

„Du erinnerst dich?" Ava grinste.

„Nur an die wichtigen Dinge." Er blickte zu dem jungen Burschen auf. „Ich'll hätte gern einen Old Fashioned, bitte."

„Verstanden." Der Kellner notierte es und steckte den Stift zurück in seine Locken hinter dem Ohr. Er schlenderte davon und hinterließ einen leichten Weed-Geruch in seinem Kielwasser.

„Weißt du, das ist die zweite Bar, in die du mich bei zwei Dates mitnimmst. Ich glaube, du hast ein Problem", neckte Will.

„Es ist nur die erste Station. Ich dachte, du wärst vielleicht nicht begeistert davon, bei unserem Date draußen in der Kälte herumzulaufen. Dachte, vielleicht könnte ein wenig Alkohol uns warmhalten."

„Weißt du, Alkohol *verdünnt* das Blut. Er erhöht nicht wirklich deine Körpertemperatur. Er macht dich sogar anfälliger für Unterkühlung—"

„Wow. Da haben wir ja einen Besserwisser."

„Das habe ich im ersten Jahr meiner Krankenpflegeausbildung gelernt." Will kicherte und lehnte sich in die gepolsterte Sitzbank zurück. Die Breite seiner Schultern und die Neigung seines Kinns wirkten kraftvoll. Er nahm seine ganze Seite der Sitzbank ein, streckte seine muskulösen Arme aus.

„Das war noch vor meiner Zeit alsMan-Maid.“

„Es fühlt sich immer noch komisch an, dich so zu nennen.“

„Die Leute können mich *Hühnerfänger*nennen, mir egal. Ein Titel ist nur ein Titel. Ein Job ist nur ein Job. Er ist keine *Identität*.“

„Ich schämte mich, Leuten zu sagen, dass ich Chief Revenue Officer war.Meistens deshalb, weil niemand wusste, was das war.“

„Chief Revenue Officer, hm? Klingt,“ er rang nach dem richtigen Begriff, „ich weiß nicht. Ehrlich gesagt, es klingt ziemlich langweilig.“

„Oh Gott, ja. So viel Bürokratie, Papierkram, Leute koordinieren... Klienten umschmeicheln, die ich nicht mochte. Ich war nicht mal ein *Rädchen* im Getriebe. Ich war eine *Zacke an einem Rädchen* im Getriebe. Großer Titel, großes Gehalt, große Verantwortung, viel Reisen... und am Ende, bedeutete es nichts. Nichts davon war so greifbar wie das, was du tust. Wenn du ein Zimmer reinigst, kannst du zurücktreten und *deine* Mühesehen. Du hast etwas in dieser Welt besser gemacht, wenn auch nur vorübergehend. Meine

Arbeit war rein theoretisch. Ein bloßes zehnjähriges Nebelfeld aus Zahlen und Diagrammen."

„Das mag sein, aber du hast dafür ein schönes Haus bekommen. Ich habe es gesehen."

„Stimmt. Und... es ist fast abbezahlt. Glücklicherweise habe ich auch ein nettes kleines Polster zum Zurückfallen. Also bin ich in einer guten Position, um herauszufinden, was ich wirklich tun möchte."

„Darf ich vorschlagen, Haushälterin zu werden?" Er lachte. „Es ist sehr erfüllend."

„Wie du weißt, bin ich nicht der saubere Typ."

„Was?! Du? Neeein", neckte er.

„Obwohl dieses Hühnerfänger-Ding, das du erwähnt hast, ganz lustig klingt." Sie warf ihre Cocktailserviette nach ihm, als der Kellner mit ihren Getränken zurückkam.

„Bitte schön." Mit der Präzision und Konzentration von jemandem, der an einer Atombombe arbeitet, starrten die geröteten Augen des Kellners konzentriert, während er jedes Getränk vordie falsche Person stellte.

„Danke," sagte Will mit einem Nicken.

Sobald der Kellner weg war, tauschten sie ihre Getränke. Will hob seinen Old Fashioned und roch an der süßen Mischung aus Alkohol und zerstoßenen Früchten. Ava musterte sein Getränk. Ein perfekter Eisball schwamminder

Mitte eines bernsteinfarbenen Pools, der Rand mit einer Orangenscheibe verziert.

„Ich hatte noch nie einen Old Fashioned. Sind die gut?“

Will nahm einen Schluck. „Sie sind großartig. Dieser hier ist ziemlich gut. Möchtest du probieren?“

Ava nickte, eifrig und zog es an ihr Gesicht. „Riecht nach Whiskey.“

„Ist es.“

„Ah.“ Ava nahm einen Schluck und erstarrte. Sie verzog das Gesicht, unsicher, was sie mit der kribbelnd bitteren Flüssigkeit anfangen sollte.

Er starrte sie intensiv an, mit einem leichten Hochziehen der Mundwinkel. Er konnte es in den Falten um ihre Augen lesen.

Sie hasste es.

Ava zwang sich, es hinunterzuschlucken, ihr Mund verzerrt von Reue und Unbehagen, als die starke Mischung ihr die Kehle hinunterbrannte. Sie atmete aus, was sich wie Feuer anfühlte. „Bah! Das ist... *igitt*!“

„Ich bin mir ziemlich sicher, ich würde genauso reagieren bei einem Schluck von *deinem*.“ Er verzog das Gesicht bei ihrem Martini.

„Meiner schmeckt nach Sonnenschein und Süßigkeiten. Deins schmeckt nach Feuerzeugbenzin und Obst.“

Er schüttelte den Kopf und nahm einen langen Schluck von seinem Cocktail. Irgendetwas an seinem Blickkontakt und diesem ernsten Ausdruck machte sie an.

Sie trank einen Schluck von ihrem Martini, um denEkel wegzuspülen, und schob ihn zu ihm rüber.

„Nein, danke.“

„Wenn du Süßes magst, wirst du das lieben. Vertrau mir.“

„Kein Mann mit Selbstachtung würde sich mit so einem Getränk in der Öffentlichkeit blicken lassen.“

„Newsflash: dieser Geschlechterquatsch schert heute keinen mehr.“

„Versuchst du mich betrunken zu machen?“ Er kicherte. *„Mrs. Robinson, Sie versuchen mich zu* verführen, *nicht wahr?“*

Sie hob eine Augenbraue. „Müsste ich dich überhauptbetrunken machen, um das zu tun? Frauen plaudern nun mal, weißt du. Dein Ruf eilt dir voraus.“

„Madison.“ Er schüttelte den Kopf, ein wenig verlegen.

„Ich liebe das Mädchen, aber sie *plaudert* immer aus dem Nähkästchen.“

„Na ja, was soll ich sagen? Ja, ich sollte einfach ehrlich zu dir sein.“

Ava nippte an ihrem Martini, ohne seinen Blick zu verlassen.

„Ich hatte meine Spaßphase. Nachdem Sarah und ich uns trennten, ging ich etwas auf Touren." Er zuckte mit den Schultern und wirbelte den Eisball in seinem Glas. „Hab mir einen Ruf erworben. Aber ich habe diese Wildheit auch ausgelebt. Eines Nachts passierte etwas und ich entschied... das reicht, weißt du? Ich musste einige Dinge ändern."

„Eines Nachts? Was ist passiert?"

„Nun, über solche Dinge zu reden ist nicht gerade das beste Date-Gespräch."

„Im Gegenteil. Beim Daten sollen wir genau solche Dinge voneinander erfahren, um zu sehen, ob wir weiter Zeit und Mühe in die Beziehung investieren wollen."

„Mmm. Ich verstehe deinen Punkt. Bist du sicher, dass du das hören willst?"

„Absolut."

Er drückte sich die Nasenwurzel. „Starla, mein kleines Mädchen, ihr Blutzucker ist in die Höhe geschossen, während sie auf einer Übernachtungsparty war. Eines der Elternteile wusste nicht,dass sieDiabetikerin ist, und sie bestellten Ananas-Pizza und spülten sie mit Punsch runter."

„Widerlich." Ava tat so, als würde sie würgen. „Ich meine den Ananas-auf-Pizza-Teil."

„*Da stimme ich zu.*" Will zeigte auf sie und streichelte dann wieder sein Glas. „Sie ist ein wenig unsicherwegen ihrerKrankheit und wie sie sie von anderen Kindern unterscheidet,alsowar sie zu schüchtern, um etwas zu sagen. Als sie später ihre Werte checkte, waren sie extrem hoch. Sie ging zum Vater des Mädchens und zeigte es ihm, und der drehte durch. Fing an, mich ununterbrochen anzurufen. Am anderen Ende der Stadt war ich mitten in... *äh... nun ja.* Mein Handy war auf der anderen Seite des Zimmers. Ich hab's erst nach einer Stunde gehört."

„Oh..." Er rieb sich über die Lippen und kämpfte damit, die Emotion aus seiner Stimme zu halten. „Sie musste ins Krankenhaus, damit die Ärzte eingreifen konnten. Ich war nicht da, als sie mich brauchte."

Avas Blick sank für einen Moment auf ihren Martini. Es war schwer mitanzusehen, wie er sich selbst geißelte, nur weil er ein Mensch mit Bedürfnissen und Wünschen war.

„Ich habe nicht nachgedacht." Er räusperte sich erneut, in der Hoffnung, den Kloß im Hals hinunterzuschlucken. „Ich war so damit beschäftigt, mich flachzulegen, statt Vater zu sein. Es war egoistisch. Ich will nicht dieser Typ sein. Ich suche jetzt nach etwas *mehr*,jedenfalls."

Ava fühlte plötzlich Mitgefühl. „Du scheinst dich wirklich um deine Tochter zu kümmern. Sie hat großes Glück mit dir."

„Ich bin der Glückliche." Er trank einen Schluck und schmatzte. „Ah, also, du hast ein bisschen von meinem Drama gehört. Jetzt will ich was von deinem hören."

„Was denn? Ich bin ein offenes Buch."

„Also, wie lange ist es her, dass du und dein Ex... Mann...?" Er angelte, ob er richtig lag.

„Ja", nickte sie, „Ex-Mann."

„Wie lange ist eure Trennung her?"

Sie blickte zur Deckenlampe, als wollte sie rechnen. „Die Scheidung wurde vor... ungefähr sechs Monaten abgeschlossen."

„Warum habt ihr euch getrennt? Wenn ich fragen darf." Das hängende Licht über der Kabine beleuchtete den kurz geschorenen Stoppelbart in seinem Gesicht, und tauchte ihn in köstliches honig-farbenes Licht.

„Ach, du kennst die alte Geschichte doch... Junge trifft Mädchen. Junge heiratet Mädchen. Mädchen stellt fest, dass sie unfruchtbar ist. Junge hört auf, Mädchen anzufassen. Junge fängt an, jedes Mädchen *außer* seinem Mädchen anzufassen. Junge macht seine Sekretärin schwanger.

Mädchen findet Schwangerschaftstest im Küchenmülleimer.“

„Wow.“ Seine Augen wurden groß.

Sie lachte durch den Schmerz in ihrer Magengrube. „Sie hat erst letzte Woche das Baby bekommen.“

Will saß wie versteinert auf der anderen Seite des Tisches und suchte verzweifelt nach einer Antwort. „Es tut mir so leid, dass ich überhaupt gefragt habe.“

„Ach, kein Problem.“ Sie winkte ab. „Mir nicht. Die beste Entscheidung meines Lebens. Wir waren *unglücklich* zusammen.“

„Klingt, als wärst du gut gelandet.“

„Ich bin auf die Schnauze gefallen... Ich werde niedergestreckt, aber ich steh wieder auf—“

„*Nichts kriegt mich jemals klein,*“ beendete Will den Songtext.

Ava klatschte leise. „Zugabe!“

Will grinste und tat so, als würde er auf seinem Sitz einen Knicks machen.

Ein angenehmes Schweigen breitete sich zwischen ihnen aus, während sie einander in die Augen ‘sahen. Für Ava fühlten sich seine blauen Augen an wie... Zuhause. Sie konnte es nicht erklären. Sie verspürte den Drang, ihn zu berühren, zu streicheln. Jede Faser ihres Seins schrie danach, sich über den Tisch zulehnen und ihn zu küssen. Sie malte sich aus, wie ihre Lippen sich pressten, sein hungriger Zunge die Tiefen ihres Mundes erkundete, männliche Hände in ihren Haaren, die sie begierig zu sich zog...

Ava wagte nicht, ihm zu sagen, dass seine kristall-klaren blauen Augen sich anfühlten wie Gletscherwasser, in dem sie endlos schwimmen wollte.

Sie leckte den Rand ihres Martini-Glases, und Wills' Gedanken schweiften dahin, sich vorzustellen, wie es sich anfühlen würde, wenn ihr Mund ihn umschließen würde. Er räusperte sich und rutschte auf seinem Sitz hin und her. „Ein Penny für deine Gedanken."

„Du hast ein richtig warmes, entwaffnendes Lächeln."

„Danke. Das schätze ich." Er kippte den letzten Schluck seines Getränkshinunter. „Also... wohin jetzt?"

„Du wirst schon sehen." Ava lächelte und warf etwas Geld für die Rechnung auf den Tisch. Sie zog ihren Mantel und dicke Handschuhe an. „Zieh dich warm an."

***

„EineEisbahn?"

„Japp!" Avas hochhackige,unpraktischeStiefel knirschten in die Schneewehe neben dem Gebäude, wo sie lieber im Schnee als auf dem vereistenGehweg ging.

„Du solltest herkommen und mit mir auf diesem glatten Arsch von Bürgersteig laufen, damit ich eine Ausrede habe, deine Hand zu halten,“ rief Will, die Arme ausgestreckt, um auf dem vereisten Weg das Gleichgewicht zu halten.

Sie stapfte durch den Schnee wie ein neugeborener Elch und griff mitten in der Luft nach seiner Hand, verschränkte ihre Finger mit seinen. „Du brauchst keine Ausrede.“

„Das wird *hart*.“

„Ach, komm schon“, neckte Ava. „Was ist ein gutes Date ohne ein paar Verletzungen?“

Ava kramte in ihrer Handtasche, holte zwei Fünfdollarscheine hervor und legte sie auf die gekühlte Holztheke des Schlittschuhverleihs.

„Welche Größe?“, fragte das Teenager-Mädchen.

„Ich brauche Größe 42,“ zwitscherte Ava.

Will richtete sich auf. „Kann ich auch Größe neun bekommen, bitte?“

Ava grinste. „Ich habe genug Taktgefühl, um *nichts* zu sagen.“

Die Angestellte reichte ihnen zwei identische Paar Schlittschuhe.

Will schien unbeeindruckt. „Danke.“

Sie gingen vorsichtig zu einer freien Bank, um ihre Schuhe anzuziehen.

Ava kicherte. „Es tut mir leid, aber ich hatte noch nie einen Freund, der dieselbe Schuhgröße hat wie ich."

„Nun, es kann nicht einfach sein, ein Mädchen mit so großen Füßen zu sein."

„Ich habe keine großen Füße! Du hast kleine Füße. Größe neun ist *winzig* für einen Mann."

„Weißt du, was man über Männer mit kleinen Füßen sagt?"

Ava starrte ihn nur an und band ihre Schlittschuhe.

„Kleine *Schühchen*." Er lachte und stand wackeligwie eine Giraffe auf seinen Schlittschuhen. „Mein Gott, ich hab das noch nie gemacht. Sag mir bitte, dass du darin gut bist."

„Ja", sagte Ava, während sie die Schnürsenkel des zweiten Schlittschuhs verknotete. „Ichbin okay."

„Gut, denn ich brauche jemanden, der mich davon abhält, mir beide Beine zu brechen!"

Ava glitt grazilos aufs Eis, ohne auch nur zu schwanken. Sie drehte sich um und streckte ihm eine Hand entgegen, als sie am Eingang ankam. Auf zitternden Beinen machte er sich auf den Weg zu ihr. Er lehnte sich vor, um ihre Hand zu ergreifen, und nutzte sie, um sich zu stabilisieren.

„Sieh dich an! *Frau Eisprinzessin* in Person. Du bist einfach *voll* er Überraschungen."

„Na, danke schön."

„Versprich mir, Ava, wenn ich dabei draufgehe, erzählst du meiner Tochter, ich sei auf eine *viel* coolere Art gestorben. Sag ihr, ich wurde von einem Luchs gefressen... oder hab eine Schlägerei verloren. Irgendwas *Männliches.*"

Ava führte ihn langsam aufs Eis. Andere Läufer kreisten um sie, während Will kämpfte, um nicht umzufallen, und sich am Geländer festhielt. Ava glitt rückwärts.

„Natürlich kannst du rückwärts laufen. Du machst das so mühelos!"

Ava streckte ihre Hände aus und lächelte, ihre Nasenspitze war gerötet. „Du schaffst das. Komm zu mir. Ich zieh dich ein bisschen, bis du dich dran gewöhnt hast."

Steifbeinig und ungelenk, fanden Wills Schlittschuhe Halt in den flachen Spuren im Eis, die andere hinterlassen hatten, und er schob sich unbeholfen vorwärts, bis seine behandschuhten Hände in ihren lagen.

„Siehst du? Du packst das." Ava neckte ihn und ließ seine Hände los.

Mehrere kleine Kinder, dick in Daunenjacken eingepackt, sausten an ihnen vorbei.

„*Pfft,* Angeber!" rief Will.

Ava kicherte, zog ihn sanft mit sich, während ihre Beine sich geschmeidig und präzise schlängelten. „Siehst du, wie ich meine Beine bewege?"

„Wie eine Schlange?“

„Ja, versuch's mal.“

Mit wackeligen Knien und weichen Knöcheln, versuchte Will ein ungeschicktes Schlängeln, das Avas Bewegungen so gut wie möglich nachahmte.

„Wie bist du bloß so *gut* darin?“

„Ich habe in der High School ein bisschen Hockey gespielt. Ich liebte es, auf dem Eis zu sein, aber ich bin *mit voller Wucht* während eines Spiels gegen eine Wand geprallt. „Hatte eine richtig üble Gehirnerschütterung. Mein Eltern haben mich danach rausgeholt.“

„Eine Gehirnerschütterung? Das erklärt einiges“, neckte Will.

„Wow. Was ist das? Willst du alleine *laufen*?“ Sie ließ seine Hände los und glitt rückwärts von ihm weg.

Will fuchtelte lachend „Was? Warte mal! Nein! Komm zurück!“

„Denk dran, schlängeln, nicht gehen.“ Ava sauste vorwärts, glitt zurückund machte einen schnellen Hockey-Stopp, der ihn mit Eisspänen überschüttete.

„Hey,“ rief der Schlittschuhverleiher und versuchte, Avas Aufmerksamkeit zu erregen. Er schüttelte den Kopf und runzelte die Stirn. Er wedelte mit dem Finger wie bei einem unartigen Welpen.

Ava hob eine Hand. „Sorry!"

Wills Schlittschuhe rutschten. „Scheiße!" Er griff nach dem Geländer, um nicht zu fallen.

„Es ist okay. Du schaffst das. Bleib nah an der Wand und halt dich fest, wenn du glaubst, du'st am Fallen. Das hilft dir, das Gleichgewicht zu finden."

Will zog sich weiter, während kleine Kinder, die sich über das Eis jagten, an ihm vorbeiflitzten.

„Okay. Ich glaub, ich krieg's hin. Wie sieht's aus?" Er schlängelte sich langsam vorwärts und kämpfte darum, nicht auf seine Schlittschuhe zu starren.

„Kopf hoch. Schau mich an, nicht auf den Boden, okay?" Ava brüllte.

„So?"

„Ja, super gemacht!" Sie freute sich, als plötzlich das Lächeln aus Wills Gesicht verschwand.

„Ava, pass auf!"

In dem Moment, als Ava sich umdrehte, krachte ein Eisläufer mit voller Wucht in sie hinein. Ihre Beine rutschten unter ihr weg, sodass sie mit dem mit dem Gesicht voran aufs Eis krachte.

„Oh Gott. Ava!" Will stieß sich von der Wand ab und nutzte den Schwung, um eilig zu ihr zu gelangen.

***

„Also, das ist... peinlich,“ krächzte Ava, während sie das improvisierte Kühlpad an ihre verletzte Nase hielt. Will hatte es spontan aus einem alten Erdnussbutter-Gelee-Sandwich-Ziploc-Beutel gebastelt, den Starla in der Seitentasche der Tür zurückgelassen hatte, und mit frischem Schnee vom Parkplatz gefüllt. Ava genoss die Wärme aus seinen Heizungslüften und musterte unauffällig das Innere. Der Pick-up von Will war kürzlich gereinigt worden und roch nach dem neuen Sandelholz-Lufterfrischer, der am Rückspiegel hing.

„Schäm dich nicht. Wen interessiert's, dass du auf die Schnauze geflogen bist? Undzwar *auf* spektakuläreWeise, möchte ich hinzufügen. Ich meine, Ava... du *hast richtig Luft geholt*. Wie eine Superheldin. Ich wusste gar nicht, dass du *fliegen*kannst.“

Ava kicherte mit näselnder Stimmedurch das Kühlpad. „Eines meiner *vielen* Talente.“

„Sieht nicht so aus, als hättest du was gebrochen oder bräuchtest Stiche. Es hätte viel schlimmer kommen können. Aber vielleicht kriegst du ein oder zwei blaue Augen.“

„Na ja, das ist okay. Es ist ja nicht so, als würden sie mich morgen bei der *Arbeit* danach fragen.“ Sie schnaubte und richtete ihre grünen Augen wieder auf ihn. „Einfach ärgerlich. Danach wollte ich dich nämlich zu einer *Harvey-*

Vorstellung im kleinen Kino bei mir mitnehmen. Die zeigen den Film in 35mm.“

„Echt? Den liebe ich. Ich hab versucht, Starla dazu zu bringen, ihr Stoffkaninchen Harvey zu nennen.“

„Nein, hast du nicht!“ Ava lachte.

„Doch, klar. Aber sie bestand auf einem anderen, genauso bescheuerten Namen.“

„Das ist witzig.“ Ava seufzte und sackte ein wenig in sich zusammen. „Ja. Ichwollte dich danach zu mir auf einen Kaffee einladen nach der Vorstellung. Ich hab keine edle Kaffeemaschine oder importierten Kram wie bei dir–“

„Oh?“SeinGedanken ping-pongte zwischen der Vorstellung, mit ihr nach Hause zu gehen, und dem, was er mit ihrem Körper anstellen würde, wenn sich die Gelegenheit böte. Seine Gedanken schweiften zu Fantasien davon,ihren Hals zu küssen. Ihre nackten Brüste mit den Händen zu umschließen. Mit den Fingern über ihren Bauch zu gleiten...

Er konzentrierte sich wieder auf die Frau mit der verletzten Nase vor ihm. „Einmal hab ich auf einem Date was gegessen, das meinem Magen nicht bekam. Wir fuhren gerade dieseschreckliche Buckelpisteentlang–“

Ava nahm das Papiertaschentuch von der Nase und kicherte. „Was? Hast du dir *in die Hose geschissen* oder so was?"

„Nein." Er lachte. „Gott sei Dank. Aber ich hab gekotzt."

Ava lachte. „Okay, das ist 'schlimmer als eine blutige Nase, finde ich."

„Oh nein. Warte nur. Es wird noch besser." Will griff ein frisches Taschentuch aus der Bank zwischen ihnen und tupfte sanft den frischen Bluttropfen unter ihrer Nase ab. „Ich hatte keine Zeit, aus dem Truck zu springen. Ich hab aufs Armaturenbrett gekotzt."

„Iiiih."

„Und als ich abrupt bremsen musste, kam alles auf uns zurückgeschwappt."

Ava schloss die Augen und kämpfte dagegen an, ihm ins Gesicht zu lachen, verlor aber kläglich.

Er hielt einen Moment inne, um ihre Wange zu berühren, während er ihr strahlendes, schönes Lächeln und ihr zerzaustes Haar betrachtete, das immer noch wild durcheinander hing. *Er hatte noch nie im Leben so sehr jemanden küssen wollen.*

Aber er war entschlossen, diesmal alles anders zu machen. Er hatte sich selbst ein Versprechen gegeben. Das wollte er nicht brechen.

Als ob sie seine Gedanken lesen könnte, lehnte sie sich in seine Hand, ihr Lachen verebbte, rieb sich an der weichen Haut seiner Handfläche und blickte ihm direkt in die Augen – ein Moment, der fast perfekt war.

Es kostete Will jede Faser seines Körpers, seine Hand zurückzuziehen. „Ich schätze, wir sollten dich nach Hause bringen, damit du dich um diese Wunden kümmern kannst."

„Das sollten wir wohl." Ava war verblüfft. Trotz der Katastrophehatte sie'insgeheimgehofft, er würde mit nach Hause kommen.

Schließlich war dies ihr drittes Date, das allgemein als der Abend gilt, an dem selbst ein gut erzogener Gentleman seinen Zug macht.

Ava nahm das improvisierte Kühlpad vom Gesicht und betrachtete den Blutfleck auf ihrem Mantel. „Oh nein. Verdammt. Ich *habediesen* Mantel geliebt."

„Am einfachsten geht's mit kaltem Wasser und Seife. Einfach schrubben, schrubben, schrubben. Wasserstoffperoxid funktioniert meiner Erfahrung nach nicht so gut, besonders bei farbigen Stoffen.Man richtet damit oft mehr Schaden an als Gutes.“

Ava lächelte. „Ich liebe, dass du ein Fleckenexperte bist.“

„Berufsrisiko.“ Er atmete tief ein und beschlug die Truck-Scheiben. „Lass mich dich zu deinem Auto bringen.“

Ava nickte wortlos und versuchte, ihre Enttäuschung zu verbergen. Als sie an ihrem schwarzen SUV ankamen, sprach sie. „Danke, dass du heute Abend gekommen bist. Tut mir leid wegen... all dem.“ Sie zeigte auf ihre Nase, rosa von der Verletzung und stellenweise blass vor Kälte, und spielte dann nervös mit ihren Schlüsseln. Sie stieg ein, startete den Wagen und kurbelte das Fenster herunter.

Er beugte sich vor und stützte die Unterarme auf die Tür. „Wollen wir das nochmal machen? Vielleicht mit weniger Blutvergießen?“

Sie kicherte. „Das würde mir gefallen.“

„Mir auch.“

Ava blickte zu ihm auf, ihr Herz hämmerte in der Brust, der Magen flattertevor Aufregung und einem wirren Durcheinander aus aufgewühlten Nerven.

„Okay. Ich schreibe dir morgen. Fahr vorsichtig.“ Will klopfte sanft auf die Seite ihres SUVs und drehtesichum.

Als Ava davonfuhr, die Reifen knirschten über Schnee und Glatteis, fragte sie sich nur, was sie falsch gemacht hatte, dass er sie nicht einmal *küssen wollte*.

14

Ava kratzte an der *Pappmanschette* ihresgroßenKaffees. Die Haut unter ihren Augen war dunkel und gereizt, mit Make-up-Schichten bedeckt, die es nicht ganz zu kaschieren schienen. Ihr Haar war zu einem unordentlichen Dutt gebunden, und ihr Sweatshirt zeigte den Aufdruck ‚*Namaste im Bett.*' Mittagssonne strömte durch die bodentiefen Fenster des Cafés. Saubere Tische und Holzsessel verteilten sich im Loungebereich. Der Geruch von verdünntem Bleichmittel vermischte sich mit dem berauschenden Aroma von Kaffee, was dem Ort eine sterilisierte aber gemütliche Atmosphäre verlieh.

Madison saß ihr gegenüber und versuchte verzweifelt, ihr Lachen zu unterdrücken, während ihre blonden Locken über ihren dekolleté-betonten Ausschnitt ihres Pullovers hüpften. „Oh mein Gott. Nur du, Ava. Nur *du* kannst dir auf einem Date ein blaues Auge holen."

„Halt den Mund, Madison. Es war peinlich *genug.* Mach es nicht noch schlimmer, bitte."

„Tut mir leid." Madison hob beschwichtigend die Hände und ließ sie wieder auf ihre Tasse sinken. „Naja, drittes Date, wenigstens wurde bei dir mal wieder ordentlich durchgefeiert. Also, wie war's? Ich will *alle* Details. Wenn ich das Gefühl hab, du hältst was zurück, ich schwör's bei Gott–"

„Ich bin nicht *ins Bett gekommen*."

Madison verschluckte sich fast an ihrem Kaffee. Nach ein paar schwachen Hustenstößen blieb ihr der Mund offen stehen. „Du machst verdammt' *noch Witze*, oder? Der Typ ist so ein Schürzenjäger. Eine notorische Männerschlampe!"

Ava zuckte mit den Schultern. Der ganze Lärm der anderen Gäste um sie herum schien für einen Moment zu verstummen. „*Danke* für *den Hinweis*."

Madison flüsterte und korrigierte ihr lautes Ausrufen übertrieben. „Ich'm ernst. Erhat mit einer *Menge* meiner Freundinnen geschlafen."

„Ja. Klar. *Logisch*." Ava rollte mit den Augen. „Wer denn? Wir wissen beide, dass ich deine einzige Freundin bin."

Madison presste ihreHand an ihre hochgeschobenen Brüste. „Ich hab... *viele*... Freundinnen außer dir."

„Zum Beispiel?" Ava grinste.

„Ähm..." Sie überlegte kurz. „*Trish*."

„Ach, bitte! Trish ist eine Klatschbase.“

„Naja, sie ist trotzdem meine *Freundin*.“

„Nein, sie ist dein Drama-Hahn. Du drehst auf, und die Scheiße sprudelt aus ihr raus wie aus einem Wasserhahn. Glaubst du *ernsthaft* , sie hätte dich damals aus dem Knast geholt, als du beim Klauen dieses Pappaufstellers aus dem Blockbuster erwischt wurdest

„Erstens war ich ungefähr *neunzehn*, als das passiert ist.“

„Ja. Nicht mehr minderjährig. Ich musste dich aus dem Erwachsenengefängnis holen.“

„Zweitens, okay, Brad Pitt war verdammt traumhaft. Was soll ich sagen? Ich steh total auf androgyne Vampire in Piratenklamotten! Und außerdem“, Madison verzog humorvoll die Augenbrauen, „ist das wirklich das Kriterium dafür, was eine echte Freundin ausmacht? Jemand, der Kaution stellen kann?“

„Naja, ist schon ein ziemlich gutes Maß.“

Madison wedelte mit den Händen. „Hör auf mit Wörtern wie Metrik. Deswegen kommst du *nicht*ins Bett. Typen stehen nicht auf Frauen, die so mit ihrer Intelligenz protzen„

„Oh mein Gott, du hast gerade das Wort *quantifiziert*benutzt.“

„Tu, was ich *sage*, nicht was ich *tue*.“

„Ich werde mich nicht *wie* ein blödes Flittchen verhalten, nur umMännern zu gefallen.“

„Na gut.“ Madison verschränkte die Arme. „Aber ich hab's aus verlässlicher Quelle–“

„Du meinst *Trish-die-Klatschtante* hat's dir erzählt.“

„*Pssst!* Willst du's jetzt hören oder nicht?“

Ava spiegelte Madison, verschränkte ebenfalls die Arme und blickte sie an, als wollte sie sagen: *Mach schon.*

„*Er schläft rum. Er ist eine echte Schlampe.*“

Ava spürte, wie ihre Frustration wuchs. „Wenn er so eineSchlampe ist, warum hat er mich dann nicht mal *geküsst,*am Ende des Dates gestern Abend?“

Schweigen breitete sich zwischen ihnen aus.

Madison war sprachlos...

Einmal *ausnahmsweise.*

„Du hast nicht mal einen *Kuss* bekommen?“ sie rief laut heraus. Diesmal zog ihre Stimme die Aufmerksamkeit eines genervtenGastes in der Nähe auf sich. Sie fuhr zu ihm herum. „Verpiss dich, du Spinner, das ist ein privates Gespräch.“

Ava rutschte tiefer in ihren Sitz, warf dem Mann einen entschuldigenden Blick zu und formte ‚*Tut mir leid.*‘

„Mach mich nicht noch fertiger, Madison." Ava grub die Handflächen in ihr Gesicht. „Ich... ich versteh's nicht! Wir hatten Spaß. Ich hab alle Zeichen bemerkt."

Madison lehnte sich zurück und zuckte mit den Schultern. „Vielleicht lag's am Blut. Niemand will ein verkrustetes Wrack küssen."

„Könnte sein." Ava wippte mit dem Kopf, die Augen noch immer auf den Tisch zwischen ihnen gerichtet. „Ich geh' morgen wieder mit ihm aus, mal schauen."

„Na... das ist doch ein gutes Zeichen!"

„Ja, keine Ahnung. Ich mag ihn wirklich. Ich bin mir nicht sicher, ob er sich zu mir hingezogen fühlt."

„Ach, hör auf." Madison stellte ihre Tasse ab. „Ernsthaft, sieh dich doch an! Wenn du nicht aussiehst, als hätte dich ein Lkw überfahren, bist du eine *Traumfrau*. Ich hab *gesehen*, was für Typen du über die Jahre angeln konntest. Und seltsamerweise hast du ausgerechnet den hässlichsten geheiratet. Glaub mir, du spielst endlich in der richtigen Liga."

„Dan war nicht... *hässlich*."

„Doch, war er. Der Typ hatte ein Gesicht, als hätte jemandes angezündet und mit einer Schaufel ausgeschlagen."

„Nein, hatte er nicht."

„Er hatte ein Gesicht, auf das man sich setzt, nur um es nicht *ansehen* zu müssen.“

„Mein *Gott*, Maddy!“

„*Was*, Harla?“ Madison kicherte. „Er war ein betrügerisches Arschloch. Scheiß auf ihn.“

Ava dachte an die Affäre zurück und schämte sich, wie viele Anzeichen und Warnsignale sie übersehen hatte. Ava schüttelte den Gedanken ab und kicherte. „Du bist so ein *Arsch*, weißt du das?“

„Hey, du bist, was du isst.“ Madison tat so, als würde sie sich die Mundwinkel abwischen.

„Das ist verrückt. Ich musste noch nie einen *Mann* davon überzeugen, mich zu küssen.“

„Es wird das Warten wert sein, wenn er es tut, da bin ich mir sicher. Das wird dir wahrscheinlich dafür sorgen, dass sich deine Zehen krümmen.“

„Ja, vielleicht.“

„Was, wenn ich dir sage, dass ich von einer sehr *vertrauenswürdigen* Quelle gehört habe–“

„*Trish*.“

„–dass er einen großen Schwanz hat?“ Madison sprach weiter, ohne auf sie zu hören.

Ava richtete sich langsam auf und rollte die Schultern zurück, um selbstbewusster zu wirken. „Wie... äh... wiegroß reden wir hier?“

„Meine Quelle–“

„*Trish*.“

„–sagt, die Freundin ihrer Schwester nennt ihn *Will der Pfähler*. „

Ava schwiegeinen Moment lang und nickte. „Ich meine, es kann nicht schaden, noch ein bisschen zu warten. Weißt du, einfach mal sehen, wie sich die Dinge entwickeln.“

15

Auf ihrem Sofa ausgestreckt, mit Kuda über ihrem Schoß, lag Ava in Pyjamahosen und einemspitzenbesetzten Unterhemd, während der frühe Abend draußenkalt und bedrückend hereinbrach. Victor Flemings *Johanna von Orléans* lief auf dem großen Bildschirm, ihr zweites Mal, dass sie den Film in all seinem monochromen Glanz sah.

Ihr Handy piepste auf dem Couchtisch, der Bildschirm leuchtete heller als der Fernseher. Vorsichtig, um Kuda nicht zu wecken, griffsie danach.

Es war eine Nachricht von Will.

WILL: Wie wissen Frauen instinktiv, wie man Zöpfe flechtet?

AVA: Das steckt in unserer DNA. Warum? Überlegst du, deine eigenen zu flechten? Die sind ein bisschen zu kurz dafür.

WILL: Sehr witzig.

WILL: Nein. Ich schaue mir gerade ein Tutorial online an, und es sieht aus wie eine Art Zauberei. Starla hat sich in einen Jungen aus ihrer Klasse verknallt und bittet mich ständig, ihr die Haare zu einemZopf zu flechten, um ihn zu beeindrucken oder so. Hast du irgendwelche Tipps für mich?

AVA: Schwer zu erklären. Ich kann den Prozess nicht gut per Telefon beschreiben. Das muss manselbst ausprobieren.

WILL: Verdammt.
AVA: Du könntest vorbeikommen, und ich könnte es dir zeigen, wenn du willst.

WILL: Ich dachte schon, du würdest nie fragen.

WILL: Es gibt nur ein Problem...

WILL: Starlas ist auf einem Ausflug. Ihre Klasse macht dieses ganzeFort Caspar Butterrühren-Ding.

AVA: Oh.

Ava überlegte angestrengt und suchte nach einer Ausrede, ihn trotzdem einzuladen. Ihr Herz raste bei dem Gedanken, heute Abend mit ihm allein zu sein.

AVA: Ich habe noch meine Daenerys Targaryen-Perücke von einer Kostümparty bei der Arbeit letztes Halloween. Wenn du vorbeikommen willst, könnte ich es dir damit beibringen.

AvasLächeln verflog, als die Antworten ausblieben. *Scheiße. Ich war zu aufdringlich. Jetzt wirke ich verzweifelt.* Plötzlich erschienen drei Sprechblasen auf dem Bildschirm, gefolgt von einer Nachricht.

WILL: Sorry. Ich bin bei dem Gedanken, dich als Mutter der Drachen zu sehen, ohnmächtig geworden und musste wiederbelebt werden. Bin jetzt zurück. Die Sanitäter meinten, das war knapp. Habe eine üble Gehirnerschütterung, aber sie sagen, ich überlebe.

AVA: Gott sei Dank.

WILL: Ja. Ich denke, es wäre im besten Interesse meiner Tochter, wenn du mir diese wichtige Fertigkeit beibringst.

WILL: Und zwar... am besten sofort.

WILL: Je früher, desto besser. Außerdem kannst du mich wachhalten. Die Sanitäter meinten, ich soll eine Weile nicht schlafen.

AVA: Natürlich. Wegen der Gehirnerschütterung.

WILL: Wegen der Gehirnerschütterung, ja.

AVA: Also ein Win-Win für dich.

WILL: Sehr sogar, ja.

AVA: Hast du die Adresse noch?

WILL: Ja, hab ich.

AVA: Die Tür ist offen. Komm einfach rein, wenn du da bist.

WILL: Ich bin auf dem Weg. Diese Zopfgeschichte fühlt sich lebenswichtig an, und mit so einem Druck kann ich nicht umgehen. Ich bin bloß ein Hausmädchen!

Ava lächelte ihr Handy an und biss sich dann auf die Lippe, während sie den Fernseher vor sich ignorierte. Sie streichelte Kudas Kopf, bis seine warmen schokoladenbraunen Augen sich langsam öffneten. Er reckte sich faul,stand auf und trottete in die Küche.

Ava hob den Arm und roch an sich. Sie zuckte zurück. Eine schnelle Dusche und eine Rasur unter den Armen waren definitivangebracht. Sie hastete ins Badezimmer, drehte das Wasser auf und zog sich aus. Sie sprintete ins Schlafzimmer, riss die Schubladen der Kommode auf, griff hastig nach einem passenden BH- und Slip-Set, und huschte zurück ins Badezimmer. Sie warf die Kleidung auf den Boden und stieg unter die Dusche, wo sich ihre Muskeln sofort unter dem heftigen Strahl des warmen Wassers entspannten. Sie schäumteihr Haarmit reichlich Shampoo ein, trug Gel auf ihre Beine auf, und begann in hektischen Bewegungen sich zu rasieren.

Das Geräusch der sich öffnenden und schließenden Haustür ließ sie lächeln.

Verdammt, das warschnell.

Sie rief laut durch die Duschvorhang. „Ich bin gleich fertig!"

Sie grinste breit wie die Cheshire-Katze.

Scheiß drauf.

„Das heißt... es sei denn, du willst mitmachen."

„Du hast mich überzeugt", sagte eine männliche gedämpfte Stimme.

Sie kannte die Stimme. Sie war vertraut.

Aber es war nicht Wills...

Ihre Augen quollen hervor, als ein Klecks Shampoo hineinlief. Sie wischte es wütend weg und verschmierte dabei Augen-Make-up über ihr Gesicht.

Das Geräusch von Schuhen und Jeans, die aufden Boden fielen, wurde gefolgt vom *Rutschen* der Duschvorhang-ringe, als der Vorhang zur Seitegezogen wurde.

Da erkannte sie in ihrem wirren Kopf endlich, wem die Stimme gehörte.

Dan, der Betrüger.

Dan, der *Lügner*.

Dan, das menschliche Stück Müll, das seine Sekretärin geschwängert und den pissbeschmierten Schwangerschaftstest im Küchenmüll hinterlassen hatte, damit sie ihn fand.

Ava schrie. Dan taumelte zurück, stolperte aus der Dusche und wäre fast auf den kalten Fliesenbodengefallen, fing sich aber gerade noch rechtzeitig am überladenen Waschtisch.

Ava stürmteaus der Dusche, während das Wasser noch lief, und schnappte sich mit einer fuchtelnden Hand ein Handtuch vom HakenDer Schaum brannte in ihren Augen, was es schwer machte, ihren Ex-Mann zu erkennen, während sieauf nassen Füßen durch den Flur rutschte und in ihrSchlafzimmerstürmte.

Kurz darauf klopfte Dan an die verschlossene Tür. „Ava, *Schatz*... wir müssen reden."

Die Pause in seiner Stimme war ein Zeichen, das Ava nur allzu gut aus Jahren mit Dinnerpartys, Firmenveranstaltungen und Grillabenden kannte: Dan war betrunken.

Sie wühlte hastig Unterwäsche und einen BH aus ihrer Kommode und zog sie an, während das Shampoo in ihren Augen brannte, als sie sich bückte, um ihren Slip hochzuziehen. „*Daaaaan!* Du warst *nackt* in meiner *Dusche!* Warum bist du in *meinem* Haus?!" Sie betonte das Wort ‚meinem' – eine subtile Spitze darauf, dass sie das Haus nach der Trennung per Gerichtsbeschluss behalten durfte. „Wir're geschieden, *erinnerst du dich*?"

„Bitte komm raus..., damit wir reden können."

Ja, definitiv betrunken. Sie konnte fast riechen, wie sich seine Leber in Alkohol einlegte, selbst durch die Holztür hindurch.

„Nein, Daniel. Zieh dich an und geh nach Hause! Dein *neues* Zuhause, mit deiner Verlobten und *dem Baby!*" Bitterkeit lag deutlich in ihrem empörten Ton. Sie warf sichein weites T-Shirt und Pyjama-shortsüber, das Erste, was sie greifen konnte.

„Bitte, nur... komm raus... und rede mit mir."

Ava entriegelte die Tür und riss sie auf, mit verschmiertem Mascara und Eyeliner, weißer, schäumender Seifenschaum, der ihr wie ein improvisierter Weihnachtsmannbart über Gesicht und Kinn tropfte. „Was?! Was zum *Teufel* willst du?"

Dans haselnussbraune Augen blickten sie an. Dunkle Ringe hingen darunter. Sein sonst glattrasiertes Gesicht zeigte einen Drei-Tage-Bart. Er sah aus, als hätte er seit einer *Woche*nicht geschlafen. „Ava... ich'bin verdammt unglücklich. Ich habe... einen Fehler gemacht. Ich will unser altes Leben zurück."

Ava wurdeetwas weicher. „*Was*?"

„Wenn ich gehe... mich wieder anziehe... wirst du mir dann zuhören?"

Erst jetzt blickte Ava hinunter und bemerkte, dass Dan bis auf nasse knöchelhohe Socken und seine Smartwatch nackt war. Er hielt sich mit beiden Händen die Scham zu und stand schlaff da.

„Wenn du dann schneller verschwindest, dann gut."

Mit einem kurzen verständnisvollen Nicken huschte Dan zurück ins Badezimmer und griff nach seiner Kleidung, während er durch die offene Tür sprach. „Ich wollte wirklich Kinder, Ava. Ich dachte wirklich ich würde wirklich etwas verpassen, wenn ich kein Kind hätte."

„Ich sagte, wir könnten adoptieren", schrie sie zurück.

„Das ist nicht dasselbe. Ich wollte mein *eigenes*." Seine Stimme war gedämpft, als er sich das Hemd über den Kopf zog, das er jetzt verkehrt herum und auf links trug. „Versteh mich nicht falsch... mir liegt Nancy am Herzen. Wirklich. Ich denke nur... wir wären besser dran, wenn wir Hunter als Freunde großziehen würden." Er taumelte, wäre in seinem benebelten Zustand fast umgekippt, fing sich aber gerade noch am Türknauf.

„Dann trennt euch doch und regelt das Sorgerecht wie normale Erwachsene. Was hat das alles damit zu tun, dass du in die verdammte Dusche deiner Ex-Frau steigst?!"

„Ich glaub nicht..., dass ich als Vater tauge." Dan folgte ihr ins Wohnzimmer, stützte sich an den Wänden ab, um nicht umzufallen, und blieb knapp zwei Fuß vor Ava stehen. Sie hatte die Arme verschränkt, und ein finsterer Blick lag auf ihrem shampooverschmierten Gesicht. „Ich glaub..., wir hatten von Anfang an recht. Ich war nur... zu blind, um es zu sehen. Aber jetzt sehe ich alles *klar*."

Dans blutunterlaufene Augen waren wild vor Verzweiflung. Wut stieg in Ava auf. *Der Mann hatte wirklich Nerven.*

„Du siehst erschöpft aus. Du brauchst etwas Ruhe."

„Das Kind... es schreit... die ganze Zeit!"

„Das gehört dazu, wenn man *ein Kind hat*, Daniel. Dafür hast du dich entschieden."

„Ich weiß. Schau", sagte er hektisch und griff nach Avas Hand, „ich weiß."

Ava riss ihre Hand von ihm weg und fauchte: *„Du hast dir das selbst eingebrockt. Alles davon, Dan!* Du hast eine andere Frau geschwängert. Und ich soll das einfach *ignorieren*? Ich kann keine *Kinder*bekommen! Weißt du, wie verdammt verletzend das ist? Du hast mich weggeworfen wie nutzlosen Müll. Deine Bedürfnisse kamen zuerst. Das war schon immer so!" Ava spürte, wie ihre letzte Zurückhaltung unter dem Druck ihrer Wortezusammenbrach.

„Du warst wegen deinerArbeit *die ganze Zeit weg*!" schrie er. „Ich war einsam! Ich bin falsch damit umgegangen. Es tut mir leid, Ava, aber du kannst doch nicht zulassen, dass eine dumme Entscheidung zwölf Jahre Beziehung zerstört."

„Nein, *das hast* du getan."

„Wir können zu dem zurückkehren, was wir hatten. Wir waren so... glücklich."

„Ich war nicht glücklich! Ich war *bequem*. Das ist'n Unterschied. Offenbar hast du etwas vermisst, das ich dir nicht geben konnte."

„Du warst nie da!"Er nickte mit dem Kopf. „Trotzdem tut es mir leid. Ich habe gehört, du hast deinen Job verloren."

Ava war entsetzt. „Von *wem*?"

„Es'ist eine kleine Stadt, Ava. Da spricht sich alles rum."

„Und? Ich habe meinen *Job* verloren, nicht meinen *Verstand*. Du musst gehen!" Ava spottete und deutetee mit dem Finger zur Tür.

„Ich gehe nirgendwohin, Ava", fuhr Dan fort, packte ihre Arme und zog sie näher. „Du liebst mich. Ich weiß, dass du das tust."

„Ich brauche das jetzt *wirklich* nicht!"Ava stöhnte und versuchte sich loszureißen. Sein Griff wurde fester, und er zog sie wieder zu sich. „Ich *habe* dichgeliebt. Vergangenheit, Dan. Jetzt lass mich los! Ich werde dich nicht noch einmal bitten!"

„Es'tut mir leid! Wie viele verschiedene Arten soll ich es noch sagen? Soll ich es von den Dächern schreien? Ein verdammtes *Billboard*mieten? Es tut mir leid! Ich war ein Idiot!"

„Du warst ein schrecklicher Ehemann. Du weißt nie, was du wirklich willst. Dudenkst immer, du *brauchst* was du nicht *haben kannst*.“

„Gib mir einfach eine Chance!“ Er riss sie zu sich und presste seine dünnen Lippen auf ihre.

Es fühlte sich an, als würde man zwei rissige Würmer küssen.

Die Haustür öffnete sich. Will kam mit einer Glätteisenbürste in der Hand herein, grinsend, als hätte er etwas Kluges zu sagen. Doch er erstarrte im Türrahmen, verblüfft vom Anblick, wie Dan Ava direkt vor ihm küsste. Will knirschte mit den Zähnen und wollte gehen.

Ava riss sich von Dan los und versuchte sich seinen Armen zu entwinden. „Warte, Will! Es ist nicht, was du denkst! Er war nicht eingeladen! Er will nicht gehen!“

Ihre Worte drangen durch Wills Ohren über das Pochen seines Pulses. Er wirbelte herum und sah , wie Dan ihre Arme festhielt.

„Was geht hier vor?“ Der Blick in seinen Augen verriet, dass ein einziges Nicken von ihr genügte, damit er den fremden Mann angriff und so lange zuschlug, bis diesem die Zähne fehlten.

„Er *verpisst sich jetzt*.“ Ava entwand ihre Arme Dans Griff. „*Oder* etwa nicht?“

„Wer zum Teufel ist *das*? Hast du dir einen neuen jungen Lover besorgt, Ave?“ fauchte Daniel.

Kuda stimmte vom Eingang der nahen Küche aus eine Symphonie wütenden Gebells an.

„Ich bin ihr *Freund*, du Drecksack. „

Trotz der Seife, die auf ihrer Kopfhaut schäumte, und der Aufregung, die Dan verursachte, unterdrückte Ava den Drang zu lächeln. Obwohl Will es sagte, um den Mann einzuschüchtern, fühlte sich der Klang irgendwie...

richtig an.

„Ava? Soll *ich* gehen? Oder soll *er*?“

„Er!“ Ava deutete auf Dan wie ein petzendes Teenagermädchen, ihr Herz pochte. „Will, ich schwöre *dir*, *ich* habe ihn nicht eingeladen. Er ist betrunken. Erist einfach reingekommen, während ich unter der verdammten Dusche stand!“ Sie drückte ihr Handgelenk für einen Moment gegen die Stirn, um Druck auf den aufkommenden Kopfschmerz auszuüben. Shampooschaum verschmierte sich. Sie verzog das Gesicht und wischte ihn an ihrer Kleidung ab. „Das ist Dan. Mein *Ex*-Mann“, betonte sie das ‚Ex‘ laut.

Will rollte die Schultern zurück und trat noch einen Schritt vor. „Hör mal, *Dan*, wenn du deine Knochen heil und deine Zähne im Mund behalten willst, dann verschwinde. *Jetzt*.“

„Du'bist übermüdet. Du kannst nicht klar'denken. Geh einfach nach Hause!" Ava schob Dan mit beiden Händen in Wills Richtung. Erneut ertönte Kudas Gebell.

„Gib mir noch eine Chance!" Dan riss Ava am Shirt zu sich und küsste sie.

Wills Faust krachte in Dans Unterkieferund ließ ihn zu Boden sacken. Ava keuchte,bedeckte ihr Gesicht und sprang zurück. Kuda stürmte auf Daniels Hosenbein zu und zerriss den Saum seiner Jeans, wobei der Stoff in Fetzen ging.

„Kuda, hör auf!" Ava zog an ihrem Hundehalsband, bis er zurückwich.

Will stand über Dan mit erhobenen Fäusten. „Die Dame hat dich gebeten zu gehen."

„Das ist Körperverletzung, du Arschloch." Dan sah Ava an. „Du lässt ihn mich einfach schlagen?!Wirst du nichtirgendwas *tun?*"

Will packte Dan am innen-aus getragenen Shirt und stellte ihnauf die Füße. „Komm schon, Romeo."

Ava und Kuda beobachteten von der Küchentür aus, wie Will Dan in den schneebedeckten Vorgartenwarf.

Will griff nach der Türklinke. „Wenn du auch nur daran denkst, sie nochmal anzufassen, breche ich dir jeden einzelnen deiner verdammten Finger."

Dan nickte, kam langsam zur Besinnung in dem weichen, gefrorenen Schneehaufen.

Will knallte die Tür zu und schloss ab.

Ava betrat das Wohnzimmer, während sich Tränen in ihren Augen sammelten. „Es tut mir leid, Will. Er ist einfach aufgetaucht. Ich habe ihn seit Monaten nicht gesehen! Ich dachte, du wärst *er*. *Er* ist einfach zu mir in die Dusche gestiegen!“

Sie wischte einen tropfenden Klacks schaumigen Wassers von ihrer Stirn weg, bevor er ihre Augen weiter reizen konnte.

Will presste die Zähne zusammen. „Hat er dir wehgetan?“

„Nein, er hat mich nur erschreckt.“

„Okay. Gut.“ Will atmete langsam aus und blickte zu Ava auf. „Geh und beende deine Dusche. Ich sorge dafür, dass er nicht zurückkommt.“

***

Eine geteilte Portion Neapolitaner Eis und zwei Klassiker- filme später fand sich Ava auf dem Sofa wieder, eingehüllt in Wills beruhigende Umarmung, ihren Kopf entspannt an seiner Schulter, wieder einmalam Rande des Einschlafens.

Als der Abspann lief, wagte Will einen Blick auf Ava hinunter und lächelte. Sie griff nach der Fernbedienung und schaltete den Fernseher aus. Ohne ein Wort wand sie sich aus seinen Armen und streckte ihm ihre Hand entgegen.

Kaum etwas sehend, neigte Will neugierig den Kopf und nahmsie schließlich.

„Willst du heute Nacht bei mir bleiben? Ich bin immer noch ein bisschen durcheinander.“

Obwohl es verständlich schien, wusste Will nicht, wie er das schaffen sollte, ohne sich an sie ranzumachen. „Ich... weiß nicht.“

„Hör mal, Will, ich respektiere vollkommen, dass du nicht mehr willst. Wir könnten einfach... *schlafen*. Ich fühle mich einfach verletzlich. Er ist in mein *Haus* eingebrochen.“

„Es ist nicht so, dass ich nicht mehr will...“

„Du musst nichts erklären. Du darfst Dinge in deinem eigenen Tempo tun und fühlen, was du fühlst. Gute Dinge lassen sich nicht erzwingen.“

Er konnte ihr Lächeln durch die Dunkelheit spüren, es in ihrer Stimme hören.

„Ich habe einfach das Gefühl, er könnte jeden Moment wieder hier reinstürmen.“

„Ja, ich habe morgen erst um elf einen Kunden." Seine Uhr erhellte kurz sein Gesicht, bevor sie wieder an seiner Seite hing. „Ich kann bleiben."

„Danke."

Ava griff nach seiner Hand. Als sie sie in der Dunkelheit fand, führte sie ihn ins Schlafzimmer. Dort angelangt, grinste Will, sein atemberaubendes Lächeln schwach sichtbar im vonschmalen weißen Streifen durch die Jalousien erhelltenZimmer. Das Licht spielte mit den Konturen ihres Gesichts, und er wünschte, er könnte ein Foto von ihr machen, um diesen Moment für immer festzuhalten. Sie war eine Göttin, gebadet in Mondlicht.

Er grinste, lehnte sich gegen den Türrahmen und versuchte, sie sich wie ein Schwamm einzuprägen. „Du bist so verdammt schön."

Kuda trottete herein und rollte sich auf dem großen Hundebett in der Ecke zusammen. Ava lächelte, schlug die Bettdecke zurück und klopfte auf die ägyptischen Baumwolllaken. „Ich verspreche, ich beiße nicht."

„Ich schlafe normalerweise nur in Boxershorts."

„Halleluja", jaulte Ava.

Will kicherte, zog sein Shirt aus und legte es auf die Kommode. Seine Hose folgte. Er schlüpfte unter die Decke, und Ava rückte nach hinten, kuscheltesich an seine muskulöse Brust. Ein schwerer Arm legte sich um sie und zog sie nah an sich.

„Schnarchst du?“, fragte er leise.

„Fast nie. Ich verspreche, wenn ich schnarche, kannst du mich einfach in Kudas Bett verbannen.“

Er lachte und strich eine Strähne Haar von ihrer Wange, wobei seine Finger sanft über ihre Kopfhaut glitten. „Das würde ich keiner Frau antun.“

„Du bist ein Schatz.“

„Selbst wenn du schnarchst, wäre eswohl eher niedlich als störend.“

Ava sank in seine Umarmung, schmiegte ihren noch feuchten Kopf unter sein Kinn. Der Aprikosen-Lemongrass-Spülung ließ die Luft nach einem Obstgarten duften, in dem er selig flüchten und für immer bleiben wollte.

„Danke dafür“,säuselte Ava süß.

Er küsste ihren Scheitel und schloss seine Arme fester um sie. „Gute Nacht, Ava.“

16

„Also, magst du sie?", fragte Starla und schaufelte sich eine ungeschickte Gabel Spaghetti in den Mund.

„Du bist zu jung, um über so etwas mit dir zu reden", murmelte Will und wickelte weitere Nudeln um seine Gabel.

„Ich bin sechs. Das ist praktisch erwachsen."

Will schnaubte. „Na dann. Da du ja *erwachsen* bist, sollten wir besprechen, dass du Miete zahlst."

„Du weichst meiner Frage aus. Ich will's wissen! Ist sie nett?"

„Sie ist sehr nett."

„Ist sie hübsch?"

Will schluckte einen weiteren Bissen. „Sie ist umwerfend."

„Was heißt das? Ist sie hässlich?"

„Nein. Es bedeutet, sie ist *mehr als* hübsch. Sie ist wunderschön."

„*Oh*.“ Starla stopfte sich weitere Nudeln in den Mund. „*Glaubtu, se würde mich mögen?*“

„Sprich nicht mit vollem Mund. Darüber haben wir gesprochen, Kleines.“

„Sorry“, murmelte sie durch Nudeln und Soße, bevor sie schluckte. „Wann darf ich sie kennenlernen?“

„Schätzchen, ich kann dich erst vorstellen, wenn ich weiß, dass sie länger bleibt.“

„Okay.“ Ihre kleine Stimme klang traurig.

„Ist das in Ordnung?“

Sie zuckte mit den Schultern und dachte nach. Dann nahm sie sich erneut eine Gabelvoll Essen, schlürfte sie und verteilte Tomatensoße auf der unteren Hälfte ihres Gesichts. „Wär' schon nett, noch ein Mädchen hier zu haben. Dann könnten wir Nägel lackieren und Frisuren machen und mit meinen Stofftieren Partys feiern.“

„Aber Star, das können wir doch auch zusammen machen.“

„Du lässt mich deine Fingernägel lackieren?“

Will neigte den Kopf, als wollte er sagen:„*Ernsthaft jetzt?*“

Ihre großen blauen Augen wurden noch trauriger, wie die eines bettelnden Welpen.

Will schüttelte den Kopf und blickte nach unten. Gremlin saß neben seinem Stuhl und starrte ihn mit dem gleichen Blick an. „Ah, jetzt verbündet ihr euch gegen mich? Gemeinsame Sache? Na so was.“

Nach längerem Schweigen gab er nach. „Okay, du darfst meine Nägel lackieren.“

Starla keuchte vor Freude.

„Aber... Papa darf es vor der Arbeit wieder abmachen, klar?“

„Ich hol' schon mal meine Nagellacke!“, rief Starla und wollte vom Tisch springen.

Will rief: „*Starla Mae Jessup.*“

Sie erstarrte und drehte sich auf ihren Sockenfüßen um. „Jaaaaa?“

„Erst Spaghetti. Dann Nägel“, brummte er.

Sie trottete zurück zum Tisch und versuchte, ihr Grinsen zu verbergen.

„... Und nichts mit *Glitzer.*“

17

Darcy Higgins mochte es, wenn ihr Haus makellos sauber war. Ihre Wände strahlten in makellosem Weiß, von den Küchenschränken bis zum glänzenden Steinboden.

Jedes Mal, wenn Will hereinkam, fühlte es sich an, als blicke er in das grelle Licht eines Operationssaals oder direkt in den Himmel. Die Kargheit davon verursachte ihm oft Kopfschmerzen. Außerdem war sie, gelinde gesagt, eine Schürzenjägerin. Der Kontrast zwischen ihrem schmutzigen Denken und der sterilen Umgebung machte ihn schwindlig.

Darcy war eine attraktive Fünfunddreißigjährige. Ihr Ehemann war angeblich ein älterer, hoch angesehener Neurochirurg, obwohl Will ihm nie begegnet war. Darcys Mann reiste oft zu medizinischen Kongressen, was die einsame Frau zuhause zurückließ... ohne Kinder, Hobbys oder enge Freundschaften, die ihre Zeit hätten füllen können.

Hier kam Will ins Spiel.

Heute war er in einen Trenchcoat und einen Hut gekleidet – und nicht viel mehr, wie eine Stripper-Version von Dick Tracy. Obwohl die Uniformen auf seiner Website aufgeführt waren, war dies ein spezieller Wunsch, eine Option mit einer astronomischen Gebühr, die einige Frauen nur zu gerne zahlten. In seinen Armen trug er einen Eimer voll Blumenerde, ein Requisit, das mitten im harten Wyoming-Winter wenig überraschend schwer zu finden war.

Darcy war in ein rosa Nachthemd unter einem durchsichtigen, federbesetzten Morgenmantel, ihr glattes karamellfarbenes Haar umrahmte ihr Gesicht. „Lass mich das sehen."

Will streifte seine Jacke ab und enthüllte einen nackten Körper, abgesehen von einer schwarzen Balenciaga-Boxershorts, die kaum etwas der Fantasie überließ. Er sah aus wie ein Unterwäschemodel, das kaum mehr als ein Paar Kampfstiefel trug.

„Oh, ich liebe sie! Ich bin so froh, dass sie die richtige Größe haben. Manchmal laufen diese Modemarken etwas klein."

Will nickte, während er sich dehnte, um seine verspannten Muskeln zu lockern. „Sie passen perfekt. Seltsamerweise hatte ich noch nie eine bequemere Unterhose in meinem Leben."

„Gern geschehen", säuselte sie. „Für fünfhundert Dollar sollten sie deine Eier wie eine Engelshand behandeln."

Will schüttelte den Kopf und lachte, während er an ihr vorbei in die Küche ging. Er stellte den Eimer in die Spüle und drehte den Wasserhahn auf. Nachdem er ihn zu einem Drittel gefüllt hatte, knetete er den schwarzen Inhalt mit seinen Händen, hob den Eimer wieder heraus und kippte den Matsch über den Boden. Als Darcy vor Freude quietschte und zurücktrat, um die dunklen Spritzer zu vermeiden, unterdrückte Will den Drang, über ihren seltsamen Fetisch zu grimassieren. Er plumpste den Eimer zurück in die Spüle und watete mit seinen Stiefeln durch den Schlamm, lief wie ein Model durch ihren Flur in das weiße Marmorzimmer und wieder zurück, wobei er überall schwarze Stiefelabdrücke hinterließ.

Darcy keuchte vor Aufregung, erregt. „Jaaaaaaaa!"

„Warum setzt du dich nicht hin." Er zog einen Stuhl an der Küchentheke hervor und deutete darauf. „Von hier aus solltest du die ganze Show genießen können."

Er wusste, was er tat. Wenn er sie zum Sitzen bringen konnte, war es unwahrscheinlicher, dass sie versuchte, anzüglich zu werden und die Berührungsregel zu brechen, wie sie es schon mehrmals getan hatte.

Sie nickte und setzte sich. Ihre Augen waren weit aufgerissen, wanderten zwischen seinem Gesicht, seiner Brust, der Wölbung in seiner Unterhose, dem Schlamm auf dem Boden und wieder zurück.

„Ich hole den Mopp. Bin gleich wieder da.“

„Beeil dich.“ Sie wedelte mit den Fingern vor ihm.

Erneut hinterließ er eine Spur von Schlamm auf dem Steinboden, als er in die Garage ging. Das grelle Licht der LED-Lampen ließ ihn blinzeln. Er blickte an dem Audi, Mercedes und Bugatti vorbei zur hinteren Ecke. Dort entdeckte er einen roten Eimer und mehrere Autoschwämme zwischen anderen Reinigungsutensilien. Er stapfte über den Epoxidboden, nahm, was er brauchte, und verließ die beheizte Garage.

Zurück in der Küche füllte den Eimer mit Wasser, griff sich einen Schwamm, ging auf Hände und Knie und wischte die Ränder des riesigen Schlamms ab, wobei er sich bemühte, sich so zu positionieren, dass die teure Unterwäsche, die sie für ihn bestellt hatte, zur Geltung kam.

***

Als Will fast fertig war mit dem Aufwischen, hörte er, wie die Haustür entriegelt und geöffnet wurde. Ein Mann in den Sechzigern starrte Will an– und dann Wills *Unterhose*– mit einem Ausdruck völligen Schocks. Will fürchtete, der alte Mann könnte an Ort und Stelle einen Herzinfarkt bekommen.

„Was zum Teufel geht hier vor?“

„Schatz!“ Darcys Stimme klang trotz bemühter Heiterkeit ängstlich und nervös. „Du bist... *früh*da.“

„Guten Tag, Sir.“ Will ließ den Schwamm fallen und stand auf, die Hände schützend vor seinen Schritt haltend. „Sie sind wohl Mr. Higgins.“

Stille.

Will räusperte sich. „Mein Name ist Will Jessup. Ich bin nur hier, um zu putzen.“

„Ach, das *glaube* ich dir sofort“, spottete der Mann.

„Es stimmt, Hank. Er ist nur hier zum Putzen.“

„In seiner verdammten Unterhose, Darcy? Für wie blöd hältst du mich?!“

„Mr. Higgins, ich kann Ihnen eine meiner Visitenkarten geben, wenn Sie möchten.“ Er deutete auf den khakifarbenen Trenchcoat, der am Haken neben dem älteren Mann hing.

„Er schläft nicht mit Kunden, Hank. Er *putzt*.“ Darcy starrte Hank in die Augen.

„Was bist du, irgendeine Art von Sexarbeiter? „Vögelt ihr beiden *etwa*, wenn ich nicht in der Stadt bin?“

Will hob beschwichtigend die Hände. „Nein, Sir. Ich bin *nur* ein Haushaltshelfer."

„Raus aus meinem verdammten Haus!", fauchte Hank und deutete auf die Haustür.

Will zog hastig seine Stiefel an und stürmte hinaus – nur mit Schuhen und Unterhose bekleidet, die Schnürsenkel noch offen. Die Kälte traf ihn wie ein eisiger Schlag gegen seine nackte Haut. Hinter ihm knallte die Tür zu.

Will drehte sich um und merkte, dass er seinen Trenchcoat drinnen gelassen hatte. Die Schlüssel für den Truck steckten noch in seiner Jackentasche.

Verdammt, verdammt, verdammt!

Trotz der eisigen Kälte zögerte er, als er die Stufen wieder hinaufstürmte, um zu klopfen. Drinnen hörte er Hank aus voller Kehle brüllen.

Will versuchte die Klinke – die Tür ging leise auf. Er trat ein und schnappte sich seinen Mantel, wobei er den Ständer umwarf. Er versuchte, danach zu greifen, aber er war bereits außer Reichweite.

„Mach nichts Dummes, Hank! Er hat nur getan, wofür ich ihn bezahlt habe", jammerte Darcy.

Mr. Higgins stürmte auf Will zu.

„Ich bring dich um, du Mistkerl!"

Will flüchtete zur Tür hinaus, rutschte auf dem Eis aus und landete hart auf der Treppe. Als er aufblickte, sah er gerade noch, wie eine Faust auf sein Gesicht zuraste. Er rollte zur Seite und hörte, wie Knochen auf dem Steinboden krachten.

Hank schrie auf und hielt sich seine verletzte Faust.

Will rappelte sich auf seine Stiefel und trat außer Reichweite von Hank. „Jesus, geht's dir *gut*?“

„Sieht es etwa so aus, als ginge's mir *gut*? Ich glaub, ich hab mir verdammt noch mal den Mittelhandknochen gebrochen!“, brüllte Mr. Higgins, der sich auf die kalten Steinstufen sinken ließ und seine zitternde Hand umklammerte.

Will trat auf den schneebedeckten Rasen, formte zwei Handvoll Schnee zu einer Kugel und kehrte zu Hank zurück. „Hier. Kühl es damit.“

Mr. Higgins schleuderte die Schneekugel mit seiner unverletzten Hand wie einen Volleyball gegen die Steinstufen und warf Will einen tödlich verhassten Blick zu. „Verpiss dich endlich!“

Will hob die Hände und wich langsam zurück. Von der Tür aus warf Darcy ihm seinen Trenchcoat mit einem entschuldigenden Blick zu.

Will zog ihn an und stapfte zurück zu seinem Truck, während er ihn zuknöpfte. Er stieg ein und knallte die Tür hinter sich zu. Hank jaulte wie eine rollige Katze, als Darcy versuchte, ihn zu umarmen. Er schüttelte sie ab und knurrte etwas, das Will nicht verstand.

Mrs. Higgins blickte zu Will auf und winkte zum Abschied.

Will wusste, es war ein *Abschied für immer.*

Neue Regel, dachte er bei sich, als er davonfuhr, *immer Ersatzschlüssel im Handschuhfach deponieren...*

18

„Warum warten wir mitten im Januar draußen?“ Avas Worte kamen als dampfende Wolken hervor, während die eisige Luft ihre Lungen piesackte. Trotz des Nachmittagssonnenscheins hielt sich die gnadenlose Kälte.

„Gleich siehst du's. Wären wir drinnen, würde es die Überraschung verderben. Sie kündigen es alle paar Minuten über die Lautsprecher an. Die Kälte ist es wert, versprochen. Darum solltest du dich warm anziehen.“

„Hab ich“, fügte sie hinzu und deutete auf ihre Daunenjacke, Stiefel, Mütze und Handschuhe. „Aber gegen diesen wyomingischen *Wind* hilft das alles kein bisschen.“ Ihre Zähne klapperten heftig.

Will lachte und legte einen starken Arm um sie. „Besser so?“

„Nicht wirklich“, antwortete sie ehrlich und zuckte mit den Schultern.

„Hier.“ Er stellte sich zwischen sie und den Wind, öffnete seinen Mantel und hielt ihn für sie auf. „*Komm.*“

Ava grinste und folgte der Aufforderung, schlüpfte unter seinen Mantel wie eine Daunen-Zecke. Ihr Gesicht ruhte an seiner Brust, und er schloss den Mantel um sie beide.

„Besser?", fragte er, als das Zittern an ihm langsam nachließ.

„*Viel*."

Will lächelte und legte sein Kinn auf ihren Kopf. „Ich hab nie gemerkt, wie klein du bist, bis jetzt."

„Diese Stiefel haben keine Absätze", murmelte Avas gedämpfte Stimme.

In der Ferne klapperten Pferdehufe, während Ava in Wills strahlender Wärme badete wie eine Eidechse auf einem heißen Stein.

Will sprach endlich und ließ mit seiner tiefen Stimme ihr Gesicht vibrieren. „Ihr Kutschwagen erwartet Sie, meine Dame."

„Kutschwagen?!", wiederholte Ava und befreite sich aus Wills Umarmung, um zwei Pferde zu sehen, die einen dekorativen Holzwagen zogen, dessen Kanten mit bunten Kunstblumen verziert waren.

„Oh mein Gott!„Ich weiß, wo wir hinfahren!"

„Nein, weißt du nicht", entgegnete Will ungläubig.

„Doch, weiß ich! Es gibt nur einen Grund für eine Kutsche in Jackson Hole. Das National Wapiti Refuge!"

Will war verblüfft, dass sie die Überraschung erraten hatte. „Warst du schon mal dort?"

„Nein!" Sie strahlte. „Aber ich wollte es schon immer sehen! Habe nur nie die Zeit gefunden."

Will ging zur Kutsche und reichte ihr die Hand. „Nach Ihnen, Wunderschöne."

Avas Wangen waren vor Aufregung und Kälte gerötet, als sie einstieg. Will folgte ihr. Als sie Platz nahmen, setzte sich die Kutsche in Bewegung.

„Ich kann nicht glauben, dass du das gemacht hast!"

„Ich habe tatsächlich alle Plätze gekauft, damit wir die Kutsche für uns allein haben."

„Aww!"

„Dachte, das wäre so ein bisschen romantischer." Will zuckte lächelnd mit den Schultern.

Ava rückte näher an ihn heran, und er legte den Arm um sie, zog sie zu sich, bis sich ihre Beine berührten.

„Hallo zusammen!", rief der Kutscher mit rauchiger Stimme eines Kettenrauchers. „Heute ist's *kalt*. Da drüben liegen Decken, falls ihr euch zusammenkuscheln wollt. Der Wind gibt euch ein echtes *Wyoming-Willkommen*."

Ava zog ihre Mütze tiefer über ihr vom Wind zerzaustes Haar und strahlte.

„Seid ihr von hier?", fragte der Mann über die Schulter.

Will sprach gegen den Wind an. „Wir wohnen beide hier. Dachte nur, es wäre ein lustiges Erlebnis. Für sie ist es das erste Mal."

„Du warst schon mal hier?", fragte Ava und rückte so nah heran, dass die Wärme seines Atems ihr Ohr erwärmte.

„Ja. Aber es ist immer wieder schön."

Die Kutsche hüpfte von der asphaltierten Straße auf einen schneebedeckten Pfad und holperte auf eine riesige Wapitiherde zu. Ava staunte mit offenem Mund über die schiere Menge der vierbeinigen Geschöpfe, die über das weite Feld verstreut waren.

Die Elche regten sich kaum bei dem Anblick der Kutsche, die auf dem unebenen Boden schwankte. Der Wagen näherte sich einer großen Herde und passierte eine volle Kutsche mit Passagieren, die Fotos knipsten und aufgeregt plauderten – wie zwei Schiffe auf hoher See. Die Fahrer nickten sich zu.

Als Will und Avas Kutsche näher kam, drehten die Elche die Köpfe. Weiße Dampfwölkchen stiegen aus ihren Nüstern, während sie vorsichtig die vorbeirumpelnde Kutsche beobachteten. Die meisten Tiere blieben unbeeindruckt, lagen im schmelzenden Schnee, und ihre Felle zuckten im Wind.

„Heiliger Strohsack, die sind *riesig*!“, staunte Ava über den Rand der Kutsche, als die lebenden Muskelberge regungslos neben ihnen standen. In der Ferne stießen Kühe die Köpfe zusammen und fiepten im Kampf. Ein gewaltiger Elch mit mächtigem Geweih lag inmitten einer Gruppe Weibchen.

Der Kutscher fand in seine Rolle und sprach gegen den Wind an. „Die Weibchen, oder Kühe, sind die ohne Geweih. Eine Gruppe von ihnen nennt man *einen Harem*. Bullenelche wie die beiden da hinten können jederzeit herausgefordert werden, um den Besitz ihres Harems. Die Männchen prallen mit den Geweihen aufeinander, und wenn eines beschädigt oder gebrochen wird, verlieren sie an Reiz und werden für die Weibchen weniger begehrenswert.“

Ava beobachtete zwei kämpfende Kühe in der Ferne.

„Und was ist mit denen? Das sind Weibchen, oder? Warum stoßen sie die Köpfe zusammen?“

„Um einen höheren Rang im Harem zu erlangen. Sie zanken sich um Männer, genau wie Frauen.“ Der Kutscher lachte belustigt über seinen eigenen Kommentar.

Ava blickte zu den Tieren hinüber. Unzählige Augen starrten zurück, als wären Will und Ava die eigentlichen Kreaturen, *die* zur Schau gestellt wurden.

„Sie sind *wunderschön*", schwärmte Ava und drehte sich auf ihrem Sitz, um die Elche zu betrachten. Die Kutsche kam einigen so nah, dass Ava das orangebraune Schimmern ihrer Iris erkennen konnte.

Will breitete die Arme über der Kutsche hinter ihnen aus und genoss den atemberaubenden Blick auf die schneebedeckte Bergkette und den weiten, farbenfrohen Wyoming-Himmel. Sanfte Hügel fielen ab ins große Tal, das Hunderte von Elchen ihr Zuhause nannten. Makellose Felder mit unberührtem Schnee umgaben sie fast überall.

„Es ist unglaublich, dass sie wissen, dass dieser Ort sicher ist", sinnierte Ava. „Sie haben gelernt, Menschen zu vertrauen und die Kutschen vorbeizulassen."

Will lächelte, beglückt von dem kindlichen Staunen in Avas Gesicht. Sie sah aus, als beobachte sie einen Zaubertrick.

Der Kutscher lachte. „Diese Elche sind hier, weil sie wissen, dass dies ein Schutzgebiet ist. Jäger scheuchen sie hierher, oder sie kommen auf der Suche nach Nahrung. Fasst ihre Kälber nicht an, haltet Abstand, und alles ist gut."

Will kicherte. „Sie sind genau wie wir. Alles, was sie wollen, ist Salz, Sicherheit und Sex."

„*Salz*?", fragte Ava und versuchte, ihre Gedanken nicht auf Letzteres zu lenken. *Oder den Mangel daran...*

Der Kutscher räusperte sich. „Hast du schon mal den Spruch ‚*Geweihe noch im Bast*‘ gehört?“

Ava nickte und musterte den Mann, als würde sie über das Thema abgefragt werden.

„Also, diese Geweihe brauchen jede Menge Mineralien zum Wachsen. Die Elche werden von Salzlecken angezogen und suchen verschiedene Nährstoffe, um ihre Geweihe nach dem Abwurf nachwachsen zu lassen. Der ‚Bast‘ besteht eigentlich aus Tausenden winziger Blutgefäße. Sie sterben schließlich ab und jucken, also reiben die Elche sie an Baumrinde und Ästen, um sie loszuwerden.“

„*Cool*.“ Ava starrte auf eines der dicken Geweihe und überlegte, wie viele Mineralien nötig gewesen sein mussten, um so gewaltige heranwachsen zu lassen.

„Noch ein wenig bekannter Fakt: Ihre Zähne sind wertvoll. Neben der Jagd wegen ihrer Geweihe und ihres Fleisches bestehen bestimmte Elchzähne aus *Elfenbein* und werden zu Schmuck verarbeitet.“

„Ich habe versucht, mich mit der Jagd anzufreunden“, gestand Will, „aber irgendwas an ihren *Augen*... Ich konnte einfach nicht abdrücken. Sie sind keine dummen Tiere. Sie haben ihre eigene Sprache, ihre eigenen Bräuche. Ich habe großen Respekt vor der Jagd, aber Elche... das kriege ich einfach nicht übers Herz.“

Ava kuschelte sich in Wills Armbeuge und lächelte zufrieden.

Will und Ava genossen den Rest der Fahrt schweigend und tauchten ein in den atemberaubenden Anblick einer Wildnis, die sich meilenweit vor ihnen erstreckte.

19

Als Will sie zu ihrem Auto zurückbrachte, klimperte Ava mit ihren Schlüsseln in der Hand und lehnte sich an die Fahrertür. „Danke dafür. Es war faszinierend. Und danke, dass du dafür gesorgt hast, dass wir die Kutsche für uns allein hatten. Das ist eine der süßesten Sachen, die mir seit einer Ewigkeit jemand gemacht hat.“

„Ich bin einfach froh, dass wir etwas Zeit zusammen verbringen konnten.“ Er legte die Hand auf den SUV und beugte sich vor. Ava spürte, wie ihre Hände feucht wurden. *Aber sie war bereit dafür.*

Bereit für *ihn.*

Sie blickte auf seine Lippen, leicht vom eisigen Wind aufgesprungen, aber dennoch absolut verlockend. Er starrte sie einen Moment lang an.

Das war es.

„Fahr vorsichtig, okay?“

Er stemmte sich vom Auto ab und wollte gehen.

„W-was zum *Teufel*?“, brachte Ava verdutzt hervor.

Will drehte sich um und kicherte. „Was?"

„Was meinst du mit *was*? Das ist so unser vierter Date, und ich habe noch nicht mal einen Kuss von dir bekommen. Findest du mich nicht attraktiv?"

„Wie kommst du überhaupt darauf, das zu *denken*?"

„Weil du überhaupt keine Annäherungsversuche gemacht *hast*. Nach dem, was ich gehört habe, keine Ahnung. Ich dachte nur... das hier würde anders laufen."

Wills Ausdruck wurde ernst, und er schob die Hände in die Taschen. „Ich bemühe mich sehr, *nicht*mehr dieser Typ zu sein. Ich will etwas anderes. Etwas Tiefgründiges. Etwas Echtes. Und das kann ich nicht herausfinden, wenn ich mich nur darauf konzentriere, es nur auf Sex abgesehen zu haben." Er trat näher. „Schau, ich bin kein Prüder. Es ist nicht so, als würde ich mich für die Ehe aufsparen oder so. Aber du... ich weiß nicht. Du scheinst... besonders zu sein."

Seine kobaltblauen Augen trafen die ihren, und sie spürte, wie ihre Knie weich wurden. Sie lehnte sich gegen ihren Denali, um nicht umzufallen.

„Wirklich?"

„Ja!", rief er lachend in die Luft. „Ava, ich versuche, es langsam angehen zu lassen und dich kennenzulernen, weil... ich nicht will, dass das nur eine flüchtige Affäre ist. Ich finde dich verdammt noch mal großartig. Und ich bin nicht hier, um nur Spiele zu spielen oder meine Liste zu erweitern. Ich... ich will eine *Ehefrau.* Ich will echte Liebe.“

Schweigen breitete sich in der eisigen Luft zwischen ihnen aus.

„Ich genieße die Zeit mit dir, Ava. Du bist lustig und lebensfroh und spontan. Du hast keine Angst, Risiken einzugehen und manchmal wie ein Trottel dazustehen. Du bist anders als alle, die ich je getroffen habe, und wenn ich dich küsse...“

„Wenn du mich küsst... *was?*“, fragte Ava und spürte, wie ihr der Magen einen Satz machte, während sie auf die Antwort wartete.

„Wenn ich dich *küsse*, dann schwöre ich bei Gott, Ava, mit Lippen wie deinen werde ich nicht aufhören können.“

Ava hatte das Gefühl, nicht atmen zu können. Ihr Körper fühlte sich plötzlich an wie ein Hochofen, als könnte sie nach unten schauen und einen geschmolzenen Schneekreis bis auf das darunterliegende Gras um sich herum sehen.

„Du bist so verdammt schön. Und die Tatsache, dass du ein kleiner Chaot bist, macht mich verrückt – auf *gute* Weise. Ich will nur... ich will das nicht vermasseln.“

Ava nickte und lächelte. „Das kann ich respektieren.“

„Danke." Will steckte die Hände in die Gesäßtaschen seiner Jeans, wodurch sich die Revers seiner Jacke so weit öffneten, dass sie das Hemd erahnen konnte, das sich an seiner muskulösen Brust schmiegte.

„Also, wenn kein Kuss... wie beenden wir dann so ein schönes Date? Faustgruß? High-five? Oder ein klatschender Hinternklaps nach dem Motto ‚Gut gespielt'?"

Will lachte. „Wir verabschieden uns, und du schreibst mir, wann du nächsten Abend Zeit hast, damit ich dich wieder ausführen kann."

Ava grinste errötend. „Auf Wiedersehen, Will Jessup."

„Auf Wiedersehen, Ava Quinn." Er lächelte zurück und warf ihr eine Kusshand zu.

Sie fing sie ein und hielt sie sich an die Brust.

20

Will ließ das Wasser über seine Muskeln prasseln. Das kalte Wasser konnte nichts gegen seinen pochenden Ständer ausrichten. Seine Gedanken schweiften zurück zu dem Moment, als Ava ihn gefragt hatte, warum er keine Annäherungsversuche machte. In seiner Fantasie stürzte er sich auf sie, drückte sie gegen ihren SUV und küsste sie mit jeder Faser seiner Leidenschaft, während seine Hände über die Kurven ihres Pullovers glitten und ihr Knie seinen steifen Schwanz streifte, als er sich an sie presste. Er wollte sie hochheben, genau dort und dann, und sie auf dem Rücksitz ficken, bis die Scheiben von einer undurchdringlichen grauen Wand aus Kondenswasser bedeckt waren.

Er wichste sich, während er sich ihre seidige Zunge vorstellte, die gegen seine glitt, bevor sein Mund zu ihrer Brust wanderte. Sein Schritt schwoll bei dem Gedanken schmerzhaft an.

Er brauchte sie.

Er musste *bei* ihr sein.

Er musste *in* ihr sein...

Er wichste sich mit gieriger Hand, schmerzlich nach Erleichterung suchend. Er stemmte sich gegen die Fliesen und stellte sich vor, wie Avas Lippen und Zunge an seinem harten Schaft hinabglitten. Er ließ das Wasser auf sein Gesicht prasseln, während sein Orgasmus sich aufbaute.

Seine Gedanken sprangen zu dem Bild, wie er sie durch den Stoff ihres Slips an der Muschi rieb. Wie er ihn zur Seite schob und einen Finger in ihre Feuchtigkeit gleiten ließ. Er stellte sich vor, sein Gesicht zwischen ihren Beinen zu vergraben, jeden Tropfen von ihr aufzulecken, während sie um mehr flehte.

„*Fuck*", knurrte er leise gegen die Fliesen, während das Wasser über seine geöffneten Lippen strömte. Er kam so heftig, dass er sich am Seifenspender festhalten musste, um nicht zusammenzusacken, und jeder Muskel seines Körpers sich anspannte, während jeder geile Schwall im Abfluss hinunterwirbelte. Klarheit erfüllte ihn, und sein Körper entspannte sich auf ein fast zen-artiges Niveau, vorübergehend befriedigt. Es war das fünfte Mal in drei Tagen, dass er sich wegen ihr einen runtergeholt hatte.

21

Will lag mit Boxershorts bekleidet im Bett, blätterte durch die Social-Media-Apps auf seinem Handy und lauschte Starlas sanftem Schnarchen aus dem Nebenraum, als sein Telefon klingelte und eine Textbenachrichtigung von seinem besten Freund Barrett oben auf dem Bildschirm erschien.

BARRETT: Was geht, Penner? Wann gehen wir wieder pumpen? Doc hat mich endlich wieder für Sport freigegeben.

Er starrte einen Moment darauf und legte das Telefon auf seinen Schoß. Das Gerät piepte erneut. Eine weitere Benachrichtigung erleuchtete den Bildschirm: eine Nachricht von Ava.

AVA: Noch wach?

Will lächelte sein Telefon an und antwortete ihr schnell.

WILL: Hast du mir ernsthaft gerade eine „Bist du wach?"-Nachricht geschickt? Ava... ich bin nicht so ein Mädchen.

AVA: LOL. So meinte ich das nicht. Ich konnte einfach nicht schlafen.

AVA: Schön zu sehen, dass ich nicht die Einzige bin.

Will zog verwirrt die Augenbrauen zusammen. *Wie spät ist es?* Er warf einen Blick auf die Uhr auf seinem Handy und verzog das Gesicht. 1:12 Uhr nachts.

WILL: Wow. Ich hatte keine Ahnung, dass es so spät ist.

AVA: Soll ich dich gehen lassen? Du brauchst sicher Schlaf.

WILL: Nein, noch nicht. Ich habe eigentlich eine Frage an dich.

AVA: Schieß los.

WILL: Warst du auf deinem Abschlussball?

AVA: Ja. Beide Jahre. Warum?

WILL: Ich war auf keinem von meinen.

Will wartete einen Moment, während er zurück zu seinem Social-Media-Feed wechselte, um Datum und Uhrzeit einer virtuellen Einladung zu überprüfen.

WILL: Was machst du am Dienstagabend?

AVA: Oh, Mann. Lass mich meinen vollen Terminkalender checken.

WILL: Willst du mit mir auf den Ball gehen?

AVA: Ähm... was? Ich glaube, dafür bin ich etwa vierzehn Jahre zu spät dran.

WILL: Der Spezialist meiner Tochter veranstaltet eine Charity-Veranstaltung für Kinder mit Diabetes. Es ist ein Prom für Erwachsene.

WILL: Möchtest du mit mir auf den Ball gehen?

Will wartete, während eine Textblase mit Auslassungspunkten mehrfach auftauchte und wieder verschwand. Er konnte sehen, wie sie mit ihrer Entscheidung rang.

AVA: Ich würde dich gerne zum Ball begleiten. :)

WILL: Super! Hole dich um 7 ab?

AVA: 7 klingt perfekt. Bis dann.

AVA: Oh... und Will?

WILL: Ja?

AVA: Vergiss das Handgelenksgesteck nicht. Meine Lieblingsblumen sind rosa Kirschblüten ;)

22

Gekleidet in ein puderblaues Hemd unter einer anthrazitfarbenen Jacke mit passender Hose, stapfte Will durch den Schnee zu Avas Haustür und klopfte. Durch das geätzte Glas konnte er das Glanz eines zarten Stoffes erkennen, der sich in seine Richtung bewegte. Ava öffnete die Tür und offenbarte ihr hellrosa Satin-Kleid mit herzförmigem Ausschnitt und Ärmeln, die von den Schultern fielen. Ihr kastanienbraunes Haar war zu einem Banane hochgesteckt, an den Seiten von einigen feinen, losen Strähnen eingerahmt.

Er blinzelte nicht. „Oh... mein Gott. Ich glaube, mein Herz hat gerade ausgesetzt."

Ava klopfte mit ihrem Strass-Clutch gegen seine Schulter und kicherte. „Ich habe keinen Erste-Hilfe-Kurs gemacht, also hoffen wir das mal nicht. Bereit für deinen ersten Ball?"

Will lachte. „Ja, denke schon. Aber ich glaube, die Highschool-Ball-Regeln gelten noch. Wir müssen Platz zwischen uns lassen für Jesus."

Will streckte einen Arm aus, und sie nahm ihn. Ava lachte. „*Was?*"

Er führte sie den gestreuten Weg entlang zu seinem Pickup. „Ich denke, das ist eine altmodische Art zu sagen ‚Reibt euch nicht aneinander der Tanzfläche.'"

„Ah. Nun, das ist ja langweilig."

„Deine Corsage ist drinnen, Madame. Zusammen mit dem kleinen Ansteck-Dings für meine Jacke."

„Du hast mir wirklich eine Corsage besorgt?"

„Natürlich. Kirschblüten. Wie bestellt."

„Wo zum Teufel hast du in Jackson Hole Kirschblüten gefunden?"

Will öffnete die Beifahrertür und half ihr hinein, wobei seine Hände einen Moment zu lange auf ihren Hüften verweilten. „Sie mussten aus China importiert werden."

„Meinst du das *ernst*?" Avas Mund stand offen.

„...Zumindest stand das auf dem kleinen Schildchen, als ich sie im Bastelladen gekauft habe." Will strahlte und reichte ihr die Corsage in einer durchsichtigen Plastikbox. Künstliche Kirschblüten waren zart über ein Armband arrangiert.

Ava kicherte. „Danke.“

„Gern geschehen“, sagte Will. Er nahm ihr Gesicht in seine warmen Hände und drückte einen Kuss auf ihre Wange. Er spürte, wie sich die Haut unter seinen Lippen erhitzte, als sie errötete.

„Hey, falls du es noch nicht wusstest: Ich mag dich wirklich sehr“, flüsterte er und strich mit der Nasenspitze über die weiche Haut nahe ihrem Ohr.

Ava war sprachlos, wollte so viel sagen, aber ihre Lippen gehorchten nicht. Ohne ein weiteres Wort schloss er die Tür und lief zu seiner Seite.

Drinnen rieb er sich die Hände zum Aufwärmen und startete den Wagen. „Die armen Kerle, die heute hierherkommen, tun mir leid.“

„Warum?“ Ava schob die Corsage über ihr Handgelenk und befingerte die passende Boutonnière.

„Weil“, bog er auf die Straße ein und hielt nach Autos und Fußgängern Ausschau, „ich mit der schönsten Frau hier sein werde und sie vor Neid platzen werden. *Wirklich* traurig.“

„Die armen Schweine.“ Ava lachte.

Während der gesamten Fahrt durch die Stadt verschwand Wills Lächeln nicht von seinem Gesicht.

***

Blaugrüne und violette Luftschlangen hingen von einem Kronleuchter herab. Passende Ballons schmückten als festliche Tischdekoration jede Tafel. Weiße Tischdecken und passende Stuhlbezüge verliehen der Veranstaltung eine gewisse Eleganz. Ein großes Buffet reihte sich an einer Seitenwand auf. Eine Bar mit eifrigem Personal befand sich an der gegenüberliegenden Wand. Eine übergroße Tanzfläche in der Saalmitte war nur spärlich mit ein paar mutigen Paaren besetzt, die den Abend mit einem langsamen Tanz begannen.

Ein DJ stand in einer Kabine in der Mitte und mixte nostalgische 90er-Slow-Jams.

Will führte Ava in die Mitte der Tanzfläche. „90er-Rock. Gefällt mir. Glaubst du, er spielt was von Nirvana, wenn ich darum bitte?"

„Nein." Sie lachte und versuchte, ihr Zittern in seinem Griff zu verbergen.

„Was ist mit Nine Inch Nails?"

„Sieh dir den Typen an." Sie nickte zum DJ. „So wie er aussieht, sind sind die einzigen Neun-Zoll-Nägel, die er kennt, diejenigen nach Judas' Verrat."

„Uff. Okay." Er überlegte kurz. „Was ist mit... TLC? Der Typ sieht aus, als wüsste er wenigstens ein oder zwei Dinge über ‚Don't Go Chasing Waterfalls'."

Ava kicherte und genoss die Atmosphäre. „Das Ganze hier ist wirklich niedlich, muss ich sagen.“

„Ja, das ist es. Ich glaube, ich habe eine Einladung bekommen, weil ich vor einer Weile an ihre Stiftung gespendet habe. Bin mir ziemlich sicher, dass ich jetzt für den Rest meines Lebens auf ihrer Mailingliste stehe.“

Ava lächelte. „Vielleicht kann ich, was auch immer ich als Nächstes mache, dafür sorgen, dass ein Teil davon an eine solche Wohltätigkeitsorganisation geht.“

„Ich glaube, *was auch immer* du als Nächstes tust, sie werden sich glücklich schätzen, dich zu haben.“

„Danke.“ Sie schlang die Arme um seinen Hals, und er tat dasselbe mit ihrer Taille. Im Takt der Musik wiegten sie sich.

In diesem Moment existierte nichts anderes auf der Welt als sie.

Ava glitt mit einer Hand seinen Nacken hinauf und fuhr sich mit den Fingern durch sein dickes, dunkelblondes Haar. Will beugte sich vor und drückte seine Stirn an ihre, ihre Lippen gefährlich nah, Nasen sanft aneinander reibend.

„Was willst du vom Leben, Will?“

„Ich will Liebe. Ich will mein Leben mit jemandem teilen. Ich will etwas Zeitloses und Leidenschaftliches, wie in den Filmen. Die ‚*Ich kann ohne dich nicht atmen*-Art von

Liebe.‘ Ich will mit jemandem zusammen sein, der mich herausfordert, ambitioniert und unterhaltsam ist.“

„Wow.“ Ava spürte einen Stich in der Brust. *Wie könnte sie jemals das für ihn sein?*

„Und du?“, flüsterte er ihr ins Ohr. Seine Stimme war wie ein Donnergrollen in ihrem Körper, das die Härchen an ihren Armen aufstellte.

„Ich dachte früher, ich wüsste es. Als ich meine Eltern aufwachsen sah, dachte ich, ich wollte immer das, was sie hatten. Ich dachte, jemanden zu lieben bedeutete, hinter ihm aufzuräumen, ihm Frühstück zu machen, seine Kinder auszutragen... weil das das war, was ich als Kind sah. Als ich das letzte Mal meine Eltern besuchte, brach es mir das Herz.“

„Warum?“ Seine Daumen streichelten die Grübchen an der Basis ihrer Wirbelsäule durch den Stoff ihres Kleides.

„Weil es keine Liebe war. Es war nur Bequemlichkeit. Da war keine Romantik. Kein Verlangen. Und im Rückblick glaube ich nicht, dass es das jemals gab. Ich hatte mir immer eine Liebe wie ihre gewünscht, und doch waren sie irgendwie... unglücklich. Liebe ist mehr als Verpflichtung. Sie ist mehr als Blumen am Valentinstag oder ein Abendessen zum Jahrestag. Sie ist die elektrische Luft in deinen Lungen, das Pochen des Verlangens in deinen Adern, das Gefühl von Zuhause, wenn du jemandem in die Augen siehst.“

„Da stimme ich zu." Will starrte sie einen Moment an, bevor er sein Kinn sanft auf ihren Kopf legte.

Sie atmete den holzigen Duft seines Parfüms ein, während die vertrauten Worte eines langsamen Liebeslieds die Stille um sie füllten. Sie spürte den Schlag seines Herzens gegen ihre Wange. Sie wünschte, sie könnte den Moment einfangen und für immer bewahren.

Alles fühlte sich... *richtig* an. Als ob aus Nichts plötzlich *Etwas* geworden wäre. Wenn sie sich ihre Zukunft vorstellte, war er da. Sie hatte nicht geplant, nach Dan jemals wieder so an jemanden gebunden zu sein, aber hier war sie, in den Armen eines Mannes, von dem sie nicht genug zu bekommen schien.

Will krümmte einen Finger und hob ihr Kinn damit, bis er ihr in die Augen sah. „Das ist schön."

„Ja, das ist es." Ihre Hand streichelte liebevoll seinen Hinterkopf. Ihr Gesicht erwärmte sich vor Aufregung, als sein Gesicht sich dem ihren näherte, Lippen fast die ihren streifend.

„Ich möchte dich gerade wirklich küssen."

„Ich denke, du solltest", flüsterte sie zurück.

Plötzlich erklang Musik aus seiner Anzughose.

„Thaaaat's how country boys roll!"

Die Melodie drang aus seiner Gesäßtasche. Sein Gesicht ruckte weg, als er hastig versuchte, ranzugehen. Es war die Klingeltöne seines Festnetzanschlusses, die nur erklang, wenn etwas Wichtiges war. „Es tut mir leid, es ist die Babysitterin. Ich *muss* rangehen.“

Will hielt sich ein Ohr zu und ging zurück zu ihrem Tisch.

Ava stand plötzlich verlassen auf der Tanzfläche und sah sich um. Sie ging zur Bar, bestellte einen Cocktail und beobachtete Will auf der anderen Seite des Raumes. Ihre Augen richteten sich auf einige Frauen am Nachbartisch, die Will wie ein Stück Fleisch musterten.

Kurz darauf kam er mit besorgter Miene auf sie zu. „Es geht um Starla. Sie ist krank. Die Babysitterin sagt, ihr Blutzucker ist alarmierend niedrig.“

„Oh nein! Das tut mir so leid.“ Ava runzelte die Stirn. „Geh. Mach dir keine Sorgen. Ich nehme ein Uber oder so.“

Will krampfte nervös seine Jacket zusammen. „Willst du mitkommen?“ Er versuchte zu lächeln und scheiterte. „Ich will nicht, dass dieser Abend endet, aber ich will auch nicht—“

„Sag kein Wort mehr.“ Sie zwang sich zu einem Lächeln. „Sehr gerne.“

23

Will stürmte durch die Haustür und ging auf die Teenagerin zu, die auf dem Sofa saß. „Wo ist sie?"

„Ihr geht es gut. Sie ist in ihrem Zimmer." Die Strähnen des Mädchens quollen aus einem schlampigen Zopf, ihre Zahnspange glänzte unter hauchdünnen Lippen. „Sie hat sich nach dem Abendessen übergeben. Jetzt geht es ihr besser, aber ihre Werte sind hoch auf ihrem Messgerät. Ich verstehe nicht, was los ist."

„Alles gut, Amy. Ich kriege das hin. Wir übernehmen jetzt." Er zog seine Brieftasche heraus und gab ihr ein paar knisternde Zwanziger.

„Danke, Mr. Jessup. Ich hoffe, ihr geht es bald besser."

„Ich weiß das zu schätzen. Pass auf dich auf, Amy. Fahr vorsichtig. Es soll heute Nacht auf null Grad Fahrenheit fallen. Achte auf Glatteis, okay?

„Klar, Mr. Jessup."

„Schick mir auch eine SMS, wenn du zu Hause bist, damit ich weiß, dass du nicht im Graben gelandet bist oder so, okay?"

Amy nickte und sah Ava an. Ava hätte schwören können, dass sie einen Funken Eifersucht in den Augen des Mädchens sah. Amy nickte und verließ mit einem Winken die Haustür.

In dem Moment, als die Tür ins Schloss fiel, rannte Will den Flur entlang und klopfte mit den Knöcheln an Starlas Tür, bevor er sie öffnete. Der rosafarbene Raum wurde von einem rotierenden Nachtlicht erhellt, das grelle Ballerina-Silhouetten auf fast jeden Zentimeter der Wand warf.

„Hey, Süße. Wie fühlst du dich?"

Starla lag auf der Seite und drückte Gremlin an ihre Brust. Der Schwanz des Hundes *klatschte* auf die Bettdecke, als er Will sah.

„Mir geht's nicht so gut." Starlas Stimme war leise und schwach.

„Was ist passiert? Als ich ging, ging es dir doch gut."

Starla zuckte jämmerlich mit den Schultern.

Will setzte sich neben Gremlin. Der Hund leckte liebevoll seine Hand, als er sich vorbeugte, um ihre Stirn zu fühlen. „Du fühlst dich ein bisschen warm an. Lass mich deine Pumpe überprüfen und sehen, wie deine Werte sind, okay?“

„Okay.“ Sie brummte und reichte ihm das Überwachungsgerät.

Will sah auf das Gerät, klickte auf die Knöpfe der Benutzeroberfläche und blickte dann zur Tür, wo Ava scheu im Schatten des Flurs stand. „Starla, das ist meine Freundin. Ava.“

Will winkte Ava herein.

Vorsichtig trat sie ein. „Hi, Starla. Es tut mir leid, dass du dich nicht wohlfühlst.“

„Du siehst aus wie eine echte Prinzessin.“

Ava blickte auf ihr Ballkleid hinunter und kicherte. „Stimmt wohl. Aber leider bin ich keine Prinzessin.“

Gremlin wand sich aus dem Griff des Mädchens und kam zum Bettrand, um Ava zu begrüßen, die Zunge hing ihr bis zur Hälfte ihrer pelzigen Knie herunter. Starla griff langsam nach einem Stoffhasen mit aufgenähten Filzhörnern auf dem Kopf.

Ava lächelte. „Wow, cool. Hast du einen Jackalope-Stofftier?“

„Ja.“ Starla grinste. „Eines Tages kriege ich einen echten. Ich besorge ihm einen großen Käfig und füttere ihn mit Karotten.“

Will warf Ava über die Schulter einen Blick zu und verdrehte die Augen, so dass seine Tochter es nicht sehen konnte. „Ich hab ihr gesagt, wenn sie einen in der Wildnis fände, dürfte sie ihn behalten.“

Ava verzog das Gesicht, um das Lachen zu unterdrücken. „Oh. Das ist ein guter Plan.“

„Ich hab ihr gesagt, dass sie wirklich schwer zu finden sind.“ Will starrte Ava an, als wollte er sagen: *„Spiel mit, bitte.“*

„Ich hab schon einen Namen für ihn ausgesucht“, platzte Starla heraus.

„Deine Werte sind sehr niedrig, kleines Fräulein. Hast du kein Abendbrot gegessen?“

„Es war eklig.“

Ein missbilligender Blick huschte über Wills Gesicht. „Es waren Fischstäbchen und Brokkoli. Das ist gut für dich.“

„Ich *hasse* Fischstäbchen. Miss Amy macht sie nicht knusprig wie du. Ihre sind labbrig. Und die Art, wie sie Brokkoli kocht, Papa, das roch wie ein Furz.“

Ava kicherte.

Will sah Starla mit gerunzelten Brauen an. „Star, du musst was essen.“ Er seufzte lang und tief. „Willst du ein Eis am Stiel?“

„Ich will Eis.“

Will rieb sich so fest die Augen, dass er Sternchen sah. „Du kannst ein bisschen Eis haben, aber nur wenn du mir versprichst, dass du beim nächsten Mal, wenn Amy hier ist, dein Abendbrot isst."

Starla starrte ihn nur aus den Tiefen ihres Kissens an.

„Alles."

Starla nickte wenig überzeugend.

Will schüttelte den Kopf, besiegt. „Ich bin gleich wieder da." Er rauschte aus dem Zimmer.

Starla winkte Ava näher. Ava nahm Wills Platz am Bettrand ein.

„Darf ich dir ein Geheimnis verraten?" Starlas Stimme war leise und schwach.

Ava sah sich um und nickte sanft.

Starla legte eine Hand um ihren Mund und flüsterte: „Manchmal esse ich kein Abendbrot, damit ich Saft und Eis haben kann. Sag's Papa nicht."

Ava schüttelte den Kopf. „Ich muss auf dich aufpassen. Zu clever für dein eigenes Bestes."

Starla kicherte und hielt den Finger vor den Mund. „Ich werde nichts sagen."

„Ich glaube, du meinst Schweig wie ein Grab." Ava tat so, als würde sie ihren Mund zippern und den Schlüssel wegwerfen.

Will kam mit einem Saftpäckchen und einer kleinen Schüssel Erdbeereis zurück ins Zimmer. Gremlin schlängelte sich zur Leckerei und schnüffelte wild in der Luft. Als Will es ihr reichte, schlug Gremlin gegen Starlas Arm.

„Nein. Gremlin. Das gehört mir."

Gremlins stupsige Schnauze schnaubte verächtlich.

„Iss auf, Star. Wir können gleich nochmal deine Werte checken. Wenn sie noch niedrig sind, kriegst du einen Käse-Stick."

Starla nickte und schlürfte den Inhalt des Saftpäckchens in wenigen Zügen leer.

„Können wir einen Film gucken?"

„Nein, Schatz. Beende dein Eis und ruhe dich aus. Morgen früh kannst du einen Film sehen."

„Aber... Daddy."

Wills Augenbrauen hoben sich, und er starrte seine Tochter an.

„Können wir nicht... einen deiner... alten Filme... mit Miss Ava gucken?" Starla schmollte.

Will warf Ava einen Blick zu, nervös wegen der weiteren Verzögerung dessen, was beim Ball begonnen hatte.

Trotz Avas Sehnsucht würde sie sich nie zwischen einen Vater und sein Kind stellen. „Ich hätte nichts dagegen", sagte sie.

„Juhu!" krächzte Starla und erhob sich von ihrem bemitleidenswerten Schauspiel wie Lazarus von den Toten.

***

Als die Credits von *Du sollst mein Glücksstern sein* über den Bildschirm flimmerten, sahen sich Ava und Will von gegenüber auf der Couch an. Starla schlief tief und breitete sich über ihren Schoß aus wie ein unbeabsichtigter Platzhalter.

Will lehnte seinen Kopf gegen die Couchlehne und starrte Ava an. Sie kuschelte sich ähnlich in ihre Seite.

Die Pläne für den Abend waren zwar durchkreuzt, aber auf süße Weise gerettet worden.

„Tut mir leid, dass der Abend ins Wasser gefallen ist", flüsterte Will.

„Er ist nicht ins Wasser gefallen. Ich durfte ihn mit dir verbringen." Sie lächelte.

Will streckte eine Hand nach ihr aus. Sie nahm sie. Er strich mit dem Daumen über ihr weiche Haut.

„Ich sollte gehen", flüsterte sie.

Will stand vorsichtig auf, um seine Tochter nicht zu wecken. *„Ich begleite dich raus."*

An der Tür hüllte Ava sich in ihren Mantel und griff nach ihrem Strass-Clutch. *„Der Abend war—"*

Bevor sie ein weiteres Wort sagen konnte, fanden seine Lippen ihre im Dunkeln, und er küsste sie leidenschaftlich. Sein Körper drückte sie langsam mit wohligen Druck gegen die Haustür, der Ava die Luft raubte. Ihr Körper kribbelte, die Schenkel schmerzten nach seiner Berührung. Seine Hand glitt in ihren Nacken, zog sie näher heran, genoss den Geschmack ihrer Zunge.

Sie wollten mehr.

*Brauchten*mehr.

Sie zog ihn näher, wünschte sich, sie könnten ineinander verschmelzen. Jeder Nerv in Avas Körper summte, als sie die Wölbung seines Schwanzes durch den Stoff ihres Ballkleides gegen ihren Schoß spürte. Zungen erforschten intensiv den Mund des anderen. Ava rieb sich gegen seinen Oberschenkel, den er zwischen ihren Beinen hielt.

„Daddy?“

Will und Ava erstarrten, Gesichter brennend, Lungen keuchend.

Ava blickte über Wills Schulter und richtete seine marmorharte Erektion diskret zurecht, dankbar für die Dunkelheit. „Hey, Star, was ist?“

„Daddy, kannst du mich wie einen Burrito einwickeln?“ Ein Mondlichtstreifen küsste die Wange des kleinen Mädchens.

„Ja, Schatz. Eine Sekunde. Lass mich nur Miss Ava rausbringen, dann komme ich gleich und wickle dich ein. Geh schon mal ins Bett. Ich bin gleich da.“

„Okay.“

Starlas kleine Beine trippelten durchs Haus.

Avas Körper erbebte, als eine männliche Hand sanft ihren Hals hinauf glitt, dort verweilte, ihrem Puls folgte. Seine Lippen näherten sich den ihren, verharrten. Sie spürte, wie ihre Brustwarzen hart wurden, ihre Beine zitterten.

„Du bist wie ein Magnet, Ava, der mich anzieht.“

Sie sagte kein Wort. Ihr Kitzler pochte, schmerzte, sehnte sich danach, dass er sie berührte.

„Es kostet mich jede... einzelne... Faser meiner Kraft...“

Avas Körper erschlaffte leicht, absichtlich seinen Griff an ihrer Kehle verstärkend. Ihr Atem stockte. Sie wollte ihren Rock hochziehen und ihn sie dort in der Dunkelheit gegen die kalte Haustür ficken lassen, nur um ihn in sich zu spüren.

Sein Gesicht senkte sich zu ihren Brüsten, seine Lippen strichen über den Stoff über ihren Brustwarzen. Sie waren hart wie Kieselsteine, und sein Schwanz pulsierte bei dem Gedanken an ihre Erregung.

„Kein BH?“ flüsterte er ins Ohr und knabberte an ihrem Ohrläppchen.

Ava war atemlos, brachte kaum die Worte heraus: *„Auch kein Höschen."*

Will hob den langen, fließenden Rock ihres Ballkleides Zentimeter für Zentimeter hoch. Ava zitterte unter seiner Berührung, die Beine bebten. Seine Hand glitt ihre inneren Oberschenkel hinauf, und er presste seine Brust fest an ihre, sein hungriger Mund immer noch über ihren gespreizten Lippen. Seine Finger fanden ihr feuchtes Fleisch und erkundeten sanft ihre triefende Spalte.

Ava hörte auf zu atmen.

„Mmmmm", schnurrte er ihr ins Ohr. „Ist das für mich?"

Ava versuchte zu atmen, versuchte zu sprechen, konnte aber nur nicken. Er spürte, wie sie unter seinem Griff schwer schluckte.

Sein Finger glitt tiefer, und Ava erhob sich auf ihre Zehenspitzen, keuchend in der Dunkelheit, während sie den kalten Türknauf in ihren unteren Rücken drücken spürte.

„Bevor du gehst", schob er seinen Mittelfinger tief in sie hinein, spürte, wie ihre feuchten Schenkel sich für ihn öffneten, bereitwillig nachgaben, *„will ich noch einen Kuss."*

Ava beugte sich vor, stürzte sich darauf, ihren Mund mit einer fiebrigen Ungeduld auf seinen zu pressen, wie sie es noch nie zuvor empfunden hatte.

„Nein." Das Wort war leise, streng. Er kippte ihr Kinn zurück, bis ihr Kopf das kleine Fenster hinter ihr berührte. *„Nicht dort."*

Die Hand an ihrem Hals lockerte sich, und sein Körper senkte sich. Avas Gesicht brannte, ihr Körper zitterte. Sie hörte das Rascheln von Stoff, als er auf der Matte kniete und ihren Rock über seinen Kopf zog.

„Oh fuck..." Avas Augenlider flatterten, als sie die warme, feuchte Liebkosung seiner Zunge in ihrer Muschi spürte. Er saugte sanft an ihrem Kitzler, tauchte wieder ein, leckte sie wie ein Verdurstender.

Sie presste sich die Hand auf den Mund, um nicht laut zu stöhnen, und bewegte sich langsam gegen sein Gesicht.

Einen Moment später raschelte der Stoff erneut, und er stand auf. Sie konnte kaum das Lächeln auf seinem Gesicht erkennen, als er sie von seinen Lippen leckte. Sein Körper drückte sich an ihren, und sie bebte mit tiefen Atemzügen. Er stupste ihr Ohr mit seiner Nasenspitze an und flüsterte: *„Gute Nacht, Ava. Komm sicher nach Hause."*

24

Ava hielt vor Wills Haus, ausgestattet mit ihrem tiefsten V-Ausschnitt-Shirt und einer Flasche Wein, in der Hoffnung, Zeit in seine blauen Augen zu versinken. Nach einer schlaflosen Nacht und einem langen Tag erfolgloser Vorstellungsgespräche brauchte sie Trost. Brauchte gestohlene Küsse im Flur. Brauchte den Blickkontakt, der sie erzittern ließ.

Als Will sie zum Abendessen einlud, griff sie zu, ohne sich darum zu scheren, ob ihr Mangel an Zögern verzweifelt oder begierig wirkte. Nach dem, was er ihr in der Nacht des Wohltätigkeitsballs bereitet hatte, wollte sie *mehr*.

Sie liebte den Rausch, den sie verspürte, wenn sie wusste, dass er *sie* ebenfalls begehrte. Es war alles verzehrend.

Die Straße war still. Die meisten hatten sich in ihren warmen Häusern vor dem eisigen Wind verkrochen. Der Nachthimmel war weit geöffnet und bot einen ungetrübten

Blick auf Millionen funkelnder Sterne, die wie ein Staub von Glitzer auf einem schwarzen Tuch wirkten.

Sie griff nach der ungeöffneten Flasche Pinot Noir vom Beifahrersitz und stieg aus. Sie blickte zum Haus hinauf und erstarrte. Auf der Treppe stand eine Frau in ihrem Alter, die Hände in den Taschen ihrer zerschlissenen Jeans vergraben, im Gespräch mit Will.

Will starrte Ava an, während er weiter mit der Frau sprach, sein Gesicht von Ärger und Frust gezeichnet. Ava stieg aus, blieb aber bei ihrem Denali stehen.

„Ist hier... alles in Ordnung?"

„Ja", sagte Will knapp und führte die Frau mit sanfter Hand von der Veranda. „Sie war gerade *auf dem Weg*."

Eine Welle von Eifersucht und Wut stieg in Ava hoch und spiegelte sich in ihrem Gesicht wie ein Film auf einer Leinwand. „Wer ist sie?"

Bevor Will antworten konnte, wirbelte die Frau herum, entwand sich seinem Griff und stürmte zurück ins Haus.

Will versuchte vergeblich, sie festzuhalten. „Verdammt noch mal!"

Aber die schlaue Frau war bereits durch die Tür und rief: „Star?"

Will jagte der Frau ins Haus nach.

„Was zum Teufel…?“ Ava folgte vorsichtig. Drinnen beobachtete sie, wie Will im Flur verschwand, und knirschte mit den Zähnen. Sie war eine *Narrin*, zu glauben, dass jemand wie Will monogam sein wollte. Sie hatten zwar nicht explizit über Exklusivität gesprochen, aber ein Teil von ihr fühlte sich dennoch betrogen. Sie hatte geglaubt, sie hätten etwas Einzigartiges, Intimes – doch plötzlich fragte sie sich, ob sie nur eine von vielen war.

In einem Wutanfall bog Ava um die Ecke.

Will stand da, die Schultern der Frau packend, direkt vor Starlas Zimmer. Ava sah das Gewirr aus winkenden Händen und Armen und hörte das Geflüster wütender Worte.

„Und wer zur Hölle ist *die*, Will“, knurrte die Frau, ihr Gesicht zu einer Grimasse des Ekels verzerrt.

„Sie geht dich nichts an! Nichts in diesem Haus geht dich etwas an, flüsterte Will.

Will zog sie den Flur entlang in die Küche. Unter den warmen Pendelleuchten sah Ava die Frau endlich deutlich. Ihr Gesicht war von hageren Zügen, eingefallenen Wangen und dunklen Ringen unter den Augen gezeichnet. Ihre Haut war übersät mit Krusten, Dellen und Narben. Ihr zerknittertes T-Shirt hing lose um ihren abgemagerten

Körper. Im Licht zeichneten sich gereizte Fixerspuren deutlich ab und malten ein klares Bild vom Leben dieser Frau.

„Was ist hier los? Wer ist sie?", fragte Ava. Ihr brennender Blick bohrte sich in Will und forderte eine Antwort.

Will kneifte die Augen zu und presste die Kiefer zusammen. „Das ist... *Sarah*."

„Ich bin Starlas Mutter! Wer zum Teufel bist *du*, Schlampe?" Die Frau war bereit zum Angriff, ihr Gesicht wild und grimmig.

Ava trat einen Schritt zurück ins Wohnzimmer, ihr Zorn verflog langsam.

„Ich will meine verdammte Tochter sehen", heulte die Frau.

„Das haben wir schon durch! Ich lasse sie dich nicht in diesem *Zustand* sehen, Sarah." Will deutete auf die roten Spuren in ihrer Armbeuge.

„Pff. Die sind verdammt alt." Sie winkte ab. „Seit Monaten bin ich clean."

„Bullshit, die sind frisch, Sarah! Du hast nicht mal *einen Mantel*, um Himmels willen. Draußen ist eisig!"

„Ich bin immun gegen Kälte. Es ist *belebend*." Sie stürmte mit einem Lächeln auf ihn zu. Ihre Zähne waren abgebrochen und gelb wie Senf verfärbt.

„Mein Gott, Sarah, du siehst *furchtbar* aus. Ich will nicht, dass sie dich so in Erinnerung behält. *Das* solltest *du* auch nicht. Werd clean, dann können wir reden.“

„Ich bin ihre *Mutter*. Ein Mädchen braucht eine Mutter.“

„Du hast deine Rechte abgetreten! Du hast hier nichts verloren!“

Ava konnte nur stumm dabeistehen, die Weinflasche in der Hand, und wusste nicht, was sie sagen sollte.

Will sah Ava an. „Tut mir leid, dass du das miterleben musst.“ Er wandte sich wieder Sarah zu. „Werd nüchtern. Geh zu Meetings, Sarah. Wenn du dein Sechs-Monats-Chip hast, reden wir über Besuchsrecht, okay? Aber jetzt macht sie verdammt noch mal ihre Sprachhausaufgaben mit Kopfhörern, und ich werde nicht zulassen, dass sie mitbekommt, wie du hier auftauchst. Du musst *gehen*.“

„Ich will meine Tochter sehen!“

„Willst du wirklich, dass sie dich so sieht? Pupillen so groß wie Münzen? Sieht aus, als hättest du seit Wochen nicht geduscht? Soll *das* das Bild sein, das deine Tochter von dir haben soll?“

Sarahs Augen füllten sich mit Tränen. „Sie ist das Verdammte einzige, was ich habe, William!“

„Dann *hör auf*“, knurrte er.

Sarah presste die Zunge gegen ihre Wange und schüttelte den Kopf zur Decke. „Du bist mir ja eine, weißt du das?"

Sarah stürmte los und blieb stehen, als sie auf der Höhe von Ava war. „Und ich will nicht, dass diese Fotze sich als ihre Mutter aufspielt." Sie sah zu Will zurück. „Starla hat eine Mutter. Und das bin *ich*."

„D-Daddy, wer ist das?"

Alle sechs erwachsenen Augen flitzten zur Geräuschquelle im Flur.

Ava sah Will an. „Ich kümmere mich darum. Du regelst das hier." Sie deutete auf Sarah und eilte dann den Flur entlang zu Wills Tochter.

„Schätzchen", gurrte Sarah und trat auf das Mädchen zu.

„Auf keinen Fall." Will stellte sich schützend vor sie.

Ava zog Starla schnell in ihr Zimmer und schloss die Tür.

„Miss Ava? Wer war das?", fragte Starla.

Ava kniete sich vor das Mädchen. „Hey, Süße. Sie ist nur eine Freundin von deinem Papa."

„Sie sah... gruselig aus."

„Nein, sie war nicht gruselig." Ava überlegte schnell. „Weißt du, was wirklich gruselig ist?"

Starla schüttelte den Kopf.

„Vampire!“ Ava krümmte ihre Zeigefinger wie riesige Vampirzähne neben ihrem Gesicht.

Starla versuchte, das Lächeln zu unterdrücken. „Ich mag keine Vampire.“

„Oh.“ Ava hörte, wie die Haustür knallend zufiel.

„Ich mag *Werwölfe*!„

Werwölfe?!“

Sarahs verzweifelte Schreie drangen von draußen herein und verstummten schließlich, gefolgt vom Zuschlagen einer Autotür. Starla blickte aus dem Fenster zum ratternden Motor, als das Auto davonraste. Schließlich sah sie wieder zu Ava.

„Ja, wie in dem *Wolfman*-Film, den ich gesehen hab.“ Starla heulte. „Auuuuuuuu!“

Gleichzeitig heulten Ava und Starla wie Wölfe.

Will öffnete die Tür und lehnte sich gegen den Rahmen, ein Lächeln auf den Lippen. „Was geht denn hier vor sich?“

„Ich bin der *Wolfman! Auuuuuuuu*“, rief Starla.

„Ja, wir sind Werwölfe, merkst du das nicht?“ Ava zwinkerte.

„Aha.“ Sein Ausdruck wurde weicher.

„Ist die Dame krank?“, fragte Starla.

Will seufzte und blickte auf den flauschigen Teppich. „Sozusagen.“

„Ich hoffe, sie wird wieder gesund.“

„Das hoffe ich auch“, murmelte Will. „Komm. Das Abendessen ist gleich fertig. Geh dich waschen, Kleines.“

„Okay!“ Starla huschte davon.

Ava stand auf und sah Will an. „Geht‘s dir gut?“

Er starrte auf den Boden und zuckte leicht mit den Schultern. Seine Augen wirkten so schmerzerfüllt. Avas Herz zog sich zusammen bei diesem Anblick. Sie strich ihm über die Wange, und endlich hob er den Blick zu ihr.

„Tut mir leid, dass du das mitansehen musstest.“

Sie lächelte und zuckte mit den Schultern. „Das Leben ist chaotisch.“

„Ja, das ist es.“ Will kicherte und drückte ihr einen sanften Kuss auf die Stirn.

Er zog sich zurück und streckte die Hand aus. Sie nahm sie.

„Komm. Lass uns essen“, sagte er. „Ich weiß nicht, wie es dir geht, aber ich könnte ein Glas von dem Wein gebrauchen.“

25

„Hast du noch Gefühle für sie?“

Will schüttelte den Kopf. „Nein. Nicht die Bohne.“

„Mein Vater“, Avas Augen wurden kalt, „war süchtig nach Opioiden. Nach einer Rückenoperation in meiner Kindheit fing er an, sie wie verschrieben einzeln zu nehmen, *anfangs*. Dann nahm er zwei auf einmal, spülte sie mit einem Bier runter... oder *drei*. Er fing an, meine Familie nach *ihren* zu fragen, wenn sie Eingriffe hatten. Als das nichts mehr brachte, suchte er sich direkt einen Dealer. Er traf seine Entscheidungen, genau wie Sarah. Selbst als wir ihn darauf ansprachen, änderte er sich nie. Wir versuchten, ihm zu helfen. Er wollte nichts davon. Das letzte Mal, dass ich ihn lebend sah, lag er bei meiner Hochzeitsfeier bewusstlos in seinem Auto, eine Flasche Pillen auf dem Schoß.“

Wills Augen ruhten auf ihrem Gesicht.

Ihr Ausdruck war gefasst. „Ein paar Jahre später starb er an einer Überdosis.“

Will blinzelte nicht. „Ava, das tut mir leid."

„Sucht ist eine verdammte Sache. Sie verwandelt dich in jemanden, den niemand mehr erkennt. Für ihn ist es zu spät, aber deine Ex hat wenigstens noch eine Chance. Ich finde, du hast richtig gehandelt, sie wegzuschicken. Star muss sie nicht so sehen. Wenn sie da rauskommt, gehört sie zu den Glücklichen."

„Ja, nun, ich hätte erwartet, dass du nach dieser Vorstellung dass du schleunigst das Weite suchst hinterlässt. Du hättest allen Grund zu gehen und nichts mehr mit dem Drama zu tun haben zu wollen."

„Keine Reifenspuren. Keine Rücklichter. Ich bin genau hier."

Er grinste und rückte näher an sie heran. „Du bist so mutig wie schön." Er stellte sein Weinglas ab, neigte sich zu ihr und starrte mit Verlangen auf ihre Lippen.

Die Nähe seines Körpers ließ Ava das Gefühl haben, als sei ihr gesamtes Blut aus dem Kopf in ihren Schoß geströmt.

Wie verzaubert fuhr er mit den Fingern über ihr Kinn und legte den Daumen auf ihre Unterlippe.

Sie umschloss seine Hand mit beiden Händen und führte seinen Daumen langsam zwischen ihre Lippen, wobei sie ihre Zunge um die raue Haut kreisen ließ und ihn in die feuchte Tiefe ihres Mundes gleiten ließ.

Wills Atem ging stockend, und das Saugen jagte eine Welle der Begierde direkt zu seinem Schwanz, der sich nun in seinen engen Jeans regte und danach lechzte, befreit zu werden.

Er ersetzte seinen Daumen durch seine Zunge und stieß tief in den feurigen Schlund ihres Mundes. Er küsste sie mit Inbrunst, mit Leidenschaft, zog ihren Körper mit gierigen Händen näher an sich.

Ava öffnete seinen Hosenknopf, kämpfte mit dem Reißverschluss und griff unter den beengenden Stoff, um seinen harten Schwanz zu umfassen. Sie lächelte gegen seine Lippen, berauscht von seiner Erregung.

Will stöhnte in ihren Mund. Die Begierde wuchs, und er zog Ava zu sich, bis sie rittlings auf ihm saß und sich an seiner Erektion rieb. Ava glitt von seinem Schoß auf den Boden, wand sich zwischen seinen Beinen und zog an seiner Hose. Will hob die Hüften und schob die Daumen unter seine Unterhose.

Plötzlich war das *Quietschen* einer Türangel zu hören, gefolgt von kleinen Schritten und klackernden Krallen.

Wills Augen weiteten sich. Sie erstarrten. Das Quietschen der Tür konnte nur eines bedeuten:

Starla war wach.

Ava sprang auf. Will zog sich hastig die Hose hoch und knöpfte sie zu. Sie sprangen auf verschiedene Seiten des Sofas, als Starla schlurfend ins Wohnzimmer kam und sich den Schlaf aus den Augen rieb.

Will zog schnell ein Kissen auf seinen Schoß.

„Daddy? Ich kann nicht schlafen." Starla schmollte. „Was, wenn die komische Frau wiederkommt?"

Ava strich sich eine feuchte Strähne ihres rotbraunen Haars aus dem Gesicht und bemühte sich, nicht zerzaust auszusehen.

Will und Ava wechselten einen Blick voller schmerzlicher Verzweiflung, dann klopfte Ava auf die Sofakante neben sich. „Komm, lass uns einen Film schauen."

Starla strahlte und plumpste aufs Sofa. Gremlin sprang hoch und streckte sich faul über ihren Schoß.

26

„Heilige Scheiße, ich hätte ihn da einfach geritten." Madisons kichernde Stimme drang durchs Telefon.

Ava unterbrach ihr Zähneputzen, um mit schaumbedecktem Mund ins Telefon zu brüllen: „Was hätte ich tun sollen? Seine Tochter kam genau in dem Moment raus, als es heiß wurde. Ich kann den Kerl doch nicht einfach im Wohnzimmer überfallen, sobald seine Tochter wieder wegpennt."

„Warum nicht? Ich schon!" Madison lachte. „Mann, Mädchen, entweder du ziehst es durch oder hältst die Klappe. Wenn du denkst, du kannst dich bei mir ausheulen, ohne was zu ändern, dann hast du die *falsche* Freundin erwischt."

Ava spuckte ins Waschbecken. „Ich heule *nicht*."

Madison schwieg am anderen Ende der Leitung.

„Scheiße. Okay, gut. Vielleicht heule ich ein *bisschen*."

„Du solltest ihn heute besuchen. Tagsüber, wenn sein Kind in der Schule ist, damit es euch nicht blockiert. Wenn ihr zu Hause keine Ruhe habt, nimm ihn im Truck! Die Sitze klappen bestimmt runter."

„Madison, ich bin eine Erwachsene. Ich ficke nicht mehr in Autos. Ich bin eine erwachsene Frau."

„Alter, Sex im Truck ist heiß! Vor allem bei Schnee. Beschlagene Scheiben... das ist richtig leidenschaftlich."

„Das ist vor allem eng."

„Willst du jetzt den Schinken bändigen oder nicht? Ich biete dir Lösungen an. Putnam hat gesagt, er putzt heute ihr Haus. Hab sie letzte Woche in der Bar damit prahlen hören, als sie ihre blöden Gin Tonics gekippt hat. Diese Frau ist mein Vorbild. Zieh ein Kleid an. Keine Unterwäsche – für einfachen Zugang – und lauere ihm nachher im Truck auf. Teste die Stoßdämpfer an der Karre."

„Putnam? Lena Putnam? Die Frau am Berg, deren Mann diese modularen Schränke herstellt?"

„Ja. Ich *verehre* diese Schlampe."

„Warum?" Ava begann, sich im Spiegel zu schminken.

„Weil die mit 56 mehr Schwänze abbekommt als ein Pissoir. Ich hab *Anfängerzahlen* im Vergleich zu ihr."

„Setz dir höhere Ziele, Madison", neckte Ava.

„Du magst dich glücklich schätzen, dich an einen Schwanz zu ketten. Für mich ist Abwechslung das Salz in der Suppe."

„*Gut*“, gab Ava nach. „Ich besuche ihn heute.“

„Jaaa! So sieht’s aus!“ Madison ließ ihr Telefon fallen und hob es wieder auf. „Ups!“

„Alles okay bei dir?“

„Ja, ich lasse das Ding ständig fallen wie ein Stück Seife im Gefängnis.“

Ava schüttelte den Kopf und griff nach der Wimperntusche in ihrem Badezimmerschrank.

„Hast du ihm erzählt, was du für ihn planst?“

„Nein, und verplapper dich nicht. Es ist noch in Arbeit.“

„Es ist nicht zu spät, den Plan abzublasen, Harla. Ich finde es immer noch zu viel.“

„Nun, ich denke, es wird ihm gefallen.“

Madison seufzte. „Oooooo-kayyyyy.“

27

Die Erinnerungen an letzte Nacht brodelten im Hinterkopf und drohten überzukochen. Trotz einer vollen Nacht Schlaf und einer kalten Dusche brannten die Gedanken an Ava, die sich auf seinem Schoß rieb, ihre Hände in seiner Jeans, die seinen Schwanz massierten, in seinem Gehirn.

Der Schmerz der zu engen Hosenträger, die sich in seine Schultern gruben, holte ihn in die Realität zurück. Er putzte den Herd in Lena Putnams Landhausküche, bekleidet mit nichts als durchnässten Feuerwehrhosen und einem Helm. Schweiß glänzte auf seinen nackten Schultern und Bauchmuskeln, während er mit Ellenbogenfett verkohlte Essensreste von einer der Herdplatten schrubberte.

„Francesca macht so eine Schweinerei, nicht wahr?", fragte Lena von ihrem Platz auf der Arbeitsplatte. Ihr ledriges Dekolleté und das überladene Make-up wirkten unter den Einbauleuchten eher abschreckend.

Will schrubbte weiter und zwang sich zu einem Lächeln für seine treueste Kundin. „Sie darf so unordentlich sein, wie sie will. Dafür bin ich ja hier.“

„Du bist für mehr hier, als nur mit einem Scheuerschwamm zu schrubben, und das weißt du. *Jeder* Dummkopf kann meine Herdplatten putzen, William. Ich bezahle, um diesen durchtrainierten Körper zu bewundern.“ Sie stöhnte, als würde sie etwas Köstliches essen.

„Ach, komm schon. Wann warst du das letzte Mal auf allen vieren? Vor einem Jahrzehnt oder so?“, neckte er sie.

„Im *Gegenteil*, mein Lieber. Das ist eine meiner Lieblingspositionen.“ Sie zwinkerte.

Er schüttelte den Kopf. „Du flirtest gern.“ Er spülte den Scheuerschwamm im Waschbecken aus. „Wann kommt Mr. Putnam von seiner Japanreise zurück? Ich dachte, er wäre gestern heimgekommen.“

„Das war er auch, aber sie mussten noch ein paar Details klären. Irgendwas über unerwünschte Nebenwirkungen, ehrlich gesagt habe ich aufgehört zuzuhören.“ Mrs. Putnam sprang von der Arbeitsplatte und lehnte sich gegen den Schrank neben dem Herd, verschränkte die Arme in einem wenig subtilen Versuch, ihr Dekolleté zu präsentieren.

„Wann hören wir mit den Spielchen auf und kommen zur Sache? Ich weiß, das ist angeblich ein Nur-Gucken-nicht-Anfassen-Service, aber jeder hat seinen Preis, William. Wie hoch ist deiner?" Sie kneifte ihm sanft in den Hintern.

Will zuckte zusammen, sein Lächeln verblasste sofort. „Die Regeln haben sich nicht *geändert*, Lena." Er deutete mit einem Schwamm auf sie und sprach schroff: „Du *weißt* es besser."

„Warum können wir nicht ein bisschen Spaß haben?" Sie schmollte theatralisch und erinnerte ihn an eine Figur aus *Vom Winde verweht*.

„Weißt du, wie man es nennt, wenn man für Sex bezahlt, während ich arbeite?"

„*Es wert?*", scherzte sie.

Er war wenig amüsiert. „*Prostitution*."

Lena wirkte niedergeschlagen und lehnte ihren schmalen Körper gegen die makellosen Schränke. „Ach, komm schon, Willy." Sie schmollte erneut. „Ich werde es niemandem erzählen. Es kann unser kleines Geheimnis sein."

„*Ich* würde es wissen, Mrs. Putnam. Dafür bin ich nicht hier. Also kannst du entweder die Show genießen und wie sauber dein Zuhause danach ist, oder ich gehe. Deine Wahl."

„So *streng*." Lena neckte ihn, „Ich mag es, wenn ein Mann mich so herumkommandiert."

Wills Augen senkten sich zum Herd, und er kämpfte gegen den Drang an, einfach zu gehen.

„Wie viel für ein bisschen Hinternversohlen ohne Hose?" Lena zuckte mit den Schultern. „Du *oder* ich. Ich nehme, was ich kriegen kann."

Will bemühte sich, ein freundliches Lächeln aufzusetzen.

Lena schnaubte. „Wer ist sie?"

„Wer?"

„Ach, komm schon, Willy. Ich bin sicher, es gibt *jemanden*, wenn du den Mumm hast, Geld abzulehnen in *dieser* Branche. Ist es Marsha? Sie war schon immer eine, die gerne herumhurt."

„Es gibt jemanden. Niemand, den du kennst. Sie bewegt sich nicht in deinen Kreisen."

Mrs. Putnam verschränkte die Arme. „Weiß sie, was du *beruflich* machst?"

„Natürlich." Er fing wieder an zu schrubben.

„Und sie ist... einfach... was... *einverstanden* damit?"

„Jap." Will nahm ein feuchtes Tuch von der Arbeitsplatte und wischte die Fläche um die Kochstelle.

„Hat dein Chef frisches Fleisch, das er mir schicken könnte? Vielleicht jemanden, der etwas mehr Lust hat, mitzuspielen? Dieses Spiel langweilt mich langsam."

„Ich *bin* der Chef, Mrs. Putnam. Ein Ein-Mann-Betrieb.“

Lena beugte sich zu Will und griff ihm in den Schritt seiner Feuerwehrhose.

Will sprang zurück. „Lena!“

Sie lachte. „Ach, komm schon. Ich habe nur ein bisschen gespielt.“

Will riss die Putzutensilien an sich und warf sie klirrend ins Waschbecken. „Mrs. Putnam, ich habe Sie gewarnt, die Grenze nicht zu überschreiten.“

Er schritt zur Haustür, griff nach seinem schweren Feuerwehrmantel vom Haken und packte die Klinke. Lena packte ihn an der Schulter.

„Warte, wo gehst du hin? Ich habe dich für drei Stunden bezahlt. Du kannst jetzt nicht einfach gehen. Willy, es tut mir leid. Ich bin zu weit gegangen! Charles hat mich seit Monaten nicht mehr angefasst. Ich habe die Kontrolle verloren.“

„Mrs. Putnam, Sie *kennen* die Regeln, und trotzdem *brechen* Sie sie weiter. Suchen Sie sich einen anderen Reinigungsservice.“

„Ach, komm schon. Du wirst doch nicht mitten im Job gehen, oder?“

„Mrs. Putnam, ich entlasse Sie als Kundin“, knurrte Will, bevor er die Tür öffnete und auf die Treppe trat.

„Gut. Es ist keine Prostitution, wenn ich dich nicht *dafür* bezahle. Und da ich nicht mehr deine Kundin bin...“ Lena packte sein Kinn, riss sein Gesicht zu sich herum und presste ihre Lippen auf seine.

Will riss sich entsetzt los. „Was zum *Teufel* fällt dir ein, Lena?!“

Aus dem Augenwinkel sah er einen schwarzen Denali – *Avas schwarzen Denali* – mit laufendem Motor vor dem Haus stehen, vor dem er gerade floh. Sein Magen verkrampfte sich, als er den entsetzten Blick in Avas Gesicht durch das Fenster sah. Ihre Augen waren weit aufgerissen, der Mund stand offen, ihr Gesicht zeigte blankes Entsetzen.

Als sie die Szene begriff, verzerrte sich ihr Gesicht zu Wut.

Verdammt! Was zum Teufel machte Ava hier?
Woher wusste sie, wo ich war?
Wie viel davon hat sie gesehen?!
Will stürmte auf die Straße. „Ava! Das war nicht—“
Die Reifen im Schnee matschten, drehten durch und fanden kaum Halt. Ava war verzweifelt, trat immer wieder aufs Gas, nur um zu spüren, wie die Reifen erneut durchdrehten.

Will rannte zu ihrem Fenster und klopfte hektisch gegen die Scheibe. „Ava, bitte, hör mir einfach zu...“

Avas Augen blitzten vor Wut, als sie erneut aufs Gas trat. Diesmal griffen die Reifen. Der Denali brauste davon und spritzte Schnee auf Wills feuerfeste Hose.

Mit Tränen in den Augen raste Ava den verschneiten Block hinunter und aus dem Blickfeld.

Will blickte zu Lena Putnam hoch und dann in die Richtung, in die Ava davongerast war.

„Verdammt!“

28

Avas Telefon klingelte erneut, und sie leitete den Anruf an die Mailbox weiter.

Der Bildschirm leuchtete mit einer Benachrichtigung auf: *11 verpasste Anrufe. W*ill war hartnäckig; das musste sie ihm lassen.

Sie wusste, womit er sein Geld verdiente, aber als er dort in der Tür stand, mit nacktem Oberkörper und eine Frau küsste, für die er angeblich arbeitete, brach es Ava. Sie fühlte sich dumm, geglaubt zu haben, dass er einen völlig legitimen Service anbot. Jetzt ergab alles einen Sinn, warum Will so lange die Hände bei sich behalten konnte...

Ava war nicht die einzige Frau in seinem Leben.

Ihn mit Lena Putnam küssen zu sehen, war der Tropfen, der das Fass zum Überlaufen brachte. Ein Betrüger hatte sich bereits auf hinterlistige Weise in ihr Leben geschlichen. Sie würde sich nicht noch einmal mit einem Mann wie ihm einlassen.

Mrs. Putnam hatte unechte Brüste und eine noch unechtere Persönlichkeit. Wenn das die Art von Frau war, die Will wollte, bitte sehr.

Ava war völlig natürlich.

Ein natürliches *Desaster*, aber dennoch natürlich.

Eine Faust hämmerte gegen die Tür. Ava öffnete widerwillig die Kamera auf ihrem Telefon.

Es war Will, ordentlich gekleidet in einem Hemd und Khakihosen.

Ava drückte die Mikrofontaste. „Verschwinde, Will.“

„Du gehst nicht ran. Ava, bitte lass mich erklären, was du gesehen hast. Wenn du mir zuhörst und immer noch nicht mit mir reden willst, lasse ich dich in Ruhe, versprochen.“

Ava knurrte: „Wenn es dich dazu bringt, mein verdammtes *Telefon* nicht länger zu bombardieren, dann gut.“ Sie stürmte zur Haustür und riss sie auf, winkte Will halbherzig herein.

Will trat ein und räumte einen Stapel ungefalteter Wäsche vom Sofa, um sich einen Platz zu suchen. Ava blieb stehen.

Will sah sich um. „Ich muss *wirklich* noch dein Haus fertig putzen.“

„Mach dir keine Sorgen um *mein Haus*. Sprich! Beeil dich.“

Will schluckte schwer. „Es tut mir leid, dass du das gestern gesehen hast. Ich verspreche dir, so verhalten sich meine Kundinnen normalerweise nicht.“

„Offensichtlich verhält sich zumindest *eine* so“, fauchte Ava. „Wer weiß, wie viele andere.“

„Ich habe sie gefeuert, Ava.Kurz bevor sie mein Gesicht so herumgerissen hat und mich küsste. Sie hat mir ein Angebot gemacht, und ich habe sie gefeuert. Ich war zwei Stunden früher gegangen, als du mich gesehen hast.“

Ava verschränkte die Arme und verzog das Gesicht.

„Mrs. Putnam hat mich geküsst. Ich habe sie nicht *zurück*geküsst. Sie ist eine einsame Hausfrau, deren Mann ständig geschäftlich unterwegs ist. Sie hätte das nicht tun sollen. Das gehört nicht zu dem, was ich anbiete, ich schwöre es. Ich *schlafe* mit keiner meiner Kundinnen. Ich *küsse* meine Kundinnen nicht–“

„Du hast *mich*geküsst.“

„Du warst keine *Kundin*.“

Ava warf die Hände in die Luft. „Hörst du dir eigentlich selbst zu?“

„Manchmal versuchen diese Frauen, ein bisschen zudringlich zu werden. Aber ich schwöre, ich stoppe das immer, Ava!"

„Und ich soll einfach glauben, dass du mit *keiner* von ihnen schläfst?"

„*Ja!*"

„Warum?"

„Weil das verdammte *Prostitution ist.* Ich würde das *niemals* wollen! Und selbst wenn ich *wollte,* würde ich das nie mit Starla riskieren! Wohin sollte sie *gehen,* wenn ich eingesperrt würde, weil ich eine verheiratete Frau für Geld gevögelt hätte, Ava? Ihre Mutter hat sie bereits *im Stich gelassen.* Sie hat genug *Schande* in die Gleichung gebracht. Ich werde nicht noch *mehr hinzufügen*!"

„Ich glaube dir nicht."

„Ava, ich brauche, dass du mir jetzt vertraust."

„Warum? Warum sollte ich dir vertrauen?"

„Weil man, wenn man jemanden liebt, ihm vertrauen können muss!"

Die Worte hingen schwer in der Stille zwischen ihnen.

„Ava, du bedeutest mir etwas. So viel. Ich kann spüren, wie ich mich in dich verliebe."

Ava spürte, wie ihr Zorn verblasste, aber sie klammerte sich verbissen daran fest. Zorn hielt sie sicher und beschützt.

Ich werde mich nicht noch einmal in einen Betrüger verlieben. Nicht noch einmal.

Einmal betrogen, Schande über dich. Zweimal betrogen...

„Ich bin mir einfach nicht sicher, ob ich dir glaube“, sagte sie schwach.

„Sag mir, wie ich es dir beweisen kann. Ich kann nicht etwas beweisen, was ich nicht getan habe. Also sag mir einfach, was ich tun muss.“

Ava hörte, wie seine Stimme vor Emotion und Aufrichtigkeit brach. Sie spürte, wie ihre Verteidigung bröckelte. „Ich brauche Zeit, um nachzudenken.“

„Ich bin nicht dein Ex-Mann, Ava. Bitte lass mich nicht für seine Fehler bezahlen.“

Seine Worte trafen sie ins Mark.

„Ich bin in dein Haus gekommen und habe ihn *dich* küssen sehen und ich habe *deiner* Erklärung vertraut.“

„Ich brauche einfach Zeit, Will.“

„Gut.“ Er ließ den Kopf hängen und seufzte. „Ich verstehe.“ Will stand auf und ging zur Tür, blieb aber stehen, bevor er sie erreichte. „Warum bist du überhaupt *dort*gewesen? Woher wusstest du, wo ich war?“

„Das spielt jetzt keine Rolle mehr.“

„Für mich schon.“

„Madison hat mir gesagt, du wärst wahrscheinlich dort. Ich wollte dich wegen etwas treffen.“

„Wegen *etwas*?“

„... Um das zu beenden, was wir letzte Nacht angefangen haben.“

Ihre Augen zeigten tiefen Schmerz. Wills Schultern sackten zusammen.

Ihre Stimme brach. „Ich denke, du solltest jetzt gehen, Will.“

Will nickte und ging ohne ein weiteres Wort. Ava spürte, wie ihr Tränen in die Augen stiegen. Sie vergrub ihr Gesicht in den Händen und schluchzte.

29

Keine verpassten Anrufe. Keine verpassten Nachrichten. Nichts.

Es waren fünf Tage vergangen, seit er das letzte Mal mit Ava gesprochen hatte, und jeder fühlte sich an wie ein Jahr in der Schwebe. Will ließ sein Handy auf den Nachttisch fallen und rieb sich im Dunkeln das Gesicht, während er die Auseinandersetzung im Kopf durchging.

Er hatte Ava noch nie wütend erlebt. Sie war stur, unwillig zuzuhören und eifersüchtig.

Und trotzdem vermisste er sie.

Verbissen.

Er drehte sich auf die Seite, und einen Moment später erhellte der winzige Bildschirm den Raum. Er griff nach seinem Telefon, sein Herz raste.

Eine neue SMS. Er tippte auf die Benachrichtigung, die ihn zu seinem Nachrichtenverlauf mit Ava führte. Ganz unten stand eine neue Nachricht:

AVA: Bist du wach?

WILL: Ja.

AVA: Kann ich dich anrufen?

WILL: Verdammt ja.

Plötzlich klingelte sein Telefon. Er schluckte schwer und ging ran.

Stille.

„Ava?" Er räusperte sich.

„Hey."

Wills Herz setzte einen Schlag aus, als er ihre Stimme hörte. Es war nur eine kurze Zeit gewesen, aber der Klang ließ seinen Magen vor Aufregung einen Salto schlagen.

„Ich möchte dir vertrauen." Sie zögerte. „Ich muss nur wissen, dass ich nicht wieder verarscht werde. Ich halte keinen weiteren Betrüger aus, Will. Ich schaff das nicht. Letztes Mal hat es mir das verdammte Herz in eine Million Stücke gebrochen."

„Ich würde dir das niemals antun, Ava. Du bedeutest mir etwas. Ich möchte mit dir zusammen sein. Aber das

308

bedeutet, dass du mir vertrauen können musst. Sonst wird das nie funktionieren.“

„Ich glaube dir.“ Avas Stimme klang leise und unsicher.

„Wenn du mir nur die Chance gibst, werde ich es dir beweisen. Mit meinen *Taten*.“

Stille.

„Ich habe mich gefragt, ob wir fürs Wochenende zusammen wegfahren könnten.“

Ihm war, als wäre alle Luft aus dem Raum gesaugt worden. „Du weißt, dass ich das nicht kann, Ava. Ich habe ein Kind.“

Die Leitung blieb einen Moment stumm.

„Es tut mir leid. Es war dumm von mir, überhaupt zu fragen.“

Will wollte so sehr Ja sagen. Das Wort brannte auf seiner Zunge, bat darum, ausgesprochen zu werden, aber er hielt es zurück. „Ich habe niemanden, der über Nacht auf sie aufpassen könnte. Ich vertraue der Babysitterin kaum für ein paar Stunden. Sie ist selbst noch fast ein *Kind*.“

„Ich weiß.“

„Ich stehe hier ziemlich allein da.“

„Stimmt. Es tut mir leid“, krächzte Ava und bereute die Frage.

„Wohin wolltest du denn fahren?“

„Ich wollte dich nach Salem mitnehmen.“ Sie korrigierte sich schnell: „Oregon, nicht Massachusetts. Das wäre verrückt.“

„Ja“, kicherte er.

„Die Kirschbäume fangen bald an zu blühen. Dafür gibt es ein ganzes Festival. Ich wollte schon immer mal hin. Vor allem aber war es nur eine Ausrede, um mit dir allein zu sein.“

„Nun, ich weiß, es ist nicht viel, aber meine Babysitterin hat am Samstag frei.“

„Fantastisch. Wie wäre es, wenn wir bei mir zu Abend essen? Gegen sieben? Ich koche dir was in meiner jetzt-sauberen Küche.“ Sie lachte leise.

„Was für ein Genuss. Das würde ich liebend gern.“

„Dann ist es ein Date.“

Will hätte schwören können, ihr Lächeln durchs Telefon zu hören.

30

Will klingelte, und Ava öffnete die Tür. Sein Herz blieb fast stehen, als sie vor ihm stand.

Ava trug ein schmiegsames Kleid. Der rote Stoff betonte ihre Kurven. Ein tiefer Ausschnitt präsentierte ihr Dekolleté. Der seitliche Schlitz zeigte ihre glatten, eingecremten Beine.

„Wow." Mehr fiel Will nicht ein. Unter seiner Jacke trug er ein dunkelblaues Hemd und gebügelte Anzughosen.

Sie winkte ihm verspielt mit einem Finger zu, und er folgte ihr ins Haus. Er sah sich um und hing seinen Mantel an den Haken neben der Tür.

Das Haus war sauber. Keine Kleidung auf den Möbeln, gefegte Böden, staubfreie Oberflächen. Es sah aus wie ein völlig anderes Zuhause.

„Wow, nochmal." Will blickte zu der Stelle an der Wand, wo früher ihr zerrissenes Hochzeitsfoto hing – jetzt ersetzt durch ein geschmackvolles Malen-nach-Zahlen-Bild eines blühenden, rosa Kwanzan-Kirschbaums in einem Rahmen.

„Hast du das gemalt?" Er deutete darauf.

„Hab ich. Ich bin ein regelrechter Picasso."

„Ist das neu?"

„Ja. Ich weiß nicht, ob du das weißt, aber ich habe kürzlich meinen Job verloren und habe in letzter Zeit viel Freizeit."

Er lachte und nickte, während er sich umsah. „Etwas riecht fantastisch."

„Ich mache Ziti. Familienrezept."

Will schnupperte in die Luft und drehte sich zu Ava um. „Nein. Das ist es nicht."

„Nein?", fragte Ava.

Will trat näher, legte seine Arme um ihren unteren Rücken und zog sie an sich. „Nein, es ist..." Er schmiegte sich an ihren Hals und stöhnte ihr ins Ohr. „Du bist es definitiv."

Ava spürte, wie sich warme Blütenblätter in ihrem Bauch entfalteten, als er den roten Träger über ihre Schulter gleiten ließ und ihm mit seinen Lippen folgte. Ava entrang sich ein unwillkürlicher Keuch.

Will legte eine Hand hinter ihr Ohr und zog ihre Lippen zu sich, küsste sie mit sinnlicher Hingabe, während die berauschenden Düfte des Essens die Luft erfüllten.

Will führte Ava rückwärts zum Sofa und legte sie ab, ohne seinen Mund von ihrem zu nehmen. Vorsichtig bettete er sie mit einem Stöhnen gegen das Leder. Er schob ein Bein zwischen ihre Oberschenkel und kniete sich hin, presste seinen Körper über sie. Ihr Gesicht rötete sich, und seine Hand fand zurück zu ihrem Kiefer, neigte ihren Kopf, während seine Lippen zu ihren Brüsten wanderten. Sie schnappte nach Luft wie eine Ertrinkende, als er den Stoff hinunterzog und ihre Brustwarze sanft in seinen gierigen Mund nahm, saugte und die empfindliche Haut umspielte, neckte sie, während sie lauter keuchte. Ihr Körper bäumte sich auf, und er knabberte und saugte, umhüllte ihre perfekten rosa Knospen mit seiner heißen Zunge.

Seine Erektion tobte, wild und zornig wie ein Löwe, der seinen Käfig attackiert, auf der Suche nach Freiheit jenseits der Gitterstäbe.

Mit seiner freien Hand zog er ihren Rock hoch, als sich ihr Rücken unter ihm wölbte, auf jede Berührung reagierend.

„Bitte", flehte sie atemlos, fast lautlos. *„Bitte..."*

Er spürte, wie ihr Bein sich über seine Wade schob, ihn näher zog, sich wie eine Boa constrictor um ihn schlang. Ihre Hände fuhren durch sein Haar, zerzausten und zerrten, zogen sein Gesicht zurück zu ihrer Brust, verlangend nach mehr.

„Bitte was?„ fragte er zwischen trägen, neckenden Leckbewegungen über ihre verhärteten Brustwarzen.

Er drückte sie weiter in die Sofalehne, schob sein anderes Knie unter ihren hochgerafften Rock, spreizte sie weit und presste die Wölbung seines bedeckten Schwanzes gegen ihr knappes Höschen, spürte die Hitze dort.

„Bitte, *was?*", wiederholte er. *„Ich möchte dich das sagen hören."*

„Bitte fick mich", hauchte sie in den Raum. Sie brauchte ihn auf die dringendste – nein, die *beste Weise.*

Zischhhhh.

Aus der Küche kam das Geräusch wie ein sich öffnendes Dampfventil.

„Scheiße", keuchte Ava und richtete sich abrupt auf dem Ledersofa auf. „Die Nudeln kochen über!" Verwirrt schlüpfte Ava unter ihm hervor und verschwand in der Küche.

Kurz darauf steckte sie den Kopf heraus, mit roten Wangen und zerzausten Haaren. Ein Lächeln breitete sich auf ihrem Gesicht aus. „Wie wär's mit einer Pause?"

Will nickte und betete, dass das Blut bald wieder in seinen Kopf zurückfließen würde.

„Ziti zum Abendessen", zwinkerte sie, „und dich zum Dessert."

„Da bin ich dabei.“

***

Als das Abendessen sich dem Ende zuneigte und der Rotwein sie entspannt hatte, schob Ava ihre Schüssel beiseite und lächelte. „Ich habe etwas für dich.“

„Ist es aus Spitze oder durchsichtig?“ Wills Augen hefteten sich wie die eines Raubtiers auf sie, bereit zuzuschlagen.

„Nein.“ Sie lachte. Sie stand auf und holte eine dicke orangefarbene Mappe aus dem Schrank hinter ihm. Sie legte sie neben die Karaffe und setzte sich ihm gegenüber wieder hin. „Es ist ein Geschenk. Ich hoffe, es gefällt dir. Ich habe wirklich hart daran gearbeitet – für dich.“

Er hob es hoch und lächelte. „Ist es ein Malen-nach-Zahlen?“

„Nein, es ist viel cooler als das.“

Will zog einen gebundenen Papierstapel heraus und las den Titel:

Der Man-Maid-Businessplan.

Er lachte, während er durch den dicken Stapel getippter Seiten blätterte. „Was... ist das?“

„Ein Geschäftsplan. Ich arbeite schon eine Weile daran.“

Will blätterte zu einer anderen Seite und nickte, bei weitem nicht so begeistert wie sie. „Ähm... ja."

Ava beugte sich über den Tisch und schlug den Prognoseteil auf, der voller farbiger Diagramme und Grafiken war. „Schau, das ist ein vollständig ausgearbeiteter Businessplan, der Kunden mit hohem verfügbarem Einkommen in der Jackson-Hole-Region anspricht – sogar potenzielle Investoren. Aber das Beste: Wenn du nach hinten blätterst, siehst du, wie einfach es wäre, später zu expandieren und eine nationale oder weltweite Kette aufzubauen, ähnlich wie *Chippendales*. Tatsächlich habe ich mich teilweise an ihnen orientiert."

„Wir?", wiederholte Will, sein Gesicht plötzlich blass.

„Wir. Du." Sie runzelte die Stirn, verärgert über seine mangelnde Begeisterung. „Hör zu. Ich bin die Finanzexpertin. Geschäftlich denkend. Du brauchst jemanden, der deine Steuerunterlagen ordnet und Ausgaben sowie Gewinne im Blick behält. Da komme ich ins Spiel. So kannst du dich aufs Putzen konzentrieren und eine potenzielle Flotte aufzubauen. Dann kannst du Reinigungskräfte managen, um dein Geld zu verdienen, anstatt selbst zu putzen."

Stille.

Sie fuhr fort und versuchte, ihn von der Idee zu überzeugen. „Laut Recherchen zu ähnlichen Unternehmen in vergleichbaren Einkommensregionen ist deine Rentabilität, nicht nur beim *Brutto*gewinn, sondern beim *Netto*gewinn, sehr hoch. Ohne Fixkosten könnte das letztendlich eine Goldgrube werden, Will. Du könntest so viel mehr verdienen. Wir könnten neue Talente einstellen, um den Kunden mehr Abwechslung zu bieten und dich nicht so zu verschleißen."

„Geht es hier um Lena Putnam?"

„Was?" Sie war entsetzt über die Unterstellung.

„Ist das, weil du nicht willst, dass ich in der Nähe von Kundinnen bin, weil du mir nicht vertraust?"

„Was? Nein! Es geht darum, das volle Potenzial deines Geschäfts zu erkennen." Sie presste die Hände auf den Tisch und versuchte zu lächeln, um die Situation zu entschärfen. „Ich habe mir bereits die Freiheit genommen, eine Website für dich einzurichten, eine Domain zu besorgen, dein SEO zu optimieren und deine Präsenz im Netz aufzubauen." Sie lächelte verzweifelt. „Ich habe schon einen Teil der schweren Arbeit dafür erledigt. Das ist mein Geschenk an dich."

„Aber ich habe nicht nach diesem Geschenk gefragt. Ich wollte dieses Geschenk nicht. Ava, das ist... das ist ein bisschen übergriffig."

„Übergriffig?" Ihre Gefühle waren wirklich verletzt. „Will, alles, was du tun musst, ist die Gründungsunterlagen zu unterschreiben und einzureichen, und schon bist du buchstäblich im Geschäft. Offiziell. Legal. Mit der Möglichkeit zu expandieren. Du kannst anfangen, mehr Reinigungskräfte einzustellen, mehr Kostüme zu besorgen und eigene Reinigungsmittel anzubieten. Ich kann Kunden für dich terminieren. Irgendwann könnten wir uns auf andere wohlhabende Gegenden und Großstädte ausweiten. Der Himmel ist wirklich die Grenze, Will."

„Das... das ist zu viel." Will lehnte sich auf seinem Stuhl zurück und schob das Paket zu ihr, als würde sein Körper es ablehnen.

Avas Herz sank. Die ganze Arbeit und Zeit, die sie hineingesteckt hatte...

Sie hatte gedacht, er würde *begeistert* sein.

Stattdessen wirkte er echt sauer.

„Was genau ist denn zu viel?"

„*Alles*", murmelte Will.

„Ich habe mich wirklich angestrengt dafür."

„Tut mir leid, Ava. Aber niemand hat dich gebeten, das zu tun. Wir haben gerade erst angefangen, uns zu daten. Wir hatten noch nicht einmal Sex. Und jetzt willst du mein Geschäft managen? Das ist meine Existenz."

318

Ava runzelte die Stirn. „Ja! Genau darum geht es. Es ist deine Existenz. Nächstes Jahr um diese Zeit könntest du das Zehnfache verdienen."

„Im Leben geht es nicht nur um Geld."

Ava zuckte zurück, als würde eine Schlange zum Angriff ansetzen. „Das *weiß* ich."

„Ich schätze es, aber... ich war nicht darauf vorbereitet. Ich dachte, der Abend würde anders verlaufen."

„Das bin ich, Will. Ich bin *zielstrebig*. Ich bin eine *Macherin*. Ich sitze nicht einfach herum und lasse Chancen verstreichen. Wenn ich eine solide Investition sehe, tue ich alles, um sie erfolgreich zu machen."

„Das *sehe* ich."

Ava fühlte sich besiegt.

Die ganze Zeit. Die ganze Recherche. Der ganze Aufwand.

Vergeblich.

Nach einem langen Schweigen fand Ava schließlich die Stimme zu sagen: „Ich glaube, es ist Zeit, dass du gehst."

„Okay." Will stand langsam auf, griff nach dem Paket und ging zu seinem Mantel. Während er ihn anzog, sprach er weiter, ohne sie anzusehen. „Danke für das Abendessen. Es war köstlich."

Ava sagte kein Wort. Sie saß fassungslos am Tisch, als die Tür leise auf- und zuging.

31

Will blätterte im Bett durch das Paket, überflog die Finanzprognosen und die vorgeschlagenen Meilensteine. Das Geschenk, wenn auch übergriffig, *war* eine wirklich durchdachte Geste. Jede Seite verriet, wie viel Mühe Ava sich gegeben hatte – sie glaubte an ihn und wollte, dass er Erfolg hatte. Da lag Leidenschaft drin, Vertrauen in ihn, in das, was er mit seinem Leben anstellte.

Aber wollte er das wirklich: Jahrzehnte in Polizeiuniformen putzen wie ein Stripper mit Schwamm?

Der Papierstapel zwang ihn, sich Fragen zu stellen, denen er ausgewichen war.

Wollte er das sein?

Würde es Starla irgendwann peinlich sein?

Sein Aussehen würde mit der Zeit verblassen – *obwohl viele Frauen heutzutage anscheinend Silberfüchse mochten.* Ihm war bewusst, dass die tickende Uhr seine Zukunft im halbnackten Putzen begrenzte.

Ava hatte recht.

Es war eine profitable Idee, eine Flotte aufzubauen.

Etwas anderes, das ihn beschäftigte, war, dass er nicht sicher war, ob Ava ihm völlig vertraute. Die Art, wie sie davon sprach, sein Leben zu organisieren, es im Grunde *für* ihn zu führen, ließ ihn sich wieder wie ein Kind fühlen, mit einer dominanten, herrischen Elterngestalt.

Trotzdem... wenn er an den verletzten Ausdruck in ihrem Gesicht dachte, konnte er das Gefühl nicht abschütteln, dass er vielleicht unrecht hatte und dass es einfach eine aufrichtige, gut gemeinte Geste war, um seine Karriere zu fördern.

Er *knallte* den Kopf gegen das Kopfteil.

Du hast eine Frau, die dir etwas bedeutet, weggestoßen – wofür? Stolz? Ego?

Angst?

Der letzte Gedanke blieb wie ein unauslöschlicher Fleck in seinem Gehirn haften.

Er warf einen Blick auf sein Handy. Sein Herz machte einen Sprung, als eine Textbenachrichtigung auf dem Bildschirm auftauchte.

Und es blieb stehen, als er erkannte, dass sie von seinem besten Freund Barrett kam.

BARRETT: Wie läuft's? Hast du deiner Kleinen schon die gute alte Fleischinjektion verpasst?

Will sank in seinem Bett in sich zusammen und zog die Decke über den Kopf, während er den Drang zu stöhnen unterdrückte.

32

„Raus damit. Ich will jedes Detail. Aber beeil dich, meine Pause ist nur fünfzehn Minuten. Manche von uns müssen arbeiten, weißt du", neckte Madison und brüllte dann jemanden am anderen Ende der Leitung an.

„Danke dafür", sagte Ava sarkastisch und schüttelte den Kopf, während sie über ihr Ledersofa drapiert lag. Ihr Handy lag auf der Armlehne, und als Ava es ansah, versetzte sie sich zurück in den Moment, als Will sie dort festhielt, sein Schwanz zwischen ihren Schenkeln rieb, ihre Brust in seinem Mund...

„Wie war's?"

Ava ballte eine Faust und schlug sie sich gegen die Stirn. „Wir sind nicht so weit gekommen."

„Was?! Ich dachte, du hast gestern noch eine Bikini-Waxing gemacht und alles? Du warst *bereit*! Was ist passiert?"

„Ich habe alles vermasselt."

Madison schwieg für einige Sekunden. „Oh Gott. Du hast es nicht getan."

„Doch, Madison."

„Mädchen, sag mir, dass du ihm nicht diesen Businessplan gegeben hast."

Stille.

„Ava!", knurrte Madison. „Nein! Waaaarum? Ich habe dir gesagt, das ist eine bescheuerte Idee."

„Ja, nun..." Ava wollte sagen, dass Madisons Intuition nicht vertrauenswürdig sei, dass sie eine Idiotin sei. Aber das wäre der Topf, der den Kessel schwarz nennt.

„Bitte sag mir, dass du nicht dieses ganze Ordnerding mit Zeitplänen und einem verdammten *Projektor* gemacht hast."

„Nein", sagte Ava bestimmt. „Kein Ordner. Kein Projektor. Ich wusste, das wäre zu viel."

„Harla, hör mir zu, Schätzchen. Ich meine das auf die netteste Art, aber du hast verkackt. Du hast das Leben dieses Typen geplant, bevor er dich überhaupt richtig flachgelegt hat. Das ist Level-fünf-Klammeraffen-Verhalten, Baby. Ich weiß, du bist eingerostet, was das Dating angeht, aber heutzutage nennen sich Leute nicht mal mehr Freund und Freundin, bevor sie monatelang zusammen sind, geschweige denn planen sie ihre ganze *Zukunft* mit Diagrammen."

„Du hast recht.“

„Deine einzige Aufgabe gestern Abend war es, deine Muschel rammen zu lassen.“

„Oh, um Himmels willen...“

„Also, was *genau* hat er gesagt?“

„Er sagte, es fühle sich an, als wolle ich ihn kontrollieren, dass ich ihm nicht vertraue und dass ich übergriffig war.“

„Haken, Haken und Haken, Mädel.“

Es fühlte sich an wie ein Schlag in die Magengrube. „Ich bin *nicht* kontrollierend!“

„Ach, *bitte*.“

„Wenn er dich darum gebeten oder auch nur *angedeutet* hätte, würde ich sagen, er liegt falsch. Aber du kannst einem Typen nicht einfach sein restliches Leben und einen Finanzplan präsentieren, ohne ihm den letzten Dreck aus dem Leib zu erschrecken.“

Ava stöhnte und drückte die Nasenwurzel zusammen, um die Tränen zurückzuhalten. „Wie kann ich das wieder gutmachen, Maddy? Ist das wieder gutzumachen?“

Madison schnalzte mit der Zunge. „Harla, du kannst es immer versuchen. Es schadet nicht, zu ihm zu gehen und zu sagen: ‚Schau, ich habe Mist gebaut. Ich war mit Anlauf ins Fettnäpfchen getreten, und es tut mir leid.‘ Aber vergiss nicht, es gibt noch viele andere Schwänze im Meer, okay?“

„Warum musstest du das mit den großen Füßen einbringen? Das ist einfach unnötig verletzend.“

„Reiß dich zusammen, Schneeflocke. Du und deine großen Füße müssen in die Gänge kommen. Kontaktiere ihn. Schreib ihm. Ruf ihn an. Aber... sei nicht so ein Creep und tauch einfach bei ihm zu Hause auf. Wenn du ihn das nächste Mal siehst, trag einen Push-up-BH. Seit du das Post-Scheidungs-Gewicht verloren hast, sehen deine Brüste traurig aus in diesen Oma-BHs.“

„Wow. „Danke, Madison.“

„Vergiss nicht... Bügel und Polster sind deine Freunde. Muss los, Bitch. Ich liebe dich.“

„Ich liebe dich auch.“ Ava beendete das Gespräch und starrte einen Moment auf das Kirschblüten-Hintergrundbild ihres Handys, während sie sich weit weg träumte, an einen Ort ohne Businesspläne oder gepolsterte BHs, wo die Blüten langsam in einem sanften Regen aus rosafarbenen Blättern auf sie herabrieselten.

33

„Was denkst du?" Will saß an der Küchentheke. Der harte Holzstuhl drückte sich in seine Hüften, während er den letzten Schluck seines Cappuccinos trank.

„Ich denke..." Barrett kratzte sich an seinem dichten schwarzen Haar und verzog das Gesicht, „ich denke, das sieht verdammt *seriös* aus." Er rutschte auf dem Hocker zurecht und knallte den Papierstapel auf die Granitplatte. „Das Mädel hat Ahnung."

„Scheiße." Will schüttelte frustriert den Kopf.

„Sie hat einfach... *das* für dich gemacht? Du hast sie nicht mal gefragt oder so?"

Will schüttelte den Kopf.

Barrett zupfte an seinem engen T-Shirt und verschränkte seine gebräunten, muskulösen Arme, die er sich seit seiner Scheidung vor zwei Jahren praktisch *im Fitnessstudio* antrainiert hatte. „Komisch."

„Oder?"

Barrett öffnete es wieder und blätterte durch Liniendiagramme und Kuchendiagramme. Er rieb sich sein markantes Kinn. „Damit könntest du zur Bank gehen und einen Kredit kriegen. Sie hat an alles gedacht, Alter. Bis hin zu den Lagerkosten für Putzmittel und Windex in Gallonen. Sie hat viel Zeit da reingesteckt. Die meisten würden dafür—"

„Ich *weiß*." Will klopfte leise mit der Faust auf die Theke. „Ich hab das Ding in der letzten Woche bestimmt tausendmal gelesen."

Barrett kicherte. „Du hast verkackt."

„Was?"

„Ich sagte, du hast verkackt. Ich würde es lieben, wenn eine Alte mein Leben mal ordnen würde. Ich bin wie ein streunender Hund. Wie diese Hunde, die in Mexiko einfach so auf der Straße rumlaufen. Scheiße... jetzt, wo du es *vermasselt* hast, stört es dich, wenn ich es bei ihr mal versuche?"

„Verdammt *ja,* das *stört mich*", fauchte Will. „Was zum Teufel ist *falsch* mit dir?"

Barrett kicherte. „Alter, du hast *Gefühle* für sie. So würdest du mir nie wegen einer der *anderen* Frauen anfahren. Du nutzt das, um Distanz zu schaffen, weil du Angst hast."

Will ließ sich auf der Theke zusammensacken und legte die Stirn auf die Granitplatte. Er stöhnte.

„Sie ist nicht Sarah, Mann. Sie ist quasi das Gegenteil von Sarah, scheint mir. Weißt du, nicht jede Frau wird abhauen und dich mit einem Kind sitzen lassen. Diese Alte hat Zeit und Mühe in dich investiert, Will. Und ich glaube, *das* macht dir Angst.“

„Nun, jetzt ist es zu spät.“

„Nein, ist es *nicht*.“ Barrett zeigte seine geraden, weißen Zähne in einem breiten Grinsen. „Du tust so, als wäre es schlimmer als es ist. Sprich *einfach mit ihr*. Sag ihr, du bist ein Idiot. Lass sie wissen, dass das ein bisschen viel war, aber dass du zu schätzen weißt, was sie tun wollte. Hör auf mit diesem blöden Spiel.“

„Was für ein *Spiel*?“

„Das, wo du sofort abhaust, sobald ein Mädchen echtes Interesse zeigt.“

Will spülte seine Tasse und stellte sie ins Abtropfgestell. Er schwieg, unsicher, wie er reagieren sollte.

Barrett hatte recht, aber er wollte es nicht zugeben. Der Kopf seines Freundes passte so schon kaum durch den Türrahmen.

Barrett trank den Rest seines Kaffees in einem Zug, schmatzte und stand vom Hocker auf. „Ich mach mich auf den Weg."

„Was hast du heute vor? Lust, rüberzukommen? Brettspielabend?"

„Geht nicht, *mi amigo*. Hab ein Date mit einer wahnsinnig heißen Stewardess. Wenigstens einer von uns weiß noch, wie man heutzutage Sex kriegt."

„Halt die Klappe." Will lachte.

„Maaaaaan, das wird ein guter Abend."

Wills Handy vibrierte über die Theke. Beide Männer starrten es einen Moment an und blickten sich dann an.

Barrett sah auf den Bildschirm. „Wer ist Carla O'Neil?"

„Klientin." Will wirkte besorgt, seine Augen weit aufgerissen. Er drückte die Freisprechtaste. „Mrs. O'Neil?"

„Will?" Sie weinte heftig, ihre Schluchzer von den Händen gedämpft. „Es ist... schlimmer geworden. Er... ist gegenüber meinen Kindern handgreiflich geworden. Wir... wir sind gerade im Badezimmer eingeschlossen."

Will blickte zu Barrett auf, den Kiefer fest zusammengepresst.

„E-erinnern Sie sich, als du s-sagtest, ich könnte dich anrufen, wenn ich bereit wäre zu gehen?"

„Ja."

„Nun“, schluchzte sie, „w-wie schnell kannst du hier sein?“

34

Siebzehn Minuten nach dem Anruf riss Will seinen Truck vor Carlas Haus zum Stehen. Barrett folgte dicht hinter ihm in seinem pechschwarzen Jeep und kam mit einem Knirschen in einer Schneewehe zum Halten. Beide Männer sprangen aus ihren Fahrzeugen, Will mit ernster Miene, Barrett mit der ausgelassenen Bosheit eines Schlägers, der gleich einen Schwächling verprügelt.

Barrett hüpfte leicht auf und ab, seine Tennisschuhe verdichteten dabei den Schnee auf dem Gehweg. Will ging langsam, die Fäuste an den Seiten geballt.

„Keine Prügelei", warnte Will. „Ich bringe Starla nicht ins verdammte System, weil ich wegen diesem Typen im *Knast* lande."

„Sprich für dich selbst. Ich habe keine Verpflichtungen. Ein paar Ohrfeigen könnten angebracht sein."

„Das ist trotzdem Körperverletzung."

„Nicht, wenn ich ihn dazu bringe, *zuerst* zuzuschlagen.“

„Was, wenn er eine Waffe hat?“

„Das ist *Wyoming*.“ Barrett lachte. „Natürlich *hat* er eine Waffe. Wahrscheinlich ein ganzes Arsenal. Das heißt nicht, dass er *sie benutzen* wird. Außerdem habe ich meine eigene dabei.“ Er griff sich nacheinander seine beiden mantelbedeckten Oberarme. „Und *diese Waffen* sind ‚E für jeden‘ freigegeben. Mr. O’Neil, treffen Sie Smith... und Wesson.“

„Hier behalten wir einen kühlen Kopf.“ Will betrachtete die hölzerne Haustür mit dem bunten Glasfenster, durch die er schon über zwanzig Mal gegangen war. Drinnen bewegten sich Schatten, huschten hin und her.

Er wandte sich wieder Barrett zu: „Erinnerst du dich, wie wir dich damals in Masons Party reingeschmuggelt haben?“

Ein Grinsen breitete sich auf Barretts Gesicht aus. „Die gute alte E. W.?“

Will nickte.

KRACH!

Ihre Blicke wurden schlagartig von der Tür angezogen, als das Mosaikglas in einem Regen bunter Scherben nach außen explodierte. Ein Gegenstand sauste knapp an ihren

Gesichtern vorbei in die kalte Luft. Will und Barrett sahen zu, wie das volle Gurkenglas wie ein grünes Feuerwerk auf dem schneebedeckten Weg hinter ihnen zerschellte. Die Männer duckten sich, um weiteren geworfenen Geschossen auszuweichen.

Barrett kauerte sich unter dem Loch in der Tür. „Sir? Mr. O'Neil? Jemand bricht in Ihr Auto ein!" Seine kräftige Stimme hallte durch die Nachbarschaft.

„Was?!" Eine Männerstimme brüllte von drinnen, lauter als Carlas gedämpftes Schreien. „Gottverdammt—"

Als der Mann näher kam, riss Will am Türknauf. Er und Barrett stemmten sich gleichzeitig mit ihrem ganzen Gewicht dagegen, wie Rammböcke. Die kombinierte Wucht schleuderte den prügelnden Wichser im Inneren auf den Fliesenboden.

Will und Barrett stürmten hinein. Carla schrie, ihre Kinder kauerten sich ängstlich hinter ihr im Flur, zerbrochenes Glas zu ihren Füßen. Carlas Gesicht war gequetscht und von Tränen überströmt, die Lippe aufgeschlagen. Ein Auge begann bereits zuzuschwellen, und ein roter Handabdruck zierte ihren Hals. Ihr linker Arm hing in einem seltsamen Winkel an ihrer Seite. Will hatte keine Zweifel, dass der Mann sie sonst getötet hätte.

Carlas erleichtertes Schluchzen war herzzerreißend, als sie die Männer sah.

Will erkannte das Gesicht des Mannes von den Fotos, die er im Haus abgestaubt hatte.

Frank O'Neil.

Was für ein Stück Scheiße.

Frank stöhnte auf dem Boden und versuchte verzweifelt aufzustehen. Will stürzte sich darauf, packte Franks Beine und klammerte sie mit seinen Armen zusammen.

„Nimm den Oberkörper!", rief Will.

Barrett war nur allzu bereit, Franks Arme mit seinen Knien auf dem Boden zu fixieren und sein ganzes Gewicht darauf zu verlagern.

Frank schrie.

Will blickte zurück. „Carla, ihr steigt in eines der Fahrzeuge draußen ein. Beeilt euch!"

„Du gehst verdammt noch mal *nirgendwohin*", heulte Frank und versuchte, sich aus dem Griff der Männer zu winden. „Dein fettes Arschloch ist *wertlos* ohne mich, und das weißt du! Du kannst nirgendwo hin! Du bist ein verdammtes *Nichts*!"

„Halt die Klappe!" Barrett schlug dem Mann so heftig auf den Hinterkopf, dass sein Gesicht auf den Fliesen aufschlug.

Carlas geschundenes Gesicht lief rot an vor Wut. „Du... wirst uns... nie wieder...wiedersehen," knurrte sie.

Barrett grinste Carla verschmitzt an: „Willst du einen freien Schlag? Ich halte ihn für dich fest."

Sie schüttelte den Kopf. „Nein." Carla spuckte Frank auf den Hinterkopf, woraufhin er wütend zappelte.

Carla und die Kinder bahnten sich ihren Weg durch die zerstörte Haustür. Sie hasteten durch den Schnee und zwängten sich in Wills Truck.

Frank riss seinen Arm los und holte wild aus, traf Barrett genau am Kiefer. Barrett taumelte zurück, das Gesicht vor Schmerz verzerrt, die Ohren dröhnten.

„Barrett, alles okay?", fragte Will und verdrehte Franks Arm in einem unnatürlichen Winkel, bis der Mann aufschrie.

„Du hast echt verkackt, den ersten Schlag zu landen." Barrett lachte. „Jetzt bin*ich*dran." Er sah Will an. „Lass ihn los. Geh zum Truck. Bring die Frau und die Kinder hier weg. Ich kümmere mich um*ihn*."

„Ich werde dich nicht einfach*zurücklassen*."

Barrett lachte lässig, als stünden sie nicht mitten in einem Scheißsturm. „Geh schon. Ich hab das den ganzen Tag im Griff."

Will überlegte einen Moment, wog seine Optionen ab, dann rannte er schnell zurück zum Truck. Barrett ließ Franks Hände los, und sobald der Misshandler aufstand, rammte Barrett seine Faust mit einem befriedigenden Knirschen in dessen Nase. Frank heulte blutüberströmt und hielt sich das Gesicht.

„Ja, da hast du vielleicht recht. Es macht *wirklich* Spaß, kleine *Wichser*, Frankie!"

Barrett hob seinen Stiefel und prügelte Frank die Seele aus dem Leib. Der ältere Mann taumelte zurück, rutschte über die Glasscherben auf dem Boden in Richtung Küche.

Barrett stapfte zu Frank, als dieser sich blutverschmiert aus den Trümmern hochdrücken wollte. Barrett rammte ihm einen Stiefel in den Rücken, presste Franks Brustkorb auf den Boden und fischte dessen Brieftasche aus der Hose. Er knallte sie Frank auf den licht werdenden Hinterkopf.

„Arschloch-Steuer."

Ohne Zeit zu verschwenden, winkte Barrett, und Will hielt den Truck mitten auf der Straße an. Barrett stapfte hinüber. Carla ließ das Fenster herunter.

„Hier. Ihr seid verheiratet, oder?"

Carla nickte ernst, Tränen strömten.

„Gut. *Gemeinschaftseigentum.*“ Barrett winkte fröhlich und ging zurück zu seinem Jeep.

Will raste davon und hielt erst an, als Carla und die Kinder in Sicherheit waren.

35

Ava starrte lange auf die cremige Malfarbe in dem kleinen becherförmigen Behälter – das gleiche Kobaltblau wie Will Jessups Augen. Sie tauchte den Pinsel ein und wirbelte ihn herum, um den unerwünschten Bann zu brechen, den die Farbe über sie hatte. Der Fernseher zeigte leise Überwachungsbilder des letzten Lebenszeichens eines Opfers vor dessen brutalem Mord 2006. Der Hauptkommissar sprach in einem aktuellen Interview, seine Stimme zog ihre Aufmerksamkeit wie ein Schraubstock an. Sie klang genau wie Will. Sie blickte auf, doch das Gesicht des Mannes war wettergegerbt und mit Schnurrbart. Avas Pinsel zögerte über der nummerierten Fläche auf ihrer Leinwand.

Wie kann jemand aus deinem Leben verschwinden und trotzdem überall zu sein scheinen?

Sie konzentrierte sich wieder auf das Malen-nach-Zahlen-Bild einer gischtenden Meereswoge und seufzte laut. Kuda hob den Kopf von seinem Hundebett und sah sie an.

„Ugh. Ich bin zu abgelenkt zum Malen, Kuda."

Sie schnappte den Farbbecher zu, um die Luft auszusperren, und trug die Spülbecher mit mochafarbenem Wasser in die Küche. Kuda trottete dicht hinterher. Sie stellte die Schüssel ins Spülbecken und musterte den Raum nach einer lohnenden Beschäftigung.

Tage waren vergangen ohne ein Wort von Will. Keine *Nachricht*. Kein *Anruf*. Kein *Klopfen an der Tür*.

Nur dieses nervtötende Schweigen.

Plötzlich piepte der Trockner.

Gott sei Dank. Etwas zu tun.

Zu stur, einen Wäschekorb zu holen, trug sie die Wäsche bündelweise ins Schlafzimmer und verlor dabei einzelne Teile wie Brotkrumen aus dem massiven Berg. Kuda schnappte sich einen roten Spitzen-BH mit Push-up-Effekt und folgte ihr, stets hilfsbereit.

Sie plumpste die Wäsche auf das halbherzig gemachte Bett. Gedanken an Will quollen aus den Tiefen ihres Gehirns wie Wasser aus einem drohend brechenden Damm. Seine warme Stimme, das Gefühl seiner Finger zwischen ihren Beinen, diese *verdammten* blauen Augen... sie bekam ihn einfach nicht aus dem Kopf.

Wütend stapfte sie zum Kleiderschrank, riss die Tür auf und knipste das Licht an. Sie griff nach leeren

Kleiderbügeln von der Stange, Tränen stachen in ihren Augen.

Verdammt... sie hatte versucht, ihm zu *helfen*, nicht ihn zu *kontrollieren*.

Oder... etwa doch?

Hatte ein Teil von ihr die Dinge vorteilhaft arrangieren wollen, um ihr Herz besser zu schützen?

Sicher, sie hatte Vertrauensprobleme, aber wie konnte der Versuch, ihm zu *helfen*, so völlig falsch verstanden werden? In den letzten Wochen hatte sie alles, was sie sich je gewünscht hatte, in greifbarer Nähe gefühlt. Eine Familie. Liebe. Aufregung. Und doch hatte sie es irgendwie geschafft, am Ende mit nichts davon dazustehen.

Sie ging zum leeren Bett und erinnerte sich schmerzlich an die Nacht, als er neben ihr gelegen hatte. Zögernd griff sie nach dem Kissen, das er damals benutzt hatte, und atmete jeden noch darin gefangenen Duft ein, während ihre Tränen fielen. Der Bezug war inzwischen gewaschen worden, aber sie hätte *schwören* können, seinen Geruch noch leicht zu erkennen.

Kuda sprang aufs Bett und beobachtete mit zusammengekniffenen Augen, wie seine Besitzerin weinte. Vorsichtig näherte er sich ihr und leckte ihr die Tränen von den Wangen. Seine sanften Küsse entlockten Ava ein kurzes

Lachen. Sie kraulte ihn hinter den Ohren und lächelte gequält. „Danke, Kuda. Mir geht's bald wieder gut.“

Der Hund drehte sich weg, scharrte und wühlte in dem Kleiderhaufen und rollte sich schließlich wie ein Vogel in einem Stoffnest an ihren Rücken. So schliefen sie den Rest des Nachmittags weg.

36

Ava betrat das dreistöckige, vom Wetter gezeichnete Gebäude. Heute war der Tag, an dem sich alles zum Guten wenden würde.

Sie konnte *es* spüren.

Sie würde das Leben bei den Eiern packen und so lange drücken, bis es aufgab. Ihre Absätze hallten durch die Lobby. Der Boden war mit blumigen Fliesenmustern bedeckt. Der Empfangstisch war hinterleuchtet, wodurch die Assistentin wie ein Engel erschien.

Ihr freundliches Gesicht wurde von schulterlangen blonden Haaren gerahmt, die an den Schläfen zurückgesteckt waren. „Kann ich Ihnen helfen?"

„Ja, ich habe ein Vorstellungsgespräch mit Mr. Carlin."

„Oh!" Die Frau hüpfte auf und tippte auf ihrer unter der Theke platzierten Tastatur. „Alles klar. Er weiß, dass Sie da sind. Sie können dort drüben Platz nehmen." Sie deutete auf eine Ecke mit schwarzen Stühlen, die von zwei hochgewachsenen Strelitzien flankiert wurden.

Hinter den Bänken, in einem Büro mit gläsernen Wänden, saß ein Mann mittleren Alters hinter einem Metallschreibtisch. Sein kantiger Kinnbart wurde von seinem rechteckigen Brillengestell betont. Bevor sie sich setzen konnte, winkte er Ava mit einem Finger zu. Sie nickte und trat ein, nahm auf dem freien Stuhl Platz.

Ava glättete die Falten in ihrer Hose und richtete ihr passendes Jackett zurecht.

„Ich bin Greg Carlin. Sie sind Ava, richtig?"

Sie nickte. „Ja, Sir. Ava Quinn."

Er holte ihren Lebenslauf auf dem Monitor hervor und überflog ihn. „Burton Laboratories... Chief Revenue Officer... wow, über neun Jahre."

Ava zwang sich zu einem Lächeln und nickte. „Ja, Sir. Ich habe mich hochgearbeitet. Vor etwa drei Jahren wurde ich befördert."

„Was genau umfasst so eine Position?" Er verschränkte die Finger auf dem Schoß und lehnte sich im Stuhl zurück.

„Im Laufe der Jahre habe ich im Finanzbereich ein bisschen von allem gemacht. Die Abteilung schrumpfte, dann wuchs sie so schnell, dass ich Aufgaben von mindestens drei verschiedenen Positionen übernahm. In den letzten zehn

Jahren ist das Unternehmen von mittelgroß zu einem größeren Unternehmen gewachsen, mit einem Jahresumsatz von rund sieben Milliarden. Also habe ich Finanzinformationen für kleinere Projekte erstellt, Prognosen erarbeitet und Kostenanalysen durchgeführt. Ich habe Firmenübernahmen betreut. Und schließlich habe ich mich bei Akquisitionen wirklich bewährt."

„Verstehe." Sein Stuhl ächzte, als er sich nach vorne beugte. „Diese Stelle ist für unseren Finance Director. Wir suchen jemanden, der uns bei der Strategieentwicklung unterstützt, die Budgetplanung überwacht und die Compliance beaufsichtigt. Klingt das nach etwas, das Sie tun könnten?"

„Ja, Sir, absolut."

„Sie wirken da ziemlich selbstsicher." Er lächelte.

„Finanzen sind das Lebenselixier jedes großen Unternehmens. Wenn man kein Vertrauen in die Beteiligten hat, dann haben sie dort nichts zu suchen."

„Da stimme ich voll zu. Nach all dieser *Erfahrung* wundert es mich, dass Sie an einer Position in einem kleineren Unternehmen wie *Halafin*interessiert sind."

Oh Gott, bitte sag nicht...

„Ehrlich gesagt, Sie wirken... überqualifiziert."

Verdammte Sch...—

Ava richtete sich auf. „Ich habe in letzter Zeit viel darüber nachgedacht. Aus Ihrer Perspektive verstehe ich, warum ich wie ein Fluchtrisiko wirken könnte, sozusagen. Mit meinem Abschluss und der Erfahrung in so einem großen Unternehmen ist das nachvollziehbar. Aber... ich möchte, dass Sie es aus *meiner* Perspektive betrachten, Sir. Ich möchte eine *Veränderung*. Ich habe geliebt, was ich tat, aber ich hasste es, die Menschen um mich herum nie zu kennen. Im Rückblick schien mein letzter Job wie ein endloses Meer von Gesichtern. Ich möchte die Kollegen kennen, mit denen ich arbeite. Ich möchte Geburtstage im Büro feiern oder jemanden trösten, der im Pausenraum in Tränen ausbricht. Ich möchte den Namen Ihres *Kindes* kennen." Sie deutete auf den umgedrehten Bilderrahmen hinter ihm.

„Tatsächlich habe ich zwei." Er drehte es auf dem Schreibtisch herum. Eine lächelnde Familie blickte zurück, und Ava spürte einen Stich von Traurigkeit in ihrem Herzen.

Das würde sie nie haben. Nicht einmal das *nächstbeste*: ein Bild von ihr, Starla und Will, die gemeinsam auf einem Ausflug lächelten. Als *Familie*.

„... Ich möchte Teil von etwas sein, das mich braucht. Ich will nicht ein Gesicht unter Millionen sein. Ich möchte eins unter fünfundzwanzig sein."

Mr. Carlin lehnte sich wieder zurück. „Sie wirken sehr leidenschaftlich."

„Das bin ich, Sir. Sehr leidenschaftlich." *Manchmal zu leidenschaftlich,* dachte sie und erinnerte sich an den entsetzten Ausdruck auf Wills Gesicht, als er ihren Businessplan durchging.

Wenn sie ehrlich war, wollte sie diese Position nicht einmal wirklich.

Sie wollte mit Will arbeiten.

Sie wollte Teil von etwas sein, das man von Grund auf aufbaute, etwas, das sie wie ein Kind durch seine ersten Schritte begleiten konnte, bis es auf eigenen Beinen stehen würde.

Selbst wenn Will seine Meinung änderte, wusste Ava, dass ein Körnchen Wahrheit in seinen Worten steckte.

Die Eifersucht erschütterte sie. Es lag eine Verletzlichkeit darin, jemandem zu vertrauen, der die Macht hatte, sie zu zermalmen. Sie war bereits zerbrochen und hatte sich mühsam wieder zusammengefügt. Sie glaubte nicht, die Kraft zu haben, noch einmal so zerschmettert zu werden.

Es war Zeit, die törichten Gedanken an Will und *Man Maid* beiseitezuschieben.

Es war Zeit für Ava, sich in die Zukunft zu schleppen, selbst wenn es ihr das Herz brach.

„Ich glaube, ich habe nur noch eine letzte Frage an Sie, Ava." Mr. Carlin lächelte und verschränkte die Hände hinter dem Kopf. „Wann können Sie anfangen?"

37

Das Wartezimmer von Dr. Harkens Praxis war mit frischer Farbe und neuen Möbeln modernisiert worden, doch es war *immer* noch so fade wie ein salzloser Cracker. Der Empfangstisch neben ihnen war frei von jeglichem charmanten Dekor, nicht einmal ein Namensschild war zu sehen. Die Assistentin war kurz weggegangen, um etwas abzulegen, und warnochnichtzurückgekehrt. Es lagen keine Zeitschriften auf dem glänzend neuenTisch im Wartebereich. Alles war still. Das einzige Geräusch war das Rascheln von Starlas Schneehose, als sie mit den Beinenauf dem Stuhl neben ihm schaukelte.

In der ohrenbetäubenden Stille drehte sich Will der Kopf. Er wünschte, es gäbe etwas – *irgendetwas* –, das ihn von Ava ablenken könnte. Die schmucklose beigeWandvor ihm anzustarren, war, als blicke er auf ein wahnsinnig machendes Bild seiner Zukunft.

Leer.

Fad.

Sein Herz schmerzte. Der Kloß in seiner Kehle fühlte sich an, als würde ereinen Felsbrockenverschlucken.

„Papa, was ist los?", fragte Starla süß, während ihre Schneestiefel über den Boden schabten.

Er war dankbar für die Unterbrechung seiner wirbelnden Gedanken. „Nichts, Schatz." Er zwang sich zu einem aufgesetzten Grinsen und legte den Arm um sie. „Ich bin immer etwas nervös, wenn sie deinen Port wechseln müssen."

Starla kicherte, klatschte mit der Ferse ihrer Stiefel dumpf auf den Teppich und beobachtete, wie verklumpte Schneestücke herabfielen. „Du lügst schlecht."

„Was?" Er versuchte zu lachen. „Ich lüge nicht."

„Oh, bitte. Deine Stimme macht immer dieses komische *Ding,* wenn du lügst."

Er lachte. „Ich lüge nicht."

„Ich lüge nicht", ahmte Starla nach, ihr Tonfall mehr eine Cartoon-Version von Will. „Und dann machst du dieses Räusper-Ding."

Will unterdrückte den Drang, sich zu räuspern, und senkte seine Stimme. „Wovon redest du?"

Sie drehten gleichzeitig die Köpfe, als hinter der Untersuchungszimmertür ein Baby wimmerte. Gedämpfte „Schsch“-Laute von Eltern, die versuchten, das Kind zu beruhigen, folgten.

„Was machen die da drin?“, fragte Starla und lenkte ihre Aufmerksamkeit dorthin.

Will begrüßte die Frage erneut. „Nun, das Baby bekommt wahrscheinlich eine Impfung. Du hast früher geschrien, als würde man dich *umbringen*.“

Allein das Wort Mord *beschwor Erinnerungen an sein Date mit Ava im Million Dollar Cowboy Bar herauf, wo sie über Serienkiller-Dokumentationen gesprochen hatten. Fragte er sich, ob sie gerade eine anschaute...*

Alles führte zurück zu Ava.

Er konnte sie nicht aus seinen Gedanken verbannen und sah sie stattdessen auf der Couch liegen, auf der sie beinahe miteinander geschlafen hätten. In seiner Vorstellung lag ihre wohlgeformte Figur bequem in einem weiten T-Shirt und Shorts, ihre kurvenreichen Beine über den Hund gelegt, während Ermittler in einem Cold-Case-Fall monoton redeten.

Das Bild überwältigte seine Gedanken. Seine Brust schmerzte ob des Verlusts von allem, was war, und allem, was hätte sein können.

Dachte sie an ihn, fragte er sich. *Oder war sie die Art, die nie zurückschaute?*

Er erinnerte sich an das Hochzeitsfoto, das er an ihrer Wand gesehen hatte, als sie in sein Leben trat – ihr Haar perfekt zu einem unordentlichen Dutt hochgesteckt, mit ein paar losen Strähnen. Diese grünen Augen, so voller Hoffnung. Ihr eleganter Hals geschmückt mit einem zarten Solitär-Diamanten an der Halsansatz, ihre Haut eine Leinwand, die er mit seinen Lippen bemalen wollte.

Er dachte an die andere Hälfte dieses Bildes, irgendwo auf einer Müllkippe entsorgt, um nie wieder an sie zu denken. Sie war durchaus in der Lage, Dinge aus ihrem Leben zu verbannen, wenn sie ihr Schmerzen bereiteten.

Starlas kleine Hand griff nach Wills. Sein Bein zappelte wild, seine Augen schnellten zurück zum Boden. Der Boden war voller matschiger Fußabdrücke, groß und klein. Er wünschte sich etwas – *irgendetwas* – zum Schrubben. Vielleicht, wenn er nur hart genug schrubbte, könnte er vergessen, dass er es mit der stärksten, sexiesten Frau vermasselt hatte, die je in sein Leben getreten war.

Die Tür zum Behandlungszimmer öffnete sich und eine Mutter trat heraus, die das weinende Baby an ihrer Brust beruhigte. Sie musterte den Raum, stutzte und lächelte verlegen, als sie ihn entdeckte. Ihre schminklosen Augen waren von dunklen Ringen umrandet, wahrscheinlich vom Schlafmangel. Sie schob eine wilde, strubbelige Strähne hinter ihr Ohr, während sie schnell an ihm vorbei zum Empfang ging.

Dr. Harken schlurfte zur Rezeption. Der Mann war Anfang sechzig, mit graumeliertem Haar, schmalen Augen und einem schlaffen Hals. Heute, vor den tristen Wänden seines Büros, wirkte er hundert Jahre alt. „Alles klar, Dana, wir werden das sofort an Ihre Versicherung weiterleiten. Falls der kleine William Fieber bekommt, nicht isst oder Anzeichen einer allergischen Reaktion zeigt, rufen Sie mich an.“

Dana nickte und rückte das Baby auf ihrer Hüfte zurecht, während sie die Windeltasche wieder auf ihre Schulter schob. „Danke. Einen schönen Tag noch.“ Sie lächelte höflich und wandte sich Will zu.

Er warf ihr einen kurzen Blick zu, eine weitere willkommene Ablenkung. Nervös wich sie seinem Blick aus und hastete aus der Klinik.

„Warum machen die Damen das?“, flüsterte Starla. „Sie wirken immer nervös, wenn sie dich sehen.“

Will grinste. „Keine Ahnung, Kleines.“

„Sie sehen immer aus, als wollten sie dich küssen.“

„Also dann", sagte Dr. Harken und klatschte in die Hände. Das plötzliche Geräusch hallte von den Wänden wie ein ferner Donnerschlag. „Wer ist bereit für den Portwechsel?"

„Er", scherzte Starla und stupste Wills Daunenjacke an.

Dr. Harken lachte. „Ach komm schon, Miss Starla. Du und ich hatten eine Abmachung. Wir setzen diesen Port in deinen Bauch, und dann bekommst du zwei Aufkleber deiner Wahl."

„Ich sehe, der Umbau ist fertig. Sieht gut aus", log Will.

„Danke! Ja, manchmal tut es gut, neu anzufangen."

Die Worte trafen Will wie ein Schlag in die Magengrube. *Fühlt Ava das jetzt genauso?*

Als Will aufstand, fragte er sich, ob er das auch könnte... neu anfangen, während sie da draußen war, wahrscheinlich *prächtig* ohne ihn.

Will folgte ihnen ins Behandlungszimmer und schloss die Tür.

„Also, Miss Starla, wie fühlst du dich? Gab es irgendwelche Unterzuckerungen?"

Wills Blick war auf ein Gemälde an der gegenüberliegenden Wand fixiert, direkt hinter dem

Untersuchungstisch. Es zeigte ein verträumtes Bild einer Mutter und Tochter, die Händchen hielten und mit den Füßen im Wasser standen, während kleine Wellen um ihre Beine plätscherten.

Nicht das Motiv hatte seine Aufmerksamkeit erregt, sondern die Pinselstriche...

Klein. Exakt. Sorgfältig.

Nicht fließend wie bei einem typischen Gemälde, sondern präzise mit harten Linien und Konturen.

Will hörte nur halb zu, wie der Arzt Starla eine Reihe von Fragen stellte, versunken in Gedanken, von dem Bild an der ansonsten kahlen Wand fasziniert. „Doktor, ist die Kunst da neu?"

„Hm?" Dr. Harken blickte von den Krankenakten auf und folgte seinem Blick. „Ach ja! Das war eine Spende von einer Dame hier in der Stadt, die solche Bilder malt. Ich glaube, das sind diese Malen-nach-Zahlen-Bilder. Können Sie sich das vorstellen? In jedem Behandlungszimmer hängt eins."

Will trat näher an das Bild heran und betrachtete die Signatur unten. Während der Nachname ein Gewirr aus Schnörkeln war, war der Vorname deutlich zu erkennen...

Ava.

So nah an etwas zu sein, das Ava so viel Zeit gewidmet hatte, ließ sein Herz schmerzen. Jede feine Farbfläche war mit der Konzentration und Präzision eines Chirurgen aufgetragen, jede Grenze respektiert.

Als sie ihm diesen Businessplan gab, hatte er sie zurückgestoßen. Und warum?

Weil sie an ihn geglaubt hatte?

Sogar ohne Sex war die Intimität da gewesen – in den Linien ihres Lächelns, im Gefühl ihres Körpers, der in der Nacht, als ihr Ex auftauchte, an ihm geschlafen hatte.

Er hatte in seinem Leben viel Sex gehabt, aber nie etwas so Intimes wie diese Nacht mit ihr. Einfach nur Schlafen. Sie einfach nur an seine Brust gedrückt, die Beine verschlungen. Bis dahin hatte er nicht gewusst, dass seinem Leben mit Starla etwas Wichtiges fehlte.

Jetzt war er sich schmerzhaft bewusst.

Starla zischte, als Harkens altersfleckige Hand ihren Port entfernte.

„Du hast das toll gemacht, Schatz. Du bist schon ein alter Hase in dieser Sache.“ Der Arzt lächelte.

„Das sollen aber *große* Aufkleber sein.“ Starla verzog das Gesicht.

„Ich habe gerade neue bekommen. Du darfst dir die ersten aussuchen.“

„Also gut, Zeit für den neuen, okay? Denk dran: tief durchatmen. Konzentrier dich darauf, mit den Zehen zu wackeln.“

„Okay.“ Starla reckte den Hals, um das Bild besser zu sehen. „Mir gefällt es auch.“

„Ja?“ Will kicherte und richtete seinen Blick erneut auf das Bild.

Starla nickte und atmete aus, während der Arzt geschickt das neue Gerät einsetzte. Will nahm Starlas kleine Hand und küsste sie auf den Kopf.

***

Kurz darauf verließen sie die Praxis. „Bist du sicher, dass ich es nicht tragen soll?“

„Ich schaff das, Papa. Ich habe Muskeln. Ich kann es tragen.“

„Stimmt“, kicherte er, „die hast du.“

Starla watschelte mit dem gerahmten Malen-nach-Zahlen-Bild in den ausgestreckten Armen zum Auto. Er öffnete die hintere Tür und half ihr, es auf den Boden vor der Sitzbank zu stellen. „Warum hast du das gekauft?“

„Es hat mir gefallen.“ Er lächelte. „Ich bin ein Fan der Künstlerin.“

„Jetzt hängt da nichts mehr an seiner Wand.“

„Schatz, bei dem, was wir ihm im Laufe der Jahre für deine Diabetes-Sachen gezahlt haben, kann er sich etwas Neues für die Wand leisten." Will schloss die Tür und ging nach vorne. „Wo sollen wir es aufhängen?"

„Zuhause", sagte sie und schaute auf den Mops und die Ballerina-Aufkleber an ihrem Mantel, während sie zur Beifahrerseite ging.

„Ach nee, Schlauberger. Ich meinte, *wo* im Haus?"

Sie stellte sich auf die Zehenspitzen, um die Tür zu öffnen, und kämpfte sich wie bei einer steilen Felswand in den Sitz. Will wusste, dass er besser nicht versuchen sollte, ihr zu helfen. Sie lehnte das immer ab und bestand darauf, alleine einzusteigen. „Wie wäre es da, wo dieses blöde *Casablanca*-Poster im Wohnzimmer hängt?"

„Blasphemie!" Will klappte kurz die Kinnlade herunter, entsetzt. „Weißt du was? Dafür hast du jetzt Hausarrest."

Starla kicherte.

38

Avas Küche war bereits wieder ein einziges Chaos. Sie schlenderte zum Kühlschrank und zog ihn auf. Das einzige Essbare darin war eine übrig gebliebene Pizza, also nahm sie eine Scheibe und aß sie kalt. Sie ging zurück ins Badezimmer und stand lange genug vor dem Spiegel, um sich unwohl zu fühlen. Sie betrachtete ihre geschwollenen Augen und dunklen Ringe und verzog leicht angewidert das Gesicht. Sie spritzte sich Wasser ins Gesicht, trocknete es ab und trug ein dezentes Make-up auf, trotz der depressiven Wolke, die auf ihr zu lasten schien.

In drei Tagen sollte sie ihren neuen Job antreten. *Warum zum Teufel fühlte sie sich deshalb so elend?*

Sie durchstöberte ihren Kleiderschrank und zog schwarze Leggings und einen übergroßen grauen Pullover an, die zu ihrer Stimmung passten.

Klopf-klopf.

Ava runzelte die Stirn und ging zur Tür. Als sie öffnete, erstarrte sie, als sie erkannte...

Es war Will.

Sein Anblick ließ ihren Magen vor Nervosität Purzelbäume schlagen.

„Hey." Will lehnte sich gegen das Holzgeländer der Veranda, die Hände in den Taschen. Ein grauer Hoodie umschmiegte seinen trainierten Bauch, fast so eng wie seine dunklen Jeans. „Hör mal... Es tut mir leid."

„Nein, *mir* tut es leid." Ava senkte den Blick und holte tief Luft. „Willst du reinkommen?"

Will nickte und trat ein, streichelte Kuda, während er zum Sofa ging.

Das Sofa trug Erinnerungen, geisterhafte Spuren ihrer Intimität im Stoff.

Kuda sprang auf seinen Schoß und leckte Will das Gesicht. „Oh, danke, Kuda. So viel Liebe. *Wer ist ein guter Junge?*"

Der Pitbull tobte vor Freude über die Zuneigung, sprang von seinem Schoß und raste wie wild durchs Haus.

Ava lächelte. „Er ist ein alberner Kerl."

Will seufzte tief und wusste nicht, wie er seine ausführlichere Entschuldigung beginnen sollte.

„—Es tut mir leid, dass ich über die Stränge geschlagen habe", sagte Ava stattdessen. „Ich hatte gute Absichten, wirklich. Ich bin nur... ich habe übertrieben."

Will schüttelte den Kopf und verbarg das untere Gesicht in seinen zusammengepressten Händen. „Nein. Du hast etwas Nettes getan. Ich habe überreagiert. Der Vorschlag... war ehrlich gesagt ein bisschen überwältigend. Aber es ist klar, dass du so gut bist in dem, was du tust... *getan*hast...'"

„Nein. *Tue*", korrigierte sie. „Wurde diese Woche eingestellt."

„Wow, das ist... fantastisch. Herzlichen Glückwunsch." Er schien nicht überglücklich über die Neuigkeit. Er lehnte sich auf dem Sofa zurück. Ava hockte am anderen Ende, vorsichtig auf der Kante sitzend. „Was du vorgeschlagen hast... ein *Franchise*... eine Gründung... das ist eine riesige Verpflichtung."

Ava rückte näher und legte ihre Hand auf seine. „Das ist es. Ich weiß nicht, was ich mir dabei gedacht habe. Du hast schon genug um die Ohnen mit einem Kind und deinen Kunden... in meinem Kopf war es eher wie eine große romantische Geste. Ich mag dich... *sehr*. Ich wollte dein Leben verbessern. Nicht dich *kontrollieren* oder belasten."

„Ich weiß. Ich bin nur ausgeflippt, weil ich nicht wusste, wie ich mich bei all dem fühlen sollte. Und dass du dich einbringen willst... Ich habe immer Horrorgeschichten über Leute gehört, die Arbeit und Privatleben vermischen, und ehrlich gesagt, das hat mir auch einen Riesenschreck eingejagt. Ich mag dich auch sehr, Ava. Du und ich... *wir* fühlten sich für mich richtig an. Das wollte ich nicht verlieren, wenn ich es verhindern kann. Oh, die Ironie...“

„Ich kann nicht versprechen, dass ich nie eifersüchtig sein werde“, sagte sie. „Wenn Frauen dich anfassen, dich begehren, wer sagt, dass du nicht eines Tages nach einem Streit der Versuchung nachgibst?“

Er drückte ihre Hand fester. „Ava, es muss *Vertrauen* geben. Ich habe nichts getan, außer dieses Vertrauen aufzubauen. Ich verstehe Eifersucht. Ich fühle sie manchmal auch. Verdammt, ich war eifersüchtig, als dein Ex-Mann hier war und seine verdammten *Hände* überall an dir hatte.“

Sie nickte und rieb ihren Fuß am Rand des Couchtischs.

„Gib mir die Chance zu beweisen, dass ich niemals so etwas tun würde, um dich zu verletzen.“

Sie lächelte schwach und spürte einen leichten Anflug von Hoffnung und Optimismus, dass er über ihre Zukunft sprach.

„Ich will dich zurück, Ava." Er starrte sie sehnsüchtig an.

Die Worte trafen sie wie eine Tsunamiwelle und überschwemmten sie mit Freude.

„Ich vermisse dich. Ich vermisse deine *Lebhaftigkeit*. Deine *Energie*. Deine freundliche Art. Deinen *Körper*... Herrjemine." Er biss sich auf die Lippe und musterte sie einen Moment lang, prägte sich jeden Zentimeter von ihr ein.

Ava lächelte. „Ich will mit *dir* zusammen sein. Ich habe dich vermisst. Starla auch."

Er lachte leise in sich hinein.

Ava grinste. „Was? Was ist so lustig?"

Seine Augen trafen endlich die ihren. „Du weißt, dass wir *verrückt* sind, das zu tun, oder?"

„Leute gehen ständig Beziehungen ein—"

„Ich meine *Man Maid*. Wir sind verrückt, das zu tun, du und ich. Gemeinsam ein Unternehmen gründen."

Ava schnappte nach Luft. „Willst du damit sagen... du bist *dabei*?"

Er nickte. „Oh ja. Ich bin dabei."

Sie unterdrückte den Drang zu schreien und hielt sich den Mund zu. „Das wirst du nicht bereuen!"

„In letzter Zeit bereue ich nur die Dinge, die ich *nicht* tue."

„Wie was?“ Sie grinste. „Was bereust du, nicht getan zu haben?“

Will lächelte, beugte sich zu ihr und presste seine Lippen auf ihre. Ava schmolz gegen ihn, während sich ihre Zungen umspielten. Der Kuss jagte einen elektrisierenden Strom der Erregung durch ihren ganzen Körper.

Er streifte ihren Pullover ab, zog ihn am Saum über ihren Kopf, während ihr rotbraunes Haar beim Befreien aus dem Stoff aufsprang. Seine Augen wanderten zu ihren Brüsten, die von einem pflaumenfarbenen Büstenhalter gehalten wurden. Er warf den Pullover zu Boden und fuhr mit den Fingern ihren Hals hinab, strich über den Ausschnitt, bevor er den Stoff zwischen ihnen mit einem Finger einhakte. Mit einem sanften Zug zog er sie näher an sich.

Ihre Lippen verschmolzen, Zungen liebkosten einander sanft. Ava griff nach dem Reißverschluss seiner Hoodie, zog ihn herunter und schob das fleecegefütterte Material über seine Schultern, um das weiche graue T-Shirt darunter freizulegen.

Will kämpfte darum, einen Arm aus den Ärmeln zu befreien, und sie kicherten.

Sie musste seine Haut auf ihrer spüren, ihre Herzen ohne Barriere zusammenschlagen. Sie riss an seinem Shirt, begierig, es zu entfernen. Will zog es in einer schnellen Bewegung aus und warf es achtlos neben das Sofa.

Ihr Atem beschleunigte sich, jeder Atemzug lauter und heftiger. Sie nahm eine seiner Lippen zwischen ihre und knabberte spielerisch daran.

Will zog sich zurück und starrte sie mit einer glühenden Intensität an, die ihre Haut erröten ließ.

Sie wollte ihn.

Brauchte ihn.

Ava wollte keine Minute länger warten. Keine Unterbrechungen, keine Verzögerungen. Die Welt um sie verschwand in Unschärfe, ließ nur sie beide zurück, eingehüllt in ein Kokon aus Begierde, das quälende Versprechen der Befriedigung spürend.

Will öffnete ihren BH und strich mit den Händen über ihre kostbare Haut. Haut, die ihn wie eine erotische Diashow verfolgte, seit er sie an seiner Haustür gekostet hatte. Er zog sie näher, aber *nah war nicht nah genug.*

Er wäre nicht zufrieden, bis er *in ihr* war, ihre feuchte Wärme um sich spürte.

Er nahm die Szene in sich auf, verweilte einen Moment, um die sexuelle Göttin vor sich zu würdigen. Ihre sich hebenden Brüste vor seinem Gesicht, der glänzende Schweiß auf ihrem Bauch, die feuchte Wärme ihrer Innenseiten ihrer Oberschenkel.

Sie biss sich auf die Lippe mit einem Blick, der alles sagte, was sie aussprechen würde, wenn noch Atem in ihren Lungen wäre.

Er ließ Küsse ihren Hals hinabwandern, weiter nach unten, strich mit den Lippen über ihr verlockende Haut, bevor er eine ihrer spitzen Brustwarzen mit der Zunge umfing.

Sie keuchte, fuhr sich mit den Händen durch sein Haar und presste ihre Lippen gegen seine. Ihr schwindelte vor der köstlichen Wärme seines Körpers an ihrer Haut, ihr Becken wand sich gegen seine wachsende Erektion in wilder Vorfreude.

Er zog sich zurück, gab ihrer Brustwarze einen letzten spielerischen Leck, bevor seine Hände nach unten wanderten. Er packte ihren Po fest mit beiden Händen, zog ihre Hüften aggressiv näher an seinen Schwanz, suchte die Feuchtigkeit zwischen ihren blassen Schenkeln.

„Verdammt, ich will dich", knurrte Will und sank vor ihr auf die Knie. Sie lehnte sich in das Leder zurück. Er betrachtete sie einen Moment, wie sich ihre Brüste hoben. Ihr Blick war eine explosive Mischung aus Sehnsucht und Lust, und er wollte *jede... verdammte... Sekunde* genießen.

Er strich mit den Händen über den Bund ihrer Leggings, hakte die Finger ein. Sie kippte die Hüften, und er zog das dehnbare Material über ihre Kurven und warf es zu Boden. Sie blickte zu ihm hinab mit einem Ausdruck der Begierde, der einen weiteren Schwall Blut in seinen pochenden Schwanz jagte. Er schob ihre Beine mit den Händen auseinander, ließ Küsse ihren Oberschenkel hinaufwandern und tauchte tief ein, strich mit der Zunge über ihre süße, feuchte Spalte.

Ava stöhnte, als er sie erforschte.

Langsam, qualvoll, kreiste er um ihren Kitzler, spürte, wie sich ihr Bauch unter einer Hand anspannte, während die andere ihre Brust streichelte. Ava wand sich, zog die Beine auf die Sofakante, spreizte sie weiter, erlaubte ihm, tiefer zu gehen. Sie grub ihre Fersen in das ächzende Leder.

Will leckte gierig, genoss ihren Geschmack, schob sanft einen Finger in sie hinein. Sie stöhnte, als er einen zweiten hineingleiten ließ. Sein Daumen massierte ihren G-Punkt, ließ sie vor Empfinden zucken. Sie fuhr sich mit den Fingern durch sein Haar, bat mit jeder Hüftbewegung stumm um mehr. Lust durchströmte ihren Körper, sandte eine Welle wohliger Wärme durch sie hindurch wie einen Hitzeschub. Seine geschickten Finger trieben sie näher an den Rand, während er sie mit euphorischem Knurren sogleich saugend verwöhnte.

Ihre Stöhner trieben ihn nur noch mehr an, sie zu beglücken.

Ihr Körper bebte in einem orgasmischen Schauer. Sie schrie auf, ihr Becken pulsierte um den langsamen Rückzug seiner Finger.

„Fick mich", keuchte sie.

Er fixierte sie mit seinem Blick, leckte sich die Feuchtigkeit von den Lippen. *„Bettel darum."*

„Ich will dich in mir." Sie wand sich, schmachtete nach ihm, ihre Augen flatterten vom Nachbeben ihres Höhepunkts. *„Biiiiitte"*, hauchte sie langgezogen in flehentlichem Ton.

Ein Ausdruck purer Erregung blitzte in seinen blauen Augen auf. Ohne ein weiteres Wort streifte er Jeans und Slip ab, ließ sie neben ihren auf dem Boden fallen. Er erhob sich, mit angespannten Bauchmuskeln, jede Sehne gestrafft.

Ava konnte den Blick nicht von seinem dicken Schwanz lassen, der steif wie ein Pfahl stand, aggressiv aufmerksam. Die Gerüchte über ihn hatten sich bewahrheitet, und Ava hatte ihr Gegenstück gefunden.

Sie beugte sich vor und nahm ihn in den Mund, langsam und tief, spürte ihn in ihrem Rachen, während Will

liebevoll ihr Haar streichelte. Sein Kopf sank schlaff zurück.
Sein Mund öffnete sich zu einem stummen Keuchen, als sie
ihre Zunge um seine feste Eichel und den harten Schaft
kreisen ließ.

Es fühlte sich an wie Ekstase.

Sie blickte zu ihm auf, moosgrüne Augen voller
Begierde, die weit mehr sagten, als ihr Mund je könnte –
selbst wenn er nicht bereits beschäftigt wäre. Sie genoss
seinen Geschmack, nahm ihn so tief in den Rachen, dass er
stöhnte.

Will zog sie sanft am Haar zurück, sein Schwanz glitt
von ihren himmlischen Lippen. Er kroch wie ein
anschleichender Löwe über sie, ohne zu blinzeln, bereit, seine
Beute zu verschlingen.

Sein Herz schlug wie wild und erinnerte ihn daran, wie
lebendig er war.

Als er in ihre Augen blickte, fühlte sich alles so anders
an.

Tiefer...

Das war kein *einfacher Sex.*

Das war etwas mehr. Etwas, das weit über Fleisch auf
Fleisch hinausging. Da war *Zärtlichkeit.* Da waren *Gefühle,*
die alles auf ein Level hoben, das er mit anderen Frauen nie
erlebt hatte.

Ava wimmerte, als Will in sie glitt.

Ihm schwirrte der Kopf von der lang ersehnten Empfindung ihrer engen, pulsierenden Muschi, die sich um seinen Umfang schmiegte.

Sie drehte den Kopf, stöhnte ins Leder, als seine Fülle sie ausfüllte, langsam und tief in sie eindrang.

Er spürte, wie sie gegen ihn zitterte, wobei sich ihr Gesicht verzogwobei sich ihr Gesicht verzog. . Sie wiegte ihr Becken langsam gegen ihn, ihr Rücken bog sich, Brüste in der Luft, stöhnend vor Lust an der Reibung.

Er stieß hart und tief zu, vergrub sich vollständig in ihr.

Es war ein Gefühl, das niemals enden sollte.

Er beugte sich hinab, um sie zu küssen, sein Schwanz pochte gegen ihre heißen Wände. Er blickte ihr in die Augen, streichelte eine Weile ihre Wange, bevor er erneut tief in sie eindrang.

„Verdammt", flüsterte er ihr ins Ohr. Seine raue Stimme reichte aus, um sie ein zweites Mal über den Punkt ohne Rückkehr zu treiben.

In diesem Moment wusste sie, dass sie nie mehr zu dem Leben zurückkehren konnte, das sie vor Will Jessup geführt hatte.

Sein Körper genoss jede Faser ihrer Lust, während sie unter ihm bebte.

Als die Wellen ihres zweiten Orgasmus langsam verebbten, blickte sie auf. Seine strahlend blauen Augen musterten sie. Sie schlang die Beine um seine Hüften. Seine Stöße wurden schneller.

Es kostete ihn jede Faser Selbstbeherrschung, sich auf etwas anderes zu konzentrieren, *irgendetwas* anderes, als den sich aufbauenden Orgasmus in ihm. Er biss sich fest auf die Lippe, um seine Gedanken umzulenken, während ihre Stöhner intensiver wurden. Das Gefühl ihrer Nägel, die über seinen Rücken kratzten, trieb seinen Körper zur Entladung.

Sein Körper arbeitete perfekt daran, jede sensible Stelle zu streicheln, doch ein wilder Teil seines Verstandes drängte ihn, sich in ihr zu vergraben und sich fallen zu lassen.

Avas Herz schlug gegen seines.

Seine Stöße wurden fiebriger, sein Blick stählern. Sein nahender Orgasmus ließ ihre Muskeln ihn fester umschließen. Als Wills Schwanz pulsierte, genoss Ava das Gefühl, wie er in ihr kam – die intimste Form des Vertrauens, die sie sich vorstellen konnte.

Ihre Körper verschmolzen zu einer schweißperlenden Einheit auf dem Sofa. Will konnte beim Anblick von ihr nicht sprechen. Sie war atemberaubend, glänzend und strahlend mit einer überirdischen Schönheit.

Diese Frau war ein Traum, der wahr geworden war.

Ein Gefühl des Friedens überkam sie beide. Er schmiegte sich in die viel zu kleine Sofaecke neben sie und zog sie in seine Arme. Er lag eine Weile da, hielt sie fest, genoss die Wärme ihrer porzellanglattem Haut.

Bald schlief Ava tief und fest, nackt in seinen liebevollen Armen.

39

Drei Monate Später

„Kannst du noch etwas mehr Öl auf diese Bauchmuskeln auftragen, Ava? Mach es seitlich, damit nichts auf die Hose kommt", wies der Fotograf an.

Will trat zur Seite eines drapierten Papierhintergrunds in einem Studio voller aufgehängter Scheinwerfer und präzise positionierter Lichtformer auf C-Ständern.

„Ja, kein Problem, Scooter."

„*Scooter*?" Will flüsterte, als er näher kam. „Du hast einen Typen namens *Scooter* für das Shooting engagiert?"

Ava kicherte und tränkte ihre Hände mit Babyöl, strich sie mit einem breiten Grinsen über jede Ecke und Kurve von Wills Brust.

„Schatz, hör auf. Du bescherst mir noch einen Ständer“, knurrte er. „Zweites Mal heute.“ Er zwinkerte und dachte an ihr morgendliches Vergnügen zurück.

„Wäre das so ein Verbrechen? Diese Ware wird uns nur helfen, den Service zu verkaufen, Baby.“

„Was mache ich hier überhaupt? Das ist verrückt. Ich bin kein *Model*. Wir hätten einen anderen Typen für dieses Shooting nehmen sollen. Ich habe *keine Ahnung*, was ich tue.“

„Alles gut. Barrett kommt in zwanzig Minuten für sein sexy Richter-Shooting für die andere Promo. „Dann kommt Kerry um drei, um den frechen Piloten zu spielen.“

Will schüttelte den Kopf und kämpfte gegen ein Lächeln an. „Das ist so irre.“

Ava blickte ihm in die Augen, mit sanfter, tröstender Stimme. „Du bist der sexieste Mann, den ich *je* getroffen habe. Das hier ist für *Man Maid*. Lass uns diesen reichen, älteren Damen den *Traum* verkaufen. Du schaffst das.“ Sie wischte sich die Hände an einem Handtuch ab und lächelte.

„Dafür schuldest du mir etwas.“ Er grinste.

„Abgemacht.“ Ava klatschte ihm auf den Hintern, als er wegging.

Will nahm wieder seinen Platz vor dem endlosen Hintergrund ein. Im grellen Licht glänzte sein Körper.

Ava drehte sich zum Fotografen um und gab ihm einen Daumen hoch. „Alles klar, Scooter.“

„Danke.“ Scooter veränderte seine Blende, fokussierte das Objektiv und begann, Aufnahmen zu machen. Die Bilder erschienen auf dem offenen Laptop in der Nähe, der mit einem langen Kabel an die DSLR angeschlossen war. Mit kurzen, schlurfenden Schritten ging er zum Rand des Hintergrunds und zog einen Belichtungsmesser aus seiner Gesäßtasche. Er hielt ihn vor Wills Gesicht und dann vor den Schritt seiner gelben Unterhose, die genau zum Farbton der gelben Spülhandschuhe passte, aus denen Wills muskulöse Unterarme herausquollen.

„Mr. Jessup, es ist Showtime.“

„In Ordnung, Mr. DeMille. Ich bin bereit für meine Nahaufnahme“, sagte Will und imitierte so gut er konnte die Figur aus Boulevard der Dämmerung.

„Wie wäre es, wenn du diesmal die Sprühflasche hochhältst?“

Ava huschte mit der Flasche herbei, wischte das unbeschriftete Gefäß mit einem Lappen sauber und reichte es Will. Er hielt sie in der Mitte seiner Brust.

„So?“

„Ja, das passt.“

„Brauchen wir noch die Putzhandschuhe? Meine Hände schwitzen darin.“

„*Ja*“, sagten Ava und Scooter wie aus einem Mund.

Sie sahen sich an, und Ava lächelte verlegen.

„Wessen Shooting ist das hier?“ fauchte Scooter, mindestens einen ganzen Fuß kleiner als sie in ihren High Heels. „Wer steht hinter der Kamera?“

„Du“, sagte Ava leise.

„Genau. Also *lass* mich bitte arbeiten.“ Scooter drehte sich wieder zu Will um und blickte durch den Sucher. „Etwas nach rechts, Mr. Jessup.“

Will machte einen halben Schritt nach rechts.

„Nein. Dreh deinen *Körper* nach rechts!“ Die kurze Zündschnur des Mannes ließ Will für einen Moment das Gesicht verziehen. Er trat wieder in Position und drehte seinen Körper leicht.

„So ist es gut. Jetzt dreh dein Gesicht noch etwas mehr nach rechts.“

Will gehorchte, mit unsicheren, weit aufgerissenen Augen.

„Will, du siehst aus, als würdest du als Geisel unter Zwang modeln. Wie wär’s, wenn du deine Augen entspannst und uns ein Grinsen schenkst?“

Avas mitfühlender Ausdruck verwandelte sich in ein schelmisches Grinsen. Sie konnte Will aufziehen, und alles, was er tun konnte, war *zuzusehen*.

Ava machte zwei Schritte direkt nach hinten, ein paar Fuß weit hinter den Fotografen, der in seine Arbeit vertieft war. Sie spähte umher, um sicherzugehen, dass sie keine neugierigen Blicke übersehen hatte.

Will beobachtete regungslos, wie sie die obersten drei Knöpfe ihrer Seidenbluse öffnete. Sie setzte sich weiter hinten auf einen Klappstuhl und beugte sich vor, drückte mit ihren Armen ihre kurvenreichen Brüste zusammen und ließ ihr geknöpftes Hemd weit genug aufgehen, um einen spektakulären Ausschnitt zu präsentieren.

Wills Blick glitt zu ihren Brüsten hinab, und er biss sich auf die Lippe, um ein Lächeln zu unterdrücken.

Die Stimme des Fotografen war hinter der Kamera gedämpft. „Gut. Das Lippenbeißen ist gut."

Ava führte ihren Zeigefinger langsam in den Mund. Sie schloss die Augen und tat so, als würde sie Will einen Blowjob geben, zog ihn heraus und führte ihn tief und langsam wieder ein, mit vor Vergnügen geschlossenen Augen.

Ahnungslos über ihr anzügliches Schauspiel, fuhr der Fotograf fort. „Okay, Will. Beiß ein bisschen weniger. Es sieht aus, als würdest du gleich blutig beißen. Lass einfach dein Gesicht entspannt."

Ava glitt mit ihrem feuchten Finger über ihr Kinn und ihren Hals, führte ihn zwischen ihre Brüste und drückte ihn in ihren Dekolleté-Bereich.

Wills Augen waren auf sie fixiert, und er spürte, wie sein Schwanz steif wurde.

Das würde gleich *sehr* peinlich werden...

Wills Augen flehten sie an, aufzuhören.

Ein breites, teuflisches Grinsen breitete sich auf Avas Gesicht aus, als sie ihre Hand vom Hemd nahm, über ihren Bauch strich und am Saum ihres Rocks anhielt. Sie lehnte sich zurück und spreizte ihre Beine in seine Richtung, rieb sich unter dem Stoff.

„Jetzt heb dein Kinn, als würdest du in eine hellere Zukunft blicken", befahl Scooter.

Will hob widerwillig sein Kinn, bemüht, den Blick auf Ava gerichtet zu halten.

„Was machst du mit den Augen? Schau nach oben, Will."

Will gehorchte, holte tief Luft und umklammerte die gelbe Sprühflasche in seinen Händen zu fest.

Ava kicherte, knöpfte ihr Hemd wieder zu und glättete ihren Rock mit einem hinterhältigen Lächeln.

„Okay, ich denke, damit kann ich arbeiten. Wir haben gute Aufnahmen von dir." Scooter nickte Ava zu. „Ich glaube, die werden dir gefallen. Gib mir ein paar Tage, dann schicke ich sie dir. Ich bereite mich jetzt auf das nächste Model vor. Mr. Jessup, Sie können sich sauber machen."

Als der Fotograf zurücktrat, bemerkte er endlich die Beule in Wills Unterhose. Ohne ein Wort schaltete er seine Kamera aus und deutete darauf. „Wenn wir *das* auf einem Werbeplakat zeigen könnten, würde Ihre Kundenliste explodieren."

„D-Danke." Will schüttelte den Kopf und versuchte, nicht über die Absonderlichkeiten des Lebens zu lachen.

Ava zog die Handschuhe aus, griff nach Wills Hand und führte ihn aus dem Studio in das leere Treppenhaus. Dort drückte er sie gegen eine Backsteinwand und hielt seine Lippen einen Zentimeter von ihren entfernt. „Da drinnen hast du unfair gespielt."

Ava nickte stolz.

Will küsste sie, fuhr mit seinen Fingern über ihre Wangen und in ihr Haar, zog sie näher, während seine suchende Zunge die lüsternen Gedanken vermittelte, die er empfand.

Ava neigte ihre Hüften zu seinen und drehte ihr Gesicht von ihm weg. „Ich spiele nicht fair. Und seien wir ehrlich... du *willst* nicht, dass ich das tue."

Will drehte ihr Gesicht zurück zu sich, schob ihren Rock hoch und presste seinen eingeölten Körper zwischen ihre Oberschenkel.

„Du hast recht. Aber ich spiele auch nicht fair." Er strich mit seinen Lippen über ihren Hals.

Eine Welle der Wärme durchflutete Avas Körper.

„Sag, dass du *mich willst*... und du kannst *mich haben*."

Avas Wangen röteten sich vor Begierde. „Ich werde dich dazu bringen, zuerst nachzugeben." Sie glitt mit ihrer eingeölten Hand in seine Unterhose und umschloss seinen Schwanz.

Er knurrte in ihr Ohr und rieb ihren Kitzler durch den Stoff ihres Slips. Ihr stockte der Atem, und ein leises, unwillkürliches Stöhnen entwich ihr. Avas Augen schlossen sich, während sie spürte, wie ihr Widerstand mit jeder kleinen Kreisbewegung seines Fingers schmolz.

„Ich...", begann sie, mit stockendem Atem.

Plötzlich räusperte sich jemand neben ihnen. Ava riss ihre Hand aus Wills Unterhose, und Will trat zurück – erfolglos – um unauffällig zu wirken.

Scooter hielt ein graues, geripptes Tanktop und eine Shorts hoch. „Sie haben das, äh, vergessen."

Will nahm sie ihm ab, zog das Shirt verkehrt herum und inside out an. Der Fotograf ging und schloss die Tür zum Treppenhaus hinter sich.

Ava und Will kicherten den ganzen Weg zurück zu Wills Pickup draußen. Sie rissen die Türen der Rückbank auf und sprangen hinein.

In fiebriger Leidenschaft stürzten sie sich aufeinander und rissen sich gierig die Kleider vom Leib.

Will schob seine Hand unter ihren Slip und spürte, wie er sich schmerzhaft versteifte, als er fühlte, wie nass sie war.

Ava griff nach Wills Schaft und rieb, entlockte ihrem gutaussehenden Liebhaber ein Stöhnen.

„Sag es einfach", flüsterte Ava gegen Wills Mund. „*Sag einfach, dass du mich zuerst ficken willst, und ich gebe dir alles, was du willst. Sag es... und ich lasse dich den Himmel spüren.*"

Will stöhnte, als er ihre Hand wegzog. Mit einem Knurren zwang er seine Unterhose und Shorts auf den Boden, riss Ava den Slip herunter und schob ihren Rock bis zu ihrer Taille hoch.

Ava spreizte ihre Beine und schüttelte den Kopf, ihre Vagina in voller, schöner Pracht zur Schau stellend.

Milchweiße Haut mit einem Büschel rotbrauner Haare umrahmte eine verlangende, rosige Vulva.

Will betrachtete sie, seine Augen flatterten vor Verlangen, in ihr zu sein.

„Alles, was du tun musst, ist die Worte sagen. Gib nach." Sie lächelte verspielt. „Du weißt, du *willst* es."

Ohne auch nur zu lächeln, starrte Will sie einen Moment lang an, strich eine dicke Strähne rotbraunen Haars aus ihrem Gesicht. „Ich liebe dich."

Ihr Lächeln erstarrte für einen Moment und verflog dann. Ihr war, als säße ihr Herz im Hals.

„Das war nicht das, was—"

„Ich weiß", lachte er, sein Blick sprang zum Boden und dann zurück zu ihr. „Ich wollte nur, dass du das weißt."

Ava starrte ihn lange an, bevor sie sprach.

„Ich liebe dich auch."

Seine Fingerspitzen streichelten einige Sekunden lang ihre nackten Oberschenkel.

Ava beugte sich vor, um ihn zu küssen, schlang ihre Arme um seine Schultern und zog ihn zu sich, bis er auf ihr lag.

Langsam drang Will in sie ein, arbeitete sich mit stetigen, fiebrigen Stößen voran. Ava stöhnte und warf den Kopf gegen das Fenster zurück.

Die nächste Stunde zeigte Will seine Dankbarkeit für Avas verführerische Darbietung im Studio...

Mehrmals.

40

„Das ist ein verdammt großes Schild“, sagte Will und starrte auf ein Werbeplakat, das seinen muskulösen Oberkörper zeigte, mit behandschuhten Händen, die eine Reinigungsflasche hielten. Die Worte *Man Maid, Inc.* prangten hell und fett darauf und schrien in einem peinlich wohlhabenden Teil ihrer kleinen Bergstadt um Aufmerksamkeit.

Monate waren vergangen. Das Unternehmen war gegründet. Die Papiere waren eingereicht. Die Firma war eingetragen. Jedes „I“ gepunktet und jedes „T“ gestrichen.

Nun hofften sie, dass ihre Marketingkampagne Früchte tragen würde.

„Glaubst du wirklich, dass das funktionieren wird?“, fragte Will.

„Es wird funktionieren. Diese Männer aus der Oberschicht werden es hassen, das hier zu sehen. Verdammt, sie könnten uns sogar zwingen, es abzunehmen. Aber in der Zwischenzeit werden ihre Frauen es sehen. Dieses Ding wird seinen Zweck erfüllen." Ava lächelte stolz und stemmte die Hände in die Hüften. „Wir haben unseren Köder ausgeworfen. Jetzt müssen wir nur auf die Bisse warten."

Avas Handy klingelte wie auf Kommando. Sie warf einen Blick auf die unbekannte Nummer und ging ran, mit ihrer besten Imitation einer professionellen Rezeptionistin.

„Man Maid Incorporated." Sie lächelte Will zu und blickte dann zu dem zwölf Meter breiten Waschbrettbauch an der Autobahn auf. „Hier spricht Ava. Wie kann ich Ihnen helfen?"

Epilog

„Kann ich die Augenbinde jetzt abnehmen? Was soll die ganze Geheimniskrämerei?“

Ava spürte, wie der Mietwagen zum Stillstand kam, und hörte Will den Motor abstellen.

„Gleich wirst du es erfahren.“

Das Geräusch von schwankendem Posterboard wehte herüber. Ava spürte die sanfte Brise auf ihrer Haut zusammen mit der untergehenden Nachmittagssonne durch das Fenster.

„Bleib eine Sekunde hier im Auto, okay?“, murmelte Will.

Ava nickte, versucht, einen Blick zu erhaschen, hin- und hergerissen zwischen ihrer Liebe für Überraschungen. Als die Autotüren auf- und zugingen, entschied sie, dass es besser war, den Stoff anzu behalten.

Leises Geflüster war draußen zu hören, gefolgt von hastigen Schritten im Pulverschnee und dem Rascheln der Poster.

Die Tür öffnete sich wieder, und sie spürte, wie Will ihre Hand nahm. „Okay, Schatz, du musst vorsichtig aussteigen.“

Ava lachte. Das alles fühlte sich lächerlich an. „Was ist hier los?“

Sie spürte, wie er sanft seine Lippen auf ihre drückte für einen zarten Kuss. „Du wirst es gleich sehen.“

Ava ließ Will sie aus dem Auto führen und zehn Schritte weiter über das gefrorene Gras. Sie hörte Starla, die ihre eichhörnchenartigen Kicheranfälle nicht unterdrücken konnte.

„Bleib hier, okay? Ich sage dir, wann du die Augenbinde abnehmen kannst.“

„Ernsthaft, Leute! Was ist hier los?“ Ava wippte, als müsste sie pinkeln.

„Es ist eine Überraschung“, rief Starla.

Sie konnte hören, wie Starla und Will sich einen Moment lang zuflüsterten und dann eine Art Vereinbarung trafen.

Dann Wills Stimme. „Du kannst sie jetzt abnehmen.“

Ava riss sich die Augenbinde ab und war überwältigt von ihrer Umgebung.

Sie stand in einem üppigen Kirschblütenhain. Berge thronten in der Ferne über einem Tal mit sprießendem Grün. Hunderte von Kirschbäumen auf weitläufigem Land in Oregon ließen ihre Blüten wie rosa-weißen Schnee hinter Will und Starla herabregnen.

Ava presste die Hände vor ihr Gesicht, ihre Augen füllten sich mit Tränen.

„Wir wissen, wie sehr du Kirschblüten liebst, also als ich von diesem Hain erfahren habe, *musste* ich dich einfach hierher bringen."

Erst jetzt bemerkte Ava, dass Will und Starla etwas hinter ihrem Rücken versteckten. Will stieß seine Tochter sanft mit der Schulter an. „Los."

Starla hielt ein Poster hoch, auf dem in Filzstift das Wort WILL stand. Dann zeigte sie ein zweites mit dem fett geschriebenen Wort DU.

Will lächelte, seine Augen glänzten, als er ein Schild mit MICH hochhielt, gefolgt von einem weiteren mit HEIRATEN?

Willst du mich heiraten?

Tränen entkamen Avas grünen Augen und rannen in Strömen der Freude über ihre Wangen.

„Und?", fragte Will, während er Starla die Pappstücke reichte und auf Ava zuging. Er ging auf ein Knie, zog ein Ringetui aus der Tasche und öffnete es vor ihr. Ein Diamantring, geschmackvoll und elegant, lag in schwarzem Samt gebettet. „Willst du mich heiraten?"

Ava nickte, Tränen strömten ungehindert. „Ja."

Will steckte ihr den Ring an den Finger und küsste sie.

„Sie hat ja gesagt, Star!"

Starla jubelte, stürmte auf Ava zu und umklammerte ihre Beine in einer festen Umarmung. In diesem perfekten Moment, umgeben vom Blütenregen, fühlte Ava zum ersten Mal, dass sie wirklich eine eigene Familie hatte.

Über die Autorin

Aurora Alba ist einepreisgekrönte Autorin zeitgenössischer und paranormaler Liebesromane. Sie schreibt auch Fantasy, Horror und Krimis unter den Pseudonymen Heather Wohl und H.M. Wohl.

Sie stammt aus einer Kleinstadt in Wyoming und schreibt mit der vollen Unterstützung ihres Mannes und ihrer Hunde.

Dienstmädchen
in
Amerika
Band Zwei der Man-Maid-Reihe
AURORA
ALBA

AUSGABE IN DEUTSCHER ÜBERSETZUNG
AUS DER ASCHE
BUCH EINS DER ILLUMINATOR-SAGA
HEATHER WOHL

AUSGABE IN DEUTSCHER ÜBERSETZUNG
DESDEMONA IN DER GLUT
BUCH ZWEI DER ILLUMINATOR SAGA
HEATHER WOHL

394

EIN UMA-BLANCHARD-KRIMI
Ausgabe in Deutscher Übersetzung

TRIXIE FAIRDALE

TRAUERWAFFELN

BUCH EINS

396